上海市静安区名老中医专家传承创新工作室建设项目（JA2021-MLZZ005）
上海市静安区中医药临床重点专科建设项目（JA2020-Z003）

本草诗话

BENCAO

SHIHUA

主编 张天嵩　王安安

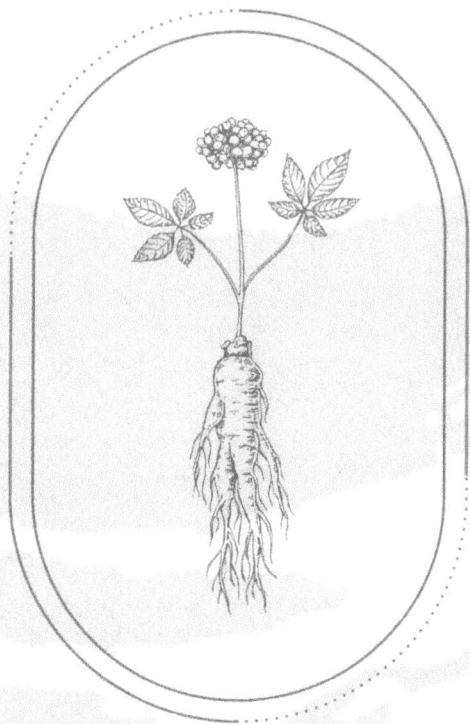

中南大学出版社
www.csupress.com.cn
·长沙·

　　张天嵩，男，医学博士，主任医师，教授，复旦大学硕士研究生导师。首届上海市区域名医，上海市中医专家社区师带徒项目指导老师。上海市中医药学会治未病分会副主任委员。《中国循证医学杂志》《中国医院统计》《上海针灸杂志》等杂志编委；多家国内外医学期刊审稿专家。

　　以呼吸系统疾病中西医结合临床和科学研究、循证医学方法学、数据挖掘等为研究方向。擅长慢性咳嗽、间质性肺疾病、慢性阻塞性肺疾病、哮喘、支气管扩张症、反复呼吸道感染等呼吸系统疾病的中医药治疗，以及大病、久病后中医调理。在循证医学方法学、高等数理统计等方面有较深入的研究。近年来，主持和以主要研究者参与（上海市）市局级以上研究课题 10 余项；已在国内外学术期刊发表论文 200 余篇（含被 SCI 收录的论文 30 篇），主编或参编著作 30 部。承担和参与复旦大学和上海交通大学医学院医学课程 4 门；致力于循证医学的推广工作，已成功举办国家级及上海市继续医学教育项目 8 项，受到多个高等医学院校及附属医院、医学会各学术委员会等多次邀请，作学术会议主题演讲或会前培训班授课，共培训循证医学方法学学员千余人次。

王安安，医学硕士，副主任医师。上海市中医药学会瘿病分会青年委员，上海市中西医结合学会流派传承专业委员会青年委员，上海市卫生健康委员会团委"医苑新星"健康科普讲师团成员，上海市静安区名老中医专家张天嵩传承创新工作室负责人。主要研究方向：慢性咳嗽、慢性阻塞性肺疾病、支气管扩张症、脑卒中、眩晕等中西医结合治疗。主持并参与多项市、区级课题和项目研究。在国内核心医学期刊发表论文10余篇，参编医学著作2部，获得发明专利1项。

编委会

◇ **主　编**

张天嵩　王安安

◇ **副主编**

张苏贤　孙　靖　周先强　潘纬榕

◇ **编　委**(按姓氏笔画排序)

马成勇　王安安　王哲睿　王裕欣

孙　靖　孙晓瑞　李燕兰　张天嵩

张苏贤　张怀艺　陈　凯　陈毓龙

周先强　黄伟玲　潘纬榕

◇ **绘　图**

陈毓龙

前言

Foreword

习近平总书记指出："文化是一个国家、一个民族的灵魂。文化兴国运兴，文化强民族强。没有高度的文化自信，没有文化的繁荣兴盛，就没有中华民族伟大复兴。"（2017 年 10 月 18 日，习近平在中国共产党第十九次全国代表大会上的报告）

"文化自信是一个国家、一个民族发展中最基本、最深沉、最持久的力量。向上向善的文化是一个国家、一个民族休戚与共、血脉相连的重要纽带。"（2020 年 9 月 8 日，习近平在全国抗击新冠肺炎疫情表彰大会上的讲话）

"中华民族具有 5000 多年连绵不断的文明历史，创造了博大精深的中华文化，为人类文明进步作出了不可磨灭的贡献。"（2013 年 3 月 17 日，习近平在第十二届全国人民代表大会第一次会议上的讲话）

"中华优秀传统文化是中华文明的智慧结晶和精华所在，是中华民族的根和魂，是我们在世界文化激荡中站稳脚跟的根基。"（2022 年 5 月 27 日，习近平在中共中央政治局第三十九次集体学习时的讲话）

"中华优秀传统文化是中华民族的文化根脉，其蕴含的思想观念、人文精神、道德规范，不仅是我们中国人思想和精神的内核，对解决人类问题也有重要价值。要把优秀传统文化的精神标识提炼出来、展示出来，把

1

优秀传统文化中具有当代价值、世界意义的文化精髓提炼出来、展示出来。"（2018 年 8 月 21 日，习近平在全国宣传思想工作会议上的讲话）

中华民族 5000 多年的悠久历史和灿烂文明，孕育了丰富多样的中华优秀传统文化，中华医药、中华诗词无疑是其中的优秀代表。论其优秀之因，不仅仅在于中华医学的科学性、中华诗词的艺术性，更在于它们处处体现出了中华民族讲仁爱、重民本、守诚信、崇正义、尚和合、求大同、法自然、思辩证的核心思想，更在于体现出了中华民族自强不息、革故鼎新、扶危济困、见义勇为、勇抗外侮的使命担当和家国情怀，更在于体现出了中华民族崇尚自然、俭约自守、中和泰和的生活理念，以及崇德向善、见贤思齐、孝老爱亲、敬业乐群、求同存异、和而不同的处世方式，形神兼备、情景交融的美学追求等。

自入选上海市静安区名老中医专家张天嵩传承创新工作室项目以来，我们团队就一直考虑如何更好地挖掘和宣传优秀的中医药文化。中华医学一般将植物、动物、矿物等三大类天然药物及其加工品作为药物疗法的手段，其中植物药居多，故有"诸药以草为本"的说法，因此历代中药学专著大都以"本草"名之；而中华诗词大量的咏物诗作中不少就涉及中药。我们考虑到，如果将两者结合起来，把其中涉及的优秀哲学思想、道德情操、价值观念、辩证思维和科学智慧等内容，挖掘出来，展示出来，具有一定的现实意义。

本书对所选药物和诗作做了一定的限制。一是主要选择介绍国家公布的食药物质，即按照传统既是食品又是中药材的物质，俗称的药食同源类中药材。以"传统作为食品，且列入《中华人民共和国药典》的物质，安全性评估未发现食品安全问题"为入选本书的条件，还有一小部分功效食品等。二是对诗词和作者做了比较和遴选，选择唐代至清代的一些既能够反映出作者的家国情怀、敬业乐群、闲适情趣，或苦中作乐，或意境深远的诗作，最好还能传播足够多的文、史、哲等知识。遴选的作者不乏大家、名家，如唐代李白、杜甫、白居易、王维、孟浩然、李商隐等，宋代苏轼、王安石、陆游、杨万里、范成大、姜夔等，明代杨慎、文徵明等，清代方正澍等。

本书在体例上按"本草—诗—话"格式撰写。内容上，以药引诗；以诗释文、史、哲，在解释诗的过程中介绍相关的中华民族文学、历史、哲学等知识；最后以"话"的形式，介绍食药物质来源、性味归经、主要功效、现代药理，以及常用养生、食疗的小方，如茶、粥、菜等的相关知识，可以用于养生保健或一些疾病的辅助治疗。就内容而言，本书涉及医、文、史、哲等多学科的知识，有科学知识，有古代风俗人情，有正史，有趣闻，有逸事，集知识性与趣味性于一体，值得一读。特别需要指出的是，药食同源类中药材虽然经过长期的食用检验和专家们的反复论证，安全性比较高，需要养生的朋友们可以根据实际情况选用，但要作为治疗疾病的手段，我们还是建议在中医师的指导下使用。

本书初稿主要由上海市静安区名老中医专家张天嵩传承创新工作室全体成员分工写作完成，工作室成员分别来自上海市静安区中医医院(张天嵩、王安安、孙靖、潘纬榕、马成勇、王哲睿、李燕兰、黄伟玲等)，复旦大学附属静安区中心医院(张苏贤、周先强)和石门二路街道社区卫生服务中心(陈凯)等单位。复旦大学孙晓瑞、上海交通大学张怀艺、上海中医药大学王裕欣等同志也参与了编写工作；特别邀请了上海市静安区中心医院党办原副主任陈毓龙为本书作了精美的插图。初稿由两位主编进行初审，最后由第一主编统一审阅修改，从而尽可能保证全书的格式统一和内容准确。虽然我们每位编写人员尽了自己最大的努力，但编写经验欠缺，水平有限，错误在所难免。如果这本书能够得到大家的好评，那么荣誉属于各位编写人员；如果有任何批评意见，则由我承担，请及时来信提出您的宝贵建议：ztsdoctor@ 126. com 或 zhangtiansong@ fudan. edu. cn。

本书适合中医药从业人员、中医药爱好者、中华诗词爱好者、养生保健者阅读；也可以作为中医进校园、进楼宇的科普教材使用。

最后，要感谢全书编委们的辛勤付出和家人们的大力支持，感谢上海市静安区卫生健康委员会领导们的殷切关心，感谢上海市静安区中医医院各位领导的大力支持，感谢中南大学出版社领导的高度信任和陈海波副编审、王雁芳编辑的认真审阅！更要感谢购买本书的读者们，正是你们的阅读，才使本书的编纂显得更有意义！

张天嵩

2022 年 10 月于上海

目录
Contents

丁 香

丁香

【诗】

唐李商隐《代赠二首》其一：

> 楼上黄昏①欲②望③休④，玉梯⑤横绝⑥月中钩⑦。
> 芭蕉不展丁香结⑧，同向春风各自愁。

［注释］

①楼上黄昏：在中国古代诗词里，常用"薄暮时分、高楼之上"这样的时空来点染离愁与相思。唐李白《菩萨蛮（平林漠漠烟如织）》词云："暝色入高楼，有人楼上愁。"

②欲：想要，希望。

③望：远视也，往远处看。《荀子·劝学》有云："吾尝跂而望矣，不如登高之博见也。"

④休：停歇、停止、中止或结束。宋李清照《凤凰台上忆吹箫·闺情》词云："生怕离怀别苦，多少事、欲说还休。"

⑤玉梯：一指玉楼，即华丽的楼阁。南朝梁江淹《娼妇自悲赋》云："青苔积兮银阁涩，网罗生兮玉梯虚。"一指玉栏，即玉石制的栏杆。唐杜牧《贵游》诗云："门通碧树开金锁，楼对青山倚玉梯。"

⑥横绝：横越。宋梅尧臣《依韵和马都官春日忆西湖寄陆生》诗云："时望前湖倚玉梯，云山横绝路东西。"

⑦月中钩：一作"月如钩"，烘托环境凄清，且月儿缺而不圆，象征两人不得相见、团圆。

⑧丁香结：丁香花簇生，且花瓣含苞时呈十字状，同心有结，故丁香花的花蕾有同心结的美称。因此，历代诗人、词人咏叹丁香的诗词颇多，他们笔下的丁香和折柳、梅花等一样，都有固定的寓意，多用来表达愁绪、相思、相爱、

承诺、心愿等。唐牛峤《感恩多》词云："自从南浦别，愁见丁香结。"五代李璟《摊破浣溪沙(手卷真珠上玉钩)》词云："青鸟不传云外信，丁香空结雨中愁。"宋王雱《眼儿媚(杨柳丝丝弄轻柔)》词云："相思只在，丁香枝上，豆蔻梢头。"

[背景与赏析]

李商隐(约813—约858)，字义山，晚唐著名诗人，与杜牧合称"小李杜"。其诗构思新奇，风格独特，尤其是一些爱情诗和无题诗写得缠绵悱恻，绮丽精工，被广为传诵。但有些诗尤其是系列无题诗用典颇多且典故较冷僻，晦涩难解，以至于金元好问在《论诗三十首》中委婉地提出批评："诗家总爱西昆好，独恨无人作郑笺。"

李商隐此诗当属闺怨诗范畴。闺怨诗是中华古典诗歌中很独特的门类，主要集中在唐代，多以伤春怀人为主题，用来描写古代思妇(如征妇、商妇、游子妇等)和弃妇的忧伤，或者少女怀春、思念情人的感情等。

代赠，即代拟的赠人之作。本诗是一首描写女子思念丈夫(或情人)的诗作：晚春的黄昏时分，高楼之上，一女子因思念离家的丈夫，坐立难安，满楼徘徊，想要远眺看看他是否归家，但又蓦然想到他必定回不来，最终凄然作罢。天上一弯缺月如钩，地上芭蕉的蕉心尚未展开，丁香的花蕾也依然含苞未放；同是春风吹拂，然二人身处异地，也解不了双方离别愁苦之情。这首诗既是思妇眼前实景(高楼、缺月、芭蕉、丁香)的真实描绘，又是借物写人(以芭蕉喻丈夫，以丁香喻女子自己，物之愁即人之愁，又加深了人之愁)，以意境取胜，含蕴无穷。

丁香主产于斯里兰卡、印度尼西亚等地，因其具有较高的药食两用价值，我国广东、海南等沿海地区相继引种栽培。中国丁香品种繁多，或茎叶相似，或花色相同，或气味相近，因而在命名时常冠以"丁香"，但很多都不是同科同属，按用途可分为赏用、药用和食用三类。

古人经常咏叹的丁香是木犀科植物，主要应用于园林观赏，因其芳香独特、花序硕大繁茂、花色优雅而调和、姿态丰满而秀丽，在观赏花木中早已享有盛名，是全世界园林中不可缺少的花木，在冷凉地区普遍栽培。其中，最著名的是紫丁香和红丁香，明谢榛《丁香》诗云："紫花何太媚，静女若为看。"清金朝觐《紫丁香》诗云："谁家墙畔数枝斜，疑是新晴落绛霞。"丁香对二氧化硫等多种有毒气体都有比较强的抗性，故又常是工矿区等绿化、美化的良好选择。

药用和食用丁香为桃金娘科植物，有公、母之分——实质上是丁香花在不同的发育阶段的产物。公丁香(雄丁香)是指丁香的干燥花蕾，一般在花蕾由绿色转为红色时采摘，晒干，因其头圆身细，形似钉子，又有丁子香的美称；母丁香(雌丁香)是指干燥近成熟果实，将成熟时采摘，晒干。两者均味辛性温，归脾、胃、肺、肾经，具有温中降逆、补肾助阳之功，但在香味及药力方面公丁香较母丁香为强；功能上也略有差异，公丁香侧重于降逆，母丁香侧重于散寒。两者均不能与郁金同用。现代研究表明，丁香含有多种化学成分，主要包括挥发性成分与非挥发性成分两类，挥发性成分中主要是丁香油；非挥发性成分主要是黄酮、酚酸、有机酸及微量元素等，其中黄酮类化合物含量最高。研究表明丁香具有抗菌消炎、解热镇痛、抗氧化、抗肿瘤、降血脂、保肝、降糖、驱虫、防腐、抗龋齿、壮阳等多种药理作用。

丁香可温中降逆、散寒止痛，针对胃寒呃逆、脘腹冷痛、纳差吐泻等疾病，常用的食疗方有：

公丁香1克左右(10~15粒)洗净，细细咀嚼，咀嚼时如产生唾液切勿吐出，徐徐咽下，等药味消失，则将口内剩余药渣吞下，对呃逆有较好的效果。如果30分钟内呃逆不止，可续用3次。此法也可用于除口臭、治龋齿和口腔溃疡。

丁香3克研末，用酒送服，可治胃暴痛。丁香3克洗净，花茶3克，开水泡，代茶饮用，可治胃痛、牙痛等。

丁香1克，研末，加入适量的甘蔗汁、生姜汁，徐徐含咽，可治食管癌所致的朝食暮吐、不能进食等。

丁香3克洗净，粳米60克淘洗，白糖适量。将粳米放入砂锅中，加适量的清水，用旺火煮开后转用小火煮粥至将熟，再加入丁香、白糖，稍煮即成。食用可健胃消食。

丁香还可用于寒性痹症。丁香和肉桂按 1∶1 比例，粉碎成细粉，过筛，混匀——具有温阳散寒、行气止痛之效，用于寒性腹痛、腰痛、关节痛。每次服用 0.6~1.5 克。也可取药粉少许，放于膏药中贴患处，有温通经络、消肿止痛之功。

丁香可外用。如取一定量丁香研末，以醋调，贴于中脘穴或痛处治胃痛；贴于膻中穴治食道炎。丁香 30~60 克，研细末，加入 75%乙醇（对乙醇过敏者可以开水替代）调和，敷于脐及脐周，直径 6~8 厘米，上用纱布、塑料药膜覆盖，再以胶布或绷带固定，可以治疗麻痹性肠梗阻。丁香具有抑菌杀虫作用，如取丁香 15 克，加入 70%乙醇至 100 毫升，浸 48 小时后，去渣，每日涂患处，可治癣。丁香 3 克，五倍子 3 克，研成细粉，装瓶密封保存，可用于治疗风寒性鼻炎、过敏性鼻炎等，用时以药棉蘸药粉放鼻孔处闻其气味，每日早晚各闻 1 次。

丁香气味芳香，是一种很常见的香料，可以用来制作线香、锥香和香囊等，在古代还被作为口腔保健药物。相传丁香在汉代就传入中国，多以"鸡舌香"（指母丁香）之名记载，是治疗和预防口臭的"口香糖"。据传汉时官员上朝奏事，口中须含鸡舌香，如汉应劭所著《汉官仪》中有"尚书郎含鸡舌香，伏其下奏事"的记载，北宋沈括《梦溪笔谈》中也记载："三省故事郎官口含鸡舌香，欲奏其事，对答其气芬芳。此正谓丁香治口气，至今方书为然。"后来鸡舌香成为在朝为官、面君议政的一种象征，如唐刘禹锡《朗州窦员外见示与澧州元郎中郡斋赠答长句二篇因而继和》诗中言"新恩共理犬牙地，昨日同含鸡舌香"；据《三曹集·魏武帝集》记载，曹操曾给诸葛亮写过一封书信，只有十一字，即"今奉鸡舌香五斤，以表微意"，曹操是东汉末年的政治家、军事家、诗人，很喜欢打哑谜，笔者推测曹操这封信的意思不是讽刺诸葛亮有口臭，而是想笼络诸葛亮为己所用，有招贤纳士之意。

丁香还可以作为食用调味料，可矫味增香，不但对多种霉菌、酵母菌、细菌等食品的腐败菌及致病菌具有较强的抑制作用和杀灭效果，还能降低亚硝酸盐含量并阻断亚硝胺合成，主要用于制作卤菜、糕点、饮料等，如作为肉类、腌制食品、蜜饯等的调味品。同时也是家庭烹饪食物特别是烹饪鱼类和鸡鸭等肉食类食物的常用调料。

丁香具有抗氧化作用，能有效防止色素堆积，延缓皮肤衰老，可用于面部皮肤美容及皮肤用化妆品中，还可用于洗发水、护发素等头发用化妆品中。

注意事项：丁香宜密封保存，并存放在阴凉干燥的地方。胃热引起的呃逆或兼有口渴、口苦、口干者不宜食用；热病及阴虚内热者禁服。丁香不能与郁金同时食用。

（张天嵩）

三 七

【本草】

三七

【诗】

清赵瑾叔《三七》：

> 本名山漆①不须疑，屈指②何曾有数推。
> 锋镝③涂来疮即合，杖笞④敷上痛无知⑤。
> 损伤跌扑堪⑥排难⑦，肿毒痈疽可救危⑧。
> 猪血一投俱化水⑨，真金不换⑩效尤奇。

[注释]

①山漆：三七的别名，又名田七，产于云南、广西等地。明李时珍《本草纲目》谓："或云本名山漆，谓其能合金疮，如漆粘物也。"

②屈指：弯着手指计数。宋柳永《戚氏（晚秋天）》词云："思绵绵，夜永对景，那堪屈指，暗想从前。"

③锋镝：锋，刀剑等兵器的锐利部分。镝，聚集。此指刀剑等金属所致的创伤。

④杖笞：一种古代的刑罚，用杖击打人的脊背或臀腿。此指杖击所致的损伤。宋刘攽《次韵和王待制绝句》诗云："无年何日苏凋瘵，死市空嗟费杖笞。"

⑤痛无知：无知痛，指疼痛的感觉消失或极大减轻。

⑥堪：可以，能够。宋辛弃疾《永遇乐·京口北固亭怀古》词云："可堪回首，佛狸祠下，一片神鸦社鼓。"

⑦排难：排除危难。元成廷圭《柬饶介之》诗云："解纷排难乃豪杰，嗜酒狂歌非隐沦。"

⑧危：指垂危，人之临死。清缪重熙《哀弦篇三首》诗云："可怜撒手垂危

际，犹恋高堂涕泗涟。"

⑨猪血一投俱化水：指三七的真伪鉴别法。明李时珍《本草纲目》谓："试法，以末掺猪血中，血化为水者乃真。"

⑩真金不换：形容三七贵重。明李时珍称三七为"金不换"。

[背景与赏析]

赵瑾叔，清代人，生平不详。编有《本草诗》二卷，今存陆文谟增补本。

本诗主要介绍中药三七，言语直白易懂：三七本名山漆，它不仅对促进金刃箭伤的愈合和杖笞后疼痛的缓解有效，还能治疗跌扑损伤和肿毒痈疽等危重病症。将山漆末投放于猪血中，若猪血化为水则为真正的山漆，其疗效之神奇即使拿金子来也不换。

【话】

三七为五加科植物三七的干燥根和根茎。关于其产地的论述，明李时珍《本草纲目》言"生广西南丹诸州番峒深山中"，至近代陈仁山《药物出产辨》言："三七产广西田州为正地道……云南多种，亦可用。"当前云南已成为我国三七的主要产地，云南产的称作三七，并以文山产的"文三七"品质最佳(云南文山与广西百色毗邻，气候环境相似)；广西产的则称为田七，二者皆视为道地药材。

三七味甘、微苦，性温，归肝、胃经，具有散瘀止血、消肿止痛的功效。现代药理研究发现，三七富含三七皂苷、人参皂苷、黄酮类、甾醇类、糖类和氨基酸等多种生物活性成分：皂苷类化合物在保护心脑血管和神经系统、保护肾脏、抗肿瘤、抗炎、抗衰老等方面发挥重要作用；氨基酸成分三七素具有止血作用；黄酮类能在改善心肌缺血、治疗动脉粥样硬化、降血压、降血脂、抗病毒等方面发挥作用；糖类物质可以增强免疫、降低血糖并有效缓解糖尿病诱发的视网膜病变；至于其挥发油成分可以通过增强巨噬细胞的吞噬功能、提高血清中的溶菌酶和超氧化物歧化酶的含量来改善免疫力。

三七是我国特有的名贵中药材，有"南国神药"美誉，清赵学敏在《本草纲目拾遗》中给予其高度评价："人参补气第一，三七补血第一，味同而功亦等，故人并称曰人参、三七为药品中之最珍贵者。"三七单用或配伍其他药食同源物质使用。如，将三七3克打成粉，或直接取三七粉，用开水冲服，每天一次。或三七6克，枸杞子15克，陈皮6克，姜片、葱段适量，一齐塞入鸡腹中，放入炖盅内入笼蒸2小时后即可食用。它具有补虚羸、益气血的功效，适用于老年人及久病体虚者，妇人产后血虚、腰膝酸软者亦可食用。

研究发现，三七富含三七皂苷与人参皂苷，具有显著的免疫调节和心血管保护作用。将三七30克、土豆500克、牛肉500克分别洗净，切好，调料适量，一起置于锅内炖熟，即可食之——具有益气活血，保护心脏的功能。如果将西洋参和三七等份打粉后冲服，也具有保护心血管的作用。

生三七具有显著的活血化瘀、消肿止痛的功效。明李时珍《本草纲目》言其"止血散血定痛"，适用于"金刃箭伤，跌扑杖疮，血出不止者……亦主吐血衄血，下血血痢，崩中经水不止，产后恶血不下，血运血痛，赤目痈肿，虎咬蛇伤诸病"。将三七6克、红花10克，一同浸泡于500毫升白酒中，7天后即可饮用——具有散瘀止血的功效，可于出血或跌打瘀血时外敷和内服。

尤其要提醒读者的是，千万不要购买假三七，如土三七、水三七、藤三七等，特别是土三七，有明确的肝毒性，一次吃过量或者长期服，可造成不可逆的肝损伤。

注意事项：孕妇慎用。血虚无瘀者忌用。

（周先强）

山茱萸

【本草】

山茱萸

【诗】

唐王维《山茱萸》诗：

朱实①山下开，清香②寒更发。
幸有③丛桂花，窗前向秋月④。

[注释]

①朱实：犹指山茱萸。东汉许慎《说文解字》云："茱萸，茮属，从草，朱声。"明李时珍《本草纲目·木部三·山茱萸》中将山茱萸称为"魁实"。因山茱萸果实鲜红而晶莹，故有"朱实"之雅称。

②清香：(山茱萸)散发的清幽淡雅的香气。唐李白《咏邻女东窗海石榴》诗云："清香随风发。"

③幸有：本有，正有。宋贺铸《望湘人》词云："幸有归来双燕。"

④秋月：秋天夜空中明朗、澄清的溶溶月色。唐刘禹锡《望洞庭》诗云："湖光秋月两相和。"

[背景与赏析]

王维(701？—761)，字摩诘，号摩诘居士。河东蒲州(今山西运城)人。唐朝诗人、画家。王维为山水田园诗派代表人物之一，多咏山水田园，且精通诗书音画，能以画理通之于诗，与孟浩然合称"王孟"。北宋大文豪苏轼誉其"诗中有画，画中有诗"。王维笃诚奉佛，参悟佛道，故有"诗佛"之称。著有《王右丞集》《画学秘诀》等。

居庙堂之高则忧其民，处江湖之远则忧其君。然王维仕途多舛，曾经历四次归隐，亦官亦隐给王维逃避宦海沉浮提供了一个精神世界的"桃花源"。

这首诗相传为唐开元二十九年（741）至天宝三载（744）之间王维隐居于终南山时所作。山茱萸是那般殷红剔透，经历深秋的露冷霜寒，仍然生机勃勃，清香逸远。三国魏曹植《浮萍篇》诗云："茱萸自有芳，不若桂与兰。"山茱萸虽不及桂与兰一般香气馥郁，却安雅淡然，与桂花相伴而栽，在秋夜的月明下相映成趣。本诗遣字造词看似平淡，却相合而成，化无情之景为有情之物，妙谛自成，细腻得让人沉浸其中。山茱萸果实红艳，花叶淡雅，香气清幽，王维亦是心志高洁之人，借山茱萸慨言其志，烘托诗人对自然、纯真理想境界的向往和追求。

【话】

山茱萸，为山茱萸科植物山茱萸的干燥成熟果肉，别名蜀枣、魁实、山萸肉等。它分布广泛，主要在陕西、浙江、河南等地。陕西佛坪林木茂密，气候温暖湿润，素有"中国山茱萸之乡"的美誉；浙江临岐山茱萸肉厚质软，质量颇佳；河南西峡山茱萸生长在深山地带，得天独厚，是中国第一个山茱萸质量符合《中药材生产质量管理规范》的基地。

山茱萸，味酸涩，性微温，归肝、肾经，具有补益肝肾、涩精固脱、固经止血等功效，常用于治疗眩晕耳鸣、腰膝酸痛、遗精崩漏、遗尿尿频、大汗虚脱、内热消渴等。现代药理研究发现，山茱萸含有机酸类、苷类、多糖类等多种有效成分。其中乌苏酸、齐墩果酸、没食子酸隶属于有机酸类，可降血糖、抗菌消炎、保护肝脏；环烯醚萜类属于苷类，具有抗休克、强心作用；山茱萸总苷类能增强人体的免疫力；山茱萸多糖类有抗肿瘤作用等，多用于免疫调节、糖尿病和心肌病的辅助治疗等诸多方面。

明李时珍《本草纲目》中将山茱萸列为滋补要药，谓其"久服，明目强力长年"。中医俗语云："一味山茱萸，胜过人参当归。"山茱萸不同于其他药材，是阴阳双补、肝肾同治、药食同源的佳品。山茱萸6~9克、西洋参6~9克，水煎30分钟，代茶饮，每日1剂，可增强体质，对于大病后身体虚弱者尤为适宜。用山茱萸9克、酸枣仁9克、五味子6克水煎30分钟代茶饮，可安神助眠，助您安然入睡。将山茱萸和枸杞子各9克、粳米100克同煮成稀粥食用，可滋补肝肾，养血明目，头晕眼花、腰酸乏力、月经不调者食之尤佳。

唐甄权《药性论》中谓山茱萸："止月水不定，补肾气，兴阳道，添精髓，疗耳鸣……止老人尿不节。"山茱萸有很强的补肝肾、涩精固脱之效。用山茱萸15克和龙骨、牡蛎各30克，加水煎30分钟，每日1剂，适用于经常汗出不止者。用山茱萸9克、覆盆子9克，加水煎30分钟，每日1剂，适用于经常遗尿者。

明张介宾总结自身临床经验，在《景岳全书·眩运①》中指出："眩运一证，虚者居其八九，而兼火兼痰者，不过十中一二耳……无虚不能作眩。"虚证眩晕时不可忘肾的调治。因肾主骨生髓，而脑是髓海。肾精亏虚，不能濡养髓海，易出现反复眩晕。山茱萸有补肾填精、充脑髓的功效，用山茱萸9克、熟地黄15克、山药15克、泽泻9克、茯苓15克、牡丹皮9克，加水煎30分钟，每日1剂，滋补肾阴，适合头晕反复，兼有耳鸣、腰膝酸软等肾阴不足人群服用。

注意事项：湿热体质及小便淋漓不尽者均忌服。

（王安安）

---

① 现指眩晕。

山　药

山药

【诗】

宋陆游《秋夜读书，每以二鼓①尽为节》：

腐儒②碌碌③叹无奇，独④喜遗编⑤不我欺。

白发无情侵⑥老境⑦，青灯⑧有味似儿时。

高梧策策⑨传寒意，叠鼓冬冬⑩迫睡期。

秋夜渐长饥作祟⑪，一杯山药⑫进⑬琼糜⑭。

[注释]

①二鼓：即二更的意思，古时夜晚用鼓打更，因此二更也称二鼓，相当于21～23时。

②腐儒：指迂腐的儒生，只知读书，不通世事，为作者自谦之词。陆游《融州寄松纹剑》诗云："愿闻下诏遣材官，耻作腐儒常碌碌。"

③碌碌：平庸无能。

④独：特别地，特别。

⑤遗编：前人遗留的著作，泛指前人典籍。

⑥侵：临近，到。唐杜牧《旅宿》诗云："远梦归侵晓，家书到隔年。"

⑦老境：老年时期，老年时代。宋陆游《检旧诗偶见在蜀日江渎池醉归之篇怅然有感》诗云："老境渐侵欢意尽，旧游欲说故人稀。"唐孔颖达《礼记·曲礼上》疏云："七十曰老而传者，六十至老境而未全老，七十其老已至，故言老也。"

⑧青灯：即油灯，因光线青荧，故名。唐韦应物《寺居独夜寄崔主簿》诗云："坐使青灯晓，还伤夏衣薄。"

⑨策策：落叶声。唐韩愈《秋怀诗十一首》诗云："秋风一披拂，策策鸣不已。"

⑩冬冬：指鼓声。

⑪作祟：作怪，为害。

⑫山药：多年生缠绕藤本植物，其地下块茎可供食用或入药。又称"薯蓣"，因避唐代宗李豫讳，改为"薯药"；后又因避宋英宗赵曙讳，改为"山药"。此指山芋汤。山芋即山药，古籍中还有修脆、白苕、佛掌薯等二十多种别称。陆游对山药的偏爱在其诗作中多有体现，"久缘多病疏云液，近为长斋煮玉延"，其中"玉延"即山药。唐宋之后的诗词名家喜欢以山药入食，作养生之品。《普济方》中提及"脾胃虚弱：山药一味，锉如小豆大，一半炒熟，一半生用，为末，米饮调下"。《红楼梦》第十一回提到秦可卿病重，脸上身上的肉全干了，据推测可能是脾胃虚弱导致营养不良所致，但秦可卿吃了两块贾母赏的枣泥馅的山药糕后，觉得能消化得了。

⑬进：超过。《庄子·养生主》云："臣之所好者，道也，进乎技矣。"

⑭琼糜：亦作"琼靡"，玉屑，古时相传食之可以延年。《离骚》云："折琼枝以为羞兮，精琼靡以为粮。"

[背景与赏析]

陆游（1125—1210），字务观，号放翁，越州山阴（今浙江绍兴）人。南宋文学家、史学家、爱国诗人，擅长正、行、草三体书法，尤精于草书。陆游生逢北宋灭亡之际，少年时即深受家庭爱国思想的熏陶。陆游具有多方面文学才能，尤以诗的成就为最，自言"六十年间万首诗"。宋高宗时，他参加礼部考试，因受宰臣秦桧排斥而仕途不顺。秦桧死后，他初入仕途，相继任福州宁德县主簿、敕令所删定官等。孝宗时赐进士出身，历任镇江府通判、建康府通判、隆兴府通判等职，因坚持抗金，屡遭主和派排斥。中年入蜀，投身军旅。早年追求宏肆奔放的风格，充满战斗气息及爱国激情，晚年退居家乡，诗风趋向质朴而沉实。清赵翼长于史学，考据精赅，他在《瓯北诗话》中说："宋诗以苏、陆为两大家，后人震于东坡之名，往往谓苏胜于陆，而不知陆实胜苏也……其时朝廷之上，无不以画疆守盟、息事宁人为上策，而放翁独以复仇雪耻，长篇短咏，寓其悲愤。"著有《剑南诗稿》《渭南文集》等。

陆游很喜欢读书至深夜，《剑南诗稿》以《秋夜读书》为题的诗就有多首。本诗是乾道元年（1165）秋陆游调任隆兴府通判后而作。诗中诗人自叹人到中年，虽然白发丛生，仍然是碌碌无为，但还有个特别爱读书的习惯。陆游此时四十岁，却道自己渐入"老境"，头有白发，在青灯下夜读，还觉得意味盎然，仿佛又想到儿时读书的情景。秋夜渐长，梧桐叶飘落带来了阵阵寒意，咚咚的打更鼓声也仿佛是催促诗人赶紧休息。忽然觉得有点饿了，吃一杯山药煮成的粥，真是胜过琼糜啊。本诗体现出了作者的清苦生活和好学不倦。

【话】

山药为薯蓣科薯蓣属植物薯蓣的干燥根茎。薯蓣多野生于山坡、山谷林下、溪边、路旁的灌木丛或杂草中；也可栽培。山药的产地遍及中南、华北、华南、西北、西南等，主产于河南，又名怀山药。河南所产质量最优、产量最大。怀山药分为铁棍山药、小绒毛山药、白皮山药和菜山药四种类型，品质最优当数铁棍山药。

山药甘平，归脾、肺、肾经，具有补脾养胃、生津益肺、补肾涩精的功效。在现代药理学中，山药中的营养成分包括多糖、淀粉、蛋白质、维生素及矿质元素，具有增强免疫功能、降血糖和血脂、调节胃肠功能、抗肿瘤和突变等。山药块茎富含多糖，可刺激和调节免疫系统，促进脾脏中 T 细胞的增生和自然杀伤细胞对淋巴癌细胞的毒杀作用，同时通过对致突变物作用使其失活，对环磷酰胺所引起的细胞免疫抑制有对抗作用。山药中含有丰富的抗性淀粉，能阻碍普通淀粉的水解，延缓其在消化道中的水解速度，并提高肝糖原和心肌糖原含量，促进血糖利用。山药水提取物还参与抗氧化、清除氧自由基，具有抗衰老功效。

山药始载于《神农本草经》，被列为上品。汉张仲景《伤寒杂病论》首见薯蓣丸，"虚劳，诸不足，风气百疾，薯蓣丸主之"，治疗虚劳病阴阳俱虚兼表邪不解的病症，具有调和阴阳、补益气血、疏风散邪等功效。

清末民国初期著名医家张锡纯认为山药是滋补药中的"无上之品"，在其所著《医学衷中参西录》的病案中，应用山药的就有 49 例，主张生者煮汁饮汁，或生者轧细煮粥，或轧细蒸熟，忌炒用；若用于回阳固脱，可使用 100～200 克甚至更多。

山药能保护损伤后的胃黏膜，抑制脾虚患者胃排空和肠推进。山药 100克、红豆 100 克、薏苡仁 50 克、芡实 50 克、白扁豆 50 克、黑豆 5 克、大枣 5 颗（掰开）、糯米 50 克、冰糖 5 块，一起煮粥，用于治疗脾虚消化不良，食少腹泻。或山药 30 克(或鲜山药 100 克)、莲子 15 克、芡实 15 克、薏苡仁 30 克、大米100 克，加水适量，煮成粥食用，有益气健脾、补中止泻的功效，可治中老年人消化不良性泄泻、全身无力、心悸气短等。鲜山药100克洗净去皮，羊肉50克洗净切碎，大枣10枚，大米100克，同煮为粥食用，具有温补脾肾、益胃固肠的功效，可用于脾肾不足型中老年人，症见五更泄泻、形体消瘦等。或山药30克，枸杞子12克，韭菜子15克，羊肉100克洗净切为小块，与诸药共同炖煮1小时，加调料适量，食肉喝汤，具有补肾壮阳、增强性功能的功效，可用于肾阳不足型中老年人，症见腰膝酸软、胃寒肢冷、性功能低下者等。

山药可以双补肺之气阴，治疗肺虚咳喘，症见咳喘无痰或痰少而黏，动则喘甚，疲劳乏力等。明杨起《简便单方俗论》中载一方治疗痰气喘急，即用生山药捣烂半碗，入甘蔗汁半碗，和匀，顿热饮之。也可山药与其他药食同源物质同用，治疗咳喘，如以山药250克，去皮洗净，切成条，入沸水锅中焯水，捞出沥干，放在加了柠檬汁的凉开水中浸泡；百合50克洗净，放入热水中浸泡；分别将山药、百合捞出，沥干水分，盛盘中，再淋柠檬汁即可，具有补肺、健脾、益肾等功效。

山药补肾涩精，具有预防和减轻肾脏缺血和促进肾脏再生修复的功效，选用山药15~30克，酒浸后的菟丝子15~30克，水煎服，每日1~2次，或取鲜山药片与羊肉适量，制山药羊肉汤，可用于慢性肾炎和肾病综合征等肾脏病的辅助治疗。

山药补气养阴而止渴，有很好的降血糖效果。可单用山药60~250克，水煎代茶饮，可作为糖尿病的辅助治疗。

（潘纬榕　张天嵩）

山 楂

【本草】

山楂

【诗】

唐万楚《题江潮庄壁》：

> 田家喜秋熟①，岁晏②林叶稀。
> 禾黍③积场圃④，楂梨⑤垂户扉。
> 野闲犬时吠，日暮牛自归。
> 时复⑥落花酒，茅斋⑦堪⑧解衣⑨。

[注释]

①熟：有收成，丰收。汉董仲舒《春秋繁露》云："天之道，出阳为暖以生之，出阴为清以成之。是故非薰也不能有育，非凓也不能有熟，岁之精也。"

②岁晏：晏，意即晚、迟。战国时期楚国人屈原《离骚》云："及年岁之未晏兮，时亦犹其未央。"岁晏，即岁暮、年终。唐王维《秋夜独坐怀内弟崔兴宗》诗云："吾生将白首，岁晏思沧洲。"

③禾黍：禾与黍。此处泛指粮食作物。

④场圃：指场院、庭院。场，平坦的空地，多指农家翻晒粮食及脱粒的地方。圃，种植蔬菜、花卉或瓜果的园地。唐孟浩然《过故人庄》诗云："开轩面场圃，把酒话桑麻。"

⑤楂梨：山楂与梨。此处泛指水果类作物。

⑥时复：时常，经常。唐杜甫《溪上》诗云："西江使船至，时复问京华。"

⑦茅斋：茅盖的屋舍。

⑧堪：能够，足够，可以。唐李商隐《和友人戏赠二首》诗云："白璧堪裁且作环。"

⑨解衣：脱衣。此引申为住等一般生活活动。

[背景与赏析]

万楚，唐朝诗人，生卒年不详。虽开元年间进士及第后为官，但官位不高，后退居于颍水之滨(今安徽阜阳市颍上县附近)。

万楚流传后世的诗作不多见，《全唐诗》存其诗八首。本诗是作者晚年退居颍水，闲暇时光漫步乡野，所见田园生活悠然自得，有感而发所作。深秋快到年终时节，山林中却草木稀疏，一片萧瑟。与之相对应的是，农民喜获丰收，成熟的禾黍堆积在场院中晾干，门前的山楂树和梨树上硕果累累，一"积"字、一"垂"字，炼字精准，充分体现了丰收景象。诗人漫步在田野中，已看不到忙着耕种的农民们，只是时时听到远处传来犬吠声，看到夕阳下独自归来的牧牛。"自"字甚妙，老牛似乎也变成了乡村的主人，自由自在。诗人遇到好客的农家，受邀到农家茅斋坐一坐，品一品自酿的落花酒，不禁向往起农家质朴、恬淡的生活！

【话】

山楂为蔷薇科落叶灌木或小乔木植物野山楂或山楂的果实，分北山楂和南山楂两种。北山楂为植物山楂的果实，呈球形或梨形，直径约 2.5 厘米。表面深红色，有光泽，满布灰白色细斑点。南山楂为植物野山楂的果实，呈圆球形，直径 0.8~1.4 厘米。表面灰红色，有细纹或小斑点。

山楂味酸、甘，性微温，归脾、胃、肝经，具有消食健胃、行气散瘀、化浊降脂之功。现代药理研究表明，山楂含黄酮类化合物、有机酸类化合物（如酚酸）、三萜类化合物（如乌苏酸）、糖类化合物（如果糖和葡萄糖）等成分，具有抗肿瘤，降血糖，降低血清胆固醇、甘油三酯，扩张冠状动脉血管，抗炎，抗氧化，增强免疫力，抑制寄生虫等作用。

元吴瑞《日用本草》云："化食积，行结气，健胃宽膈，消血痞气块。"《本草再新》云："治脾虚湿热，消食磨积，利大小便。"山楂味酸而甘，微温不热，功擅助脾健胃，促进消化，尤为消油腻肉食积滞之要药，炒炭能止泻痢，用于食积不化、肉积不消、脘腹胀满、腹痛泄泻等症。如果要治疗多食腹胀、消化不良，可以选取焦山楂 10 克，研末加适量红糖，开水冲服，每日 3 次。或生山楂 10 克、炒麦芽 10 克，水煎服，每日 2 次。或取适量山楂 30 克、糯米 75~100 克，共同熬粥，能开胃消食、化滞消积、活血化瘀、收敛止痢，适于食积腹胀、消化不良、腹痛泄泻患者食用。

山楂可以用于高血压、高脂血症及冠心病的辅助治疗。如，取生山楂 15~30 克，水煎代茶饮。或山楂 15 克、罗布麻叶 6 克、五味子 6 克、冰糖 5 克，小火熬煮 15 分钟，制成降压茶。或山楂 15 克、荷叶 12 克，用水煎，制成山楂荷叶饮。或鲜山楂 1000 克、桃仁 100 克、蜂蜜 250 克，共同制成山楂桃仁露。以上诸方均能活血化滞、降血压、降血脂、降胆固醇、扩张血管、营养心肌，适于心血管病患者长期服用。

山楂能入肝经血分，善能化瘀散结以止痛，多用于产后瘀滞腹痛、恶露不下，以及疝气偏坠胀痛等症。如治疗痛经，可取完整带核鲜山楂 500 克，洗净后加入适量水，小火熬煮至山楂烂熟，加入红糖 150 克，再熬煮 10 分钟，待其成为稀糊状即可。一般在经前 3~5 天开始服用，每日早晚各食山楂泥 30 毫升，经止则停止食用，连用 3 个月经周期。

注意事项：脾胃虚弱或者胃酸分泌过多的人慎用。糖尿病患者可适当食用山楂鲜果。食用后要注意及时漱口刷牙，以防伤害牙齿。

（孙靖　张天嵩）

川 芎

【本草】

川芎

【诗】

宋苏轼《次韵和王巩六首》其五：

> 平生我亦轻①余子②，晚岁人谁念此翁。
> 巧语③屡曾遭薏苡④，廋词⑤聊复托芎䓖⑥。
> 子还可责同元亮⑦，妻却差贤胜敬通⑧。
> 若问我贫天所赋，不因迁谪始囊空。

[注释]

①轻：轻视，不重视。

②余子：指资质平庸、卑微，不值得被提及的人。《东坡志林·记游·记刘原父语》中刘原父借陈元龙的话表达自己的"骄而自矜"："所敬如此，何骄之有？余子琐琐，亦安足录哉。……吾后在黄州，作诗云：'平生我亦轻余子，晚岁谁人念此翁？'盖记原父语也。"

③巧语：灵巧善言。元朱希晦《所思》其二："谗臣在君侧，巧语谁为听。"

④薏苡：植物名。一年生或多年生草本植物，茎直立，叶线状披针形，颖果卵形，淡褐色。籽粒(薏苡仁)含淀粉，供食用、酿酒，并入药。茎叶可作造纸原料。此处为薏苡之谤，比喻被人诬陷，蒙受冤屈，典出《后汉书·马援列传》。

⑤廋词：廋辞。《太平广记》引《刘宾客嘉话录·权德舆》："或曰：廋词何也？曰：隐语耳。"

⑥芎䓖：植物名。多年生草本植物，叶似芹，秋开白花，有香气。或谓嫩苗未结根时名曰蘼芜，既结根后乃名芎䓖。根茎皆可入药。以产于四川者为佳，故又名川芎。晋张华《博物志》卷四："芎䓖，苗曰江蓠，根曰芎䓖。"

⑦元亮：即陶渊明，东晋文学家、诗人。一名潜，字元亮，私谥"靖节"。浔阳柴桑(今江西九江市西南)人，曾为江州祭酒、建威参军、镇军参军，后任彭泽令，因不满当时官员的腐败而去职，归隐田园，至死不仕。有诗《责子》感叹其五子皆贪玩而不好学，与自己所希望的差距太大，勉励他们能好学奋进，成为良才。

⑧敬通：即冯衍，生卒年不详，东汉京兆杜陵(今陕西省西安市东南)人，字敬通，辞赋家。《后汉书·桓谭冯衍列传》云："衍娶北地女任氏为妻，悍忌，不得畜媵妾，儿女常自操井臼，老竟逐之，遂坎壈于时。"

[背景与赏析]

苏轼(1037—1101)，北宋文学家、书画家、美食家。字子瞻，号东坡居士。一生仕途坎坷，学识渊博，天资极高，诗文书画皆精。其文汪洋恣肆，明白畅达，与欧阳修并称"欧苏"，为"唐宋八大家"之一；诗清新豪健，艺术表现独具风格，与黄庭坚并称"苏黄"；词开豪放一派，对后世有巨大影响，与辛弃疾并称"苏辛"；书法擅长行书、楷书，与黄庭坚、米芾、蔡襄并称"宋四家"；画学文同，论画主张神似，提倡"士人画"。著有《苏东坡全集》和《东坡乐府》等。

元丰二年(1079)，苏轼因移知湖州到任后谢恩上表中有"愚不识时，难以追陪新进"句，而被御史何正臣等上表弹劾，乌台诗案发，苏轼被贬为黄州团练副使，被监视居住。据载，乌台诗案牵连了不少人，王巩即是其一。王巩(约1048—约1117)，字定国，号介庵，自号清虚居士，莘县(今山东聊城莘县)人，北宋诗人、画家。因御史舒亶奏言"驸马都尉王诜，收受轼讥讽朝政文字与遗轼钱物，并与王巩往还，漏泄禁中语……阴通货赂，密与燕游"，王巩被御史附带处置，被贬监宾州盐酒税。这次贬谪对王巩的伤害是非常大的，苏轼在《王定国诗集叙》中说，"定国以余故得罪，贬海上三年，一子死贬所，一子死于家，定国亦病几死"。但王巩本人居逆境而不颓废，据宋李焘《续资治通鉴长编》引用刘挚评价王巩说，"昔坐事，窜南荒三年，安患难，一不戚于怀。归来颜色和豫，气益刚实。此其过人远甚，不得谓无入于道也"。

元丰四年(1081)，苏轼作送别酬唱诗《次韵和王巩六首》，此为其中一首。此诗作者所描述的既是自己的遭遇，也是王巩的遭遇，表达了自己与王巩的惺惺相惜，同时表达了对王巩因自己受到牵连的内疚与难过。诗人也像刘原父一样，生平最轻视那些资质平庸、卑微的人，到老来却不被人记起。每每提出灵巧善言却总遭受薏苡之谤，只能像芎䓖在地下埋着一样用隐晦的语言来慰藉自己，不能自由地抒发内心的情怀。自己也要像陶元亮一样教导贪玩而不好学的儿子，妻子比冯敬通的妻子贤惠持家。所以"我"的贫困潦倒是上天所赋予的，不是因罪降职并流放所导致的。

川芎又名芎䓖，最早见于《神农本草经》，为伞形科植物川芎的干燥根茎。主要产于四川、云南、贵州、广西等地，属于川产道地药材之一。

川芎辛温，归肝、胆、心包经，具有活血行气、祛风止痛的功效，临床上常用于胸痹心痛，胸胁刺痛，跌扑肿痛，月经不调，经闭痛经，癥瘕腹痛，头痛，风湿痹痛。现代药理研究表明，川芎含有的生物有效成分主要包括酚类和有机酸类（如阿魏酸）、苯酞类化合物（如藁本内酯）、生物碱类（如川芎嗪）、多糖类这四大类，对心脑血管系统、神经系统、呼吸系统、肝肾系统等都具有多方面的药理活性。其中，阿魏酸、藁本内酯、川芎嗪在抗血小板聚集、抗血栓形成、抗炎方面具有显著作用；阿魏酸具有较强的抗氧化作用；藁本内酯具有较强的镇痛作用；阿魏酸、藁本内酯具有显著的神经保护作用；藁本内酯、川芎嗪还具有扩张血管、抗肿瘤、平喘的作用。

川芎辛温香燥，走而不守，既能行散，上行可达巅顶；又入血分，下行可达血海，被称为"血中气药"。《神农本草经》将其列为上品，称其"主中风入脑头痛，寒痹，筋挛缓急，金创，妇女血闭无子"。川芎为治疗头痛的要药。金张元素称川芎"上行头目，下行血海……能散肝经之风，治少阳厥阴经头痛及血虚头痛之圣药也"。金元时期名医李东垣也认为"头痛需用川芎，如不愈，各加引经药"。将川芎6克、绿茶12克放入杯中，沸水冲泡，每日1剂，可治疗风热头痛。肝郁气滞导致的偏头痛可取川芎10克、香附3克、红茶3克，用沸水冲泡后饮用。

川芎广泛用于妇科疾病。有一张治疗血症的名方称为四物汤：川芎9克、当归12克、白芍12克、熟地黄12克，水煎服，每日1剂，具有补血调经之功用。或取上述四味药，另取乌骨鸡一只洗净，姜等调料适量，加水共煮，大火煎开后，以小火煎90分钟，再入盐适量，吃肉喝汤。具有滋补肝肾、活血行气的功效。

药膳作为中医防治疾病的一种方式，目前常应用于日常生活中。将川芎、白芷、大枣、生姜、大鱼头洗净，大枣去核，生姜去皮、切片，一同放入砂锅中，加适量水，炖煮约4小时，最后加入细盐调味，即可饮用。它可以起到滋补祛风的作用。用川芎9~12克、黄芪15克，两者加水煮沸30分钟，去渣留取药汁；将药汁和糯米50克，同煮成粥，食用。它可作为脉络血瘀型血栓闭塞性脉管炎的食疗方。

注意事项：阴虚火旺、上盛下虚及气弱之人均忌服。月经过多或出血性疾病者慎用。

（张苏贤）

女贞子

【本草】

女贞子

【诗】

唐李白《秋浦①歌十七首》其十：

千千石楠树②，万万女贞③林。

山山白鹭满，涧涧白猿吟。

君莫向秋浦，猿声碎客心。

[注释]

①秋浦：唐县名，时属江南道宣州，今安徽省池州市贵池区西。因其境内有秋浦水而得名，是唐代银、铜产地之一。

②石楠树：属蔷薇科石楠属常绿灌木或小乔木，其根与叶皆可入药。

③女贞：属木犀科女贞属常绿灌木或乔木，又称贞木、冬青、蜡树。晋苏彦《女贞颂》序云："女贞之木，一名冬青。负霜葱翠，振柯凌风。故清士钦其质，而贞女慕其名，是矣。别有冬青与此同名。今方书所用冬青，皆此女贞也。近时以放蜡虫，故俗呼为蜡树。"后世常有"负霜葱翠，振柯凌风，贞女慕其名，或树之于云堂，或植之于阶庭"之传统。

[背景与赏析]

李白（701—762），字太白，号青莲居士，又有"谪仙人"之誉，唐代伟大的浪漫主义诗人，被后人誉为"诗仙"，与杜甫并称为"李杜"。

李白一生喜欢漫游，踏遍神州山川，一生曾三游安徽池州秋浦，秋浦更是其晚年的最爱。从叹绝于秋浦清溪的"人行明镜中，鸟度屏风里"的仙境画意，嘴角亦泛溢出"向晚猩猩啼，空悲远游子"的忧愤与焦虑；然诗人眼中再次看到

"赧郎明月夜，歌曲动寒川"的劳动场景；也感动于荀媪"跪进雕胡饭，月光明素盘"，面对这份陌生而珍贵的善意，言溢出"令人惭漂母，三谢不能餐"；更感挚友乡绅的质朴真情，依恋间相赠"桃花潭水深千尺，不及汪伦送我情"。凡此种种，皆源于诗人感知到的秋浦山山水水，质朴人文，这里有描不尽的山水，也有咏不完的劳动人民，更有余生志同道合的好友。

《秋浦歌十七首》组诗是李白晚年游居秋浦时所作，约创作于唐玄宗天宝十三载（另说为天宝十二载或天宝十四载）第二次游秋浦时期。当时诗人因受谗遭贬离开长安已历十年有余。其间，李白云游天下，四海为家，北上燕、赵，南下江、淮；其中不乏痛快欢畅之时，尤以曾和杜甫两人携手同游梁、宋，把酒论诗，快意非常。不过，他在秋浦时的心情并不太好。天宝十二载，他曾北游幽蓟，亲见安禄山势力坐大，君王养痈已成。故而，此正值诗人怀着极其悲愤的思绪再游江南之时。结合本文诗篇，作者从描绘秋浦山景落笔，虽道眼前景，却诉心中事，触景生情，借以抒发愁怀难遣的痛苦心情。明焦竑《雅娱阁集序》中言："诗非他，人之性灵之所寄也。"

故而我们可以揣度本诗：从言"千千石楠""万万女贞"到"山山白鹭""涧涧白猿"，描绘出秋浦山林茂盛，郁郁葱葱，而在这种静态美映衬下的又是秋浦山中栖息着各种动物，或栖，或飞，或上下攀缘，生机勃勃，极尽动态之美，"白"之对比色调格外醒目，又用"满"之视觉、"吟"之听觉，动态多元地写出秋浦恬静和美、充满活力的自然景观。其中采用叠字形式。虽古今不乏叠字体裁，如《诗经》开篇就言"关关雎鸠"，陶渊明的《拟古九首》中有"荣荣窗下兰，密密堂前柳"，且随着诗的格律日趋严格，仍出现了杜甫《登高》中的"无边落木萧萧下，不尽长江滚滚来"，但如诗人这般四句叠字自然连用，复而不厌，就难了，可见诗人于秋浦山景奇妙诱人之处，昭昭然流露着一份爱恋之情，在不露痕迹中达到情景交融的境界，实为难能可贵。这一切只为最后烘托出诗人的情感，以劝告的口吻，抒发了自己的感触。李白游秋浦时，正是他政治上失意、抱负难成之时，幽深恬静的山林令其陶醉，但白猿的鸣叫又把他拉回到现实中来，自悲身世，愁怀难遣，结果却是"碎客心"。然而，人生暮年的作者眼中仍有"石楠""女贞"常青林木，仍寓意着忧国忧民之初心不改。

【话】

女贞子为木犀科植物女贞的干燥成熟果实，广泛分布于陕西、甘肃及长江以南各地，尤以道地产区浙江、江苏、湖南、福建、广西等地产出品质上佳。

女贞子味甘、苦，性凉，归肝、肾二经，具有滋补肝肾、明目乌发的功效。现代药理研究发现其主要活性成分为三萜类、环烯醚萜类、黄酮类、苯乙醇苷类、挥发油、多糖类、脂肪酸等，其中三萜类和苯乙醇苷类是活性物质含量最高且药效作用聚焦的主要成分，研究表明二者都具有保肝、神经保护、免疫调节、强心、降脂降糖、抗衰老、抗氧化、抗炎杀菌及抗肿瘤等药理作用；同时，其多糖类具有增强适应性免疫调节、促进黑色素形成、抗诱变、抗肿瘤等生理作用。

《神农本草经》列之为上品，谓其"主补中，安五脏，养精神，除百疾"。李时珍言其"强阴健腰膝，变白发，明目"，故而临床上主要用于补肝肾、强腰膝、壮筋骨、乌须发，以治疗阴虚内热、头晕、耳鸣等症。清代医家尤善运用其强壮补虚功效，独推滋补肝肾之二至丸，此方由女贞子、墨旱莲各等份组成。相传，明末安徽地区有一名医汪汝佳，因自幼体质单薄，未过不惑之年便已体弱衰老，须发苍白，偶得一高僧指点言"取女贞子蜜酒拌蒸食即可"，斟酌之后又加入墨旱莲，服用半年后果然神采奕奕，而素嗜岐黄之书的好友汪昂见之全无昔日的病容，颇感惊诧，得知详情后便如法炮制、服用，果然奏效，收入自己的作品《医方集解》中，因言"冬至，阴之极也，而一阳生"，女贞子冬至之时果实最熟，味全气厚，是采集最佳时节；"夏至，阳之极也，而一阴生"，作为草本植物的墨旱莲至盛夏之时，枝繁叶茂，叶黑汁足，此时最宜收割，于是一者冬至采摘、一者夏至收割的两味中药，遂成就了名方二至丸。现代研究发现二至丸具有预防骨质疏松、对抗阿尔茨海默病、抗衰以延年、调节免疫系统、乌发等药理作用而成保健养生的基础名方，二者可炼蜜为丸，亦可熬制成膏，又可等份入黄酒泡制饮用，也可加减使用，如桑椹二至膏：以桑椹、女贞子、墨旱莲各等份，加水煎取浓汁收膏，每次食 1~2 匙，可用于滋补肝肾、强壮腰膝、乌须黑发；又如乌发美髯饮：酒女贞子 20 克、墨旱莲 10 克、何首乌 15 克、党参 20 克、瘦肉 250 克，先切瘦肉成块备用，余纳入锅后加水 1 升，慢火熬煮 1 小时后即可饮用，专用于养血乌发。

根据中医药理论，按照现代药理相关基础研究，现将女贞子用于慢性气管炎、急慢性肝炎、高脂血症、糖尿病、动脉粥样硬化、妇科病等临床治疗。正如《本草正》所言："养阴气，平阴火，解烦热骨蒸，止虚汗消渴，及淋浊崩漏，便血尿血，阴疮痔漏疼痛。亦清肝火，可以明目止泪。"我们可取女贞子 30 克、丹参 30 克、瘦肉 250 克，慢火熬煮 1 小时即可，吃肉喝汤，可用于慢性肝炎、脂肪肝、高脂血症、心血管疾病等预防调护。平时对于慢性疾病过程中因气阴两虚所致虚汗、口干眼干、虚烦不眠等症状，可取女贞子 30 克、党参 15 克、五味子 10 克制成止汗生津饮，日常代茶饮用；亦可用女贞子 30 克、天冬 15 克、桑椹 20 克、大枣 10 克调制成安神去燥饮，熬煮后代茶饮。

注意事项：脾胃虚寒泄泻及阳虚者忌服。

（马成勇）

马齿苋

【本草】

马齿苋

【诗】

唐杜甫《园官送菜》：

清晨蒙①菜把，常荷地主②恩。
守者愆③实数，略有④其名存。
苦苣⑤刺如针，马齿⑥叶亦繁。
青青⑦嘉蔬⑧色，埋没在中园。
园吏⑨未足怪，世事固堪论。
呜呼战伐久，荆棘⑩暗长原。
乃知苦苣辈，倾夺蕙草⑪根。
小人塞道路，为态何喧喧。
又如马齿盛，气拥葵荏⑫昏。
点染不易虞⑬，丝麻杂罗纨⑭。
一经器物内，永挂粗刺痕。
志士采紫芝⑮，放歌避戎轩⑯。
畦丁⑰负笼至，感动⑱百虑⑲端。

[注释]

①蒙、荷：承蒙。唐李商隐《谢书》云："自蒙半夜传衣后，不羡王祥得佩刀。"

②地主：当地主人。此指夔州都督柏贞节(柏茂琳)。

③愆：通"骞"，亏，损。《诗经·大雅·假乐》云："不愆不忘，率由旧章。"

④略有：据有，拥有。

⑤苦苣：苦苣菜，是桔梗目菊科苦苣菜属，一年或二年生草本植物。苦苣的嫩叶可食。苦苣也是一味中药材，味苦，可用以治疗黄疸、疔疮、痈肿。

⑥马齿：指马齿苋。

⑦青青：墨绿色。唐王维《送元二使安西》云："客舍青青柳色新。"

⑧嘉蔬：嘉美的蔬菜。嘉，美好的。

⑨园吏：即题中园官，奉长官之命给杜甫送菜的小吏。

⑩荆棘：本义是山野丛生多刺的灌木，后多用指奸佞小人、战事纷乱等。唐刘长卿《和袁郎中破贼后军行过剡中山水谨上太尉》云："剡路除荆棘，王师罢鼓鼙。"

⑪蕙草：香草名，又名薰草、零陵香。

⑫葵荏：泛指凫葵、桂荏类嘉美的蔬菜。葵，凫葵，指莼菜，《本草纲目》云："凫喜食之，故称凫葵。"荏，桂荏，指紫苏。

⑬虞：料想。《孟子·离娄上》云："有不虞之誉，有求全之毁。"

⑭罗纨：精美的丝织品。汉桓宽《盐铁论·散不足》云："夫罗纨文绣者，人君后妃之服也。"

⑮采紫芝：典出"商山紫芝"。相传秦末东园公、绮里季、夏黄公、用里先生避乱隐居，称"商山四皓"，作歌曰："漠漠商洛，深谷威夷。晔晔紫芝，可以疗饥。皇农邈远，余将安归？驷马高盖，其忧甚大。富贵而畏人，不如贫贱而轻世。"后世因以"商山紫芝"为遁世隐居的典故。

⑯戎轩：指兵车；亦借指军队、战事。唐魏徵《述怀》云："中原还逐鹿，投笔事戎轩。"

⑰畦丁：园丁。唐杜甫《驱竖子摘苍耳》云："畦丁告劳苦，无以供朝夕。"

⑱感动：触动。《明史·海瑞传》云："复取读之，日再三，为感动太息。"

⑲百虑：种种想法。

[背景与赏析]

杜甫(712—770)，字子美，自号少陵野老，世称"杜工部""杜少陵"等，河南府巩县(今河南省巩义市)人，唐代伟大的现实主义诗人。杜甫被世人尊为"诗圣"，其诗被称为"诗史"。杜甫的诗歌内容大多反映时代的社会风貌，描述民间疾苦，多抒发自己忧国忧民的情怀。比如"三吏三别"，就是从不同角度反映战乱带给国家和百姓的深重灾难。

此首诗为杜甫在夔州期间所作。当时夔州都督柏贞节与杜甫交好，给杜甫提供了物质上的帮助，但因为送菜园官的敷衍和糊弄，送的都是马齿苋和苦苣类杂草野菜，杜甫吃不到嘉美的蔬菜，便有感而发，赋诗寄怀，嘲讽小人妒害君子。此诗开篇交代了这首诗创作的动机。接着顺势写了事因：战乱多年，整个社会也跟着纷争动荡。然后作者用了比喻的手法，把"苦苣""马齿"暗比小人，把"蕙草""葵荏"比作君子，"苦苣"倾夺"蕙草"，还总是"喧喧"作态；"马齿"欺凌"葵荏"，让杜甫联想到一旦沾上了这类杂草，"永挂粗刺痕"，这就好像君子总是会遇到小人，也总是摆脱不了小人一样。最后感慨志士纷纷"采紫芝"归隐田园，看着背着菜笼的园丁，想着自己过往经历，有道不尽的万语千言。本诗特色在于从现实生活中提炼典型事件，加以概括升华，从而揭示现实生活的本质，人物形象在"沉郁顿挫"中得到统一。

【话】

马齿苋为马齿苋科植物马齿苋的干燥地上部分，俗称马苋、长寿菜、五行菜等，生于菜园、农田中及道路旁，为田间常见杂草，中国大部分地区均产，广布温带和热带地区。

马齿苋味酸，性寒，归肝、大肠经，具有清热解毒、凉血止血、止痢的功效，主要治疗热毒血痢、痈肿疔疮、丹毒、便血、痔血、崩漏下血等。现代药理研究表明，马齿苋含有生物碱类、萜类、黄酮类、有机酸类、挥发油及多糖等化学成分。马齿苋中黄酮类物质、多糖对沙门氏菌、志贺菌、大肠埃希菌等多种致病菌有抑制作用，并有抗氧化作用，能减少氧化应激损伤；马齿苋中富含 α-亚麻酸和 ω-3 脂肪酸等多种不饱和脂肪酸，能调节血脂代谢；马齿苋中的植物多糖和铁、锰、锌等微量元素可以提高机体的免疫力，等等。其内服可以用于急慢性菌痢、产后流血、功能性子宫出血等；而外用对于湿疹、急性非化脓性的炎症性皮肤病等都有不错的治疗作用。

马齿苋是典型的药食同源之品，一般在春夏季食用。马齿苋始载于《本草经集注》，被称为"五行草"。《本草纲目》指出其具体功效，言其"散血消肿，利肠滑胎，解毒通淋，治产后虚汗"。作为一种野菜，其别具风味，中国老百姓食用马齿苋已久。明朱橚《救荒本草》将其作为度过荒年的重要野菜；清吴其濬在《植物名实图考》中记载："淮南人家，采其肥茎，以针缕之，浸水中揉去其涩汁，曝干如银丝，味极鲜，且可寄远。"

《食疗本草》言，本品可"煮粥，止痢，治腹痛"。马齿苋性寒滑利，长于解血分及大肠热毒，为中医临床治疗痢疾的常用品。用马齿苋 30 克、大米 100 克煮粥食用，适用于湿热或热毒痢疾、泄泻。用马齿苋 15 克、槐花 30 克、粳米 100 克煮粥食用，具有清热解毒、凉血止血功效，适用于大肠癌、溃疡性结肠炎等疾病引起的便血。用新鲜马齿苋 120 克、绿豆 50 克煎汤服用，每日 1 剂，清热解毒功效明显，适用于湿热泄泻或热毒血痢。

马齿苋寒滑以利导湿热，而湿热可除，又兼能入血破瘀，故亦可治赤带。用马齿苋 30 克、白扁豆花 10 朵、大米 50 克熬粥食用，具有清热、养阴、止血功效，适用于血热、经来量多、口干口渴、肠燥便秘者。用马齿苋 30 克、益母草 30 克加水煎 30 分钟，每日 1 剂，具有清热解毒、活血调经功效，适用于妇科产后出血性疾病。

《本草正义》言马齿苋："最善解痈肿热毒。"它用于热毒炽盛，蕴于皮肤而发的痈肿热毒。用马齿苋 30 克、大青叶 15 克、生薏苡仁 30 克，加水煎 30 分钟，每日 1 剂，既可清热解毒、消肿止痛，又能保护皮肤和疮面，促进生肌收口。

注意事项：脾胃虚寒者慎用；孕妇忌用。

（李燕兰　王安安）

天　麻

【本草】

天麻

【诗】

唐白居易《斋居》：

> 香火①多相对，荤腥久不尝②。
> 黄耆③数匙粥，赤箭④一瓯⑤汤。
> 厚俸⑥将何用，闲居⑦不可忘。
> 明年官满后，拟买雪堆庄⑧。

[注释]

①香火：用于祭祀祖先、神佛的香和烛火。

②尝：本义是用口舌辨别滋味，引申为吃、食用。

③黄耆：即黄芪。宋晁补之《题李偶推官颐斋》诗云："墙根隙地稍可埤，初植防风种黄耆。"

④赤箭：天麻的别名。赤箭以"其茎如箭杆"、赤色而得名。唐韩愈《进学解》："玉札、丹砂、赤箭、青芝，牛溲、马勃，败鼓之皮，俱收并蓄，待用无遗者，医师之良也。"

⑤瓯：小盆，杯。宋陆游《出游》诗云："篝火就炊朝甑饭，汲泉自煮午瓯茶。"

⑥厚俸：优厚的俸禄。唐杜甫《狂夫》诗云："厚禄故人书断绝，恒饥稚子色凄凉。"

⑦闲居：避人独居，此处为斋居。

⑧雪堆庄：白居易另有诗《题平泉薛家雪堆庄》，据此推测雪堆庄应在平泉市(今属河北省承德市)，为一户姓薛的人家所有。

白居易(772—846),字乐天,号香山居士,又号醉吟先生,祖籍太原,唐朝著名诗人。在文学上积极倡导新乐府运动,诗歌题材广泛,形式多样,语言通俗易懂,有"诗魔"之称。著有《白氏长庆集》等。

白居易性格刚正不阿,敢于进言,却屡遭贬谪,晚年将主要精力投入佛教研究,希望从中找到解脱之法。对于佛法,白居易不仅广泛深入研究经论,而且注重实修,对持斋很重视,也有大量留存的关于斋戒的诗文,例如《仲夏斋戒月》《斋戒》《斋居春久感事遣怀》等。这首诗也是记录闭关斋戒、持守戒律的宗教生活,通过持守戒律不断改变弹唱作诗、饮酒食肉等习气的过程。他觉得斋居是闲居,斋戒是怡然自得的事情。

本诗前两句描述的是白居易处于斋戒期间,需要避免荤腥,又需要补充营养。白居易通过服食黄芪粥、天麻汤达到补益身体的目的。本诗后两句诗人直抒胸臆,言厚俸无用,官满后不如归隐。诗歌语言质朴,表达直率,让人融入其中,能对诗人身在凡境体会禅理,悠闲之余又不乏超凡脱俗感同身受。

【话】

天麻,兰科天麻属植物天麻的干燥块茎,别名赤箭、石箭、尔浦、定风草等,主产于我国西南,东北、华北亦有分布,现多人工栽培。一般以云贵高原地区所产的天麻质量为佳,如云南昭通、贵州大方、四川青川等地产者比较有名。

天麻味甘,性平,归肝经,具有息风止痉、平抑肝阳、祛风通络的功效,主要用于治疗小儿惊风、癫痫抽搐、头痛眩晕、手足不遂、肢体麻木、风湿痹痛等。现代药理研究发现,天麻含有芳香族类、甾体类、有机酸及其酯类、糖类、苷类、氨基酸类等化学成分。天麻苷具有镇静催眠、抗惊厥作用;天麻糖蛋白具有抗凝血和抗血栓作用;天麻多糖可以提高机体免疫力等,用于治疗神经系统、心血管系统等方面的疾病,对如三叉神经痛、血管神经性头痛、脑血管病性头痛、高血压等均有一定疗效。

天麻从古至今都应用广泛,既可入药,又可入膳。煎汤、浸酒、入菜肴、研末服用,均可。《神农本草经》将其列为上品,言"久服益气力,长阴,肥健,轻身,增年"。南朝医药学家陶弘景在《本草经集注》中言赤箭"亦是芝类"。明李时珍更是感叹道:"上品五芝之外,补益上叶,赤箭为第一。世人惑于天麻之说,遂止用之治风,良可惜哉。"可见天麻的补益作用在古人心中的地位之高。据传三国时期,曹操整日忙于战事,出现严重头痛,服食天麻丸后头痛明显减轻，后还令人加入饭食中作为配料；古典文学著作《红楼梦》也有载，服用"天麻钩藤煲乌鸡""天麻首乌枸杞煲珍菌"可强健身体，调畅气血；尼克松曾造访我国，国宴中就有"天麻汽锅鸡"这道菜。在实践中，天麻可以和鱼、鸡、鸭、鸽、猪肉等肉类食材搭配，或蒸，或炖，或煲等，具有补肺健脾、滋补肝肾的功效。

明李时珍在《本草纲目》中说天麻为"治风之神药"。其性润而不燥，主归肝经，长于平肝息风，外风、内风均可平复，是治疗头晕头痛的要药。天麻15克、菊花9克，沸水冲泡，代茶饮，每日1剂，适用于高血压、失眠、头晕头痛、心烦等。天麻12克、陈皮9克、茯苓15克，加水煎30分钟，每日1剂，具有平肝息风、健脾益胃功效，适合神疲乏力、头晕目眩者服用。天麻6克、枸杞子15克、粳米80克熬粥食用，具有滋阴、益肾、止眩功效，适合肝肾阴虚型高血压人群日常保健。天麻3克、川芎9克加水煎30分钟，代茶饮，每日1剂，能活血行气、祛风止痛，特别适用于邪风入体引起的偏头痛。

天麻可以治风湿痹痛。天麻3克沸水冲泡，代茶饮，每日1剂，可以祛风、通经络、止痛，治疗中风后肢体不遂、筋骨疼痛等。用天麻3克、杜仲6克加水煎30分钟，代茶饮，每日1剂，可以用来治疗腰酸骨痛，减缓头晕头痛不适，并在一定程度上辅助降血压。取天麻、杜仲、木瓜各60克，置于白酒500毫升中浸泡，可用于治疗风湿痹痛、肢体麻木、腰膝酸痛、筋脉拘挛等症。

注意事项：阴亏血少、阴虚火旺的人和孕妇、儿童等特殊人群需慎用。

（李燕兰　王安安）

木 瓜

【本草】

木瓜

【诗】

明丘濬《谢送木瓜①》：

> 经霜②著雨玉枝疏，除却宣城③总不如。
> 久入神农④为药品，曾从孔子⑤见苞苴⑥。
> 味涵玉液⑦酸仍涩，囊蹙金砂⑧实不虚。
> 深感故人相赠与，此情何以报琼琚⑨。

[注释]

①木瓜：落叶灌木或小乔木，叶长椭圆形，春末夏初开花，花红色或白色；果实长椭圆形，色黄而香，味酸涩，经蒸煮或蜜渍后供食用，可入药。

②霜：秋霜。

③宣城：今安徽省宣城市，位于安徽省东南部，是宣木瓜栽培的发源地。据考证宣木瓜的栽培历史有两千多年，早在南朝刘宋永初元年(420)，宋武帝刘裕就将宣木瓜列为贡品。明嘉靖《宁国府志》云："宣城县岁贡木瓜上等一千个，中等五百个，下等二百个，又干瓜十斤，俱解礼部。"

④神农：传说中的太古帝王名。因其始作耒耜，教民耕种，故称神农氏。也称炎帝，谓以火德王。又传他曾尝百草，发现药材，教人治病。诗中指我国现存最早的药学专著《神农本草经》，托名"神农"所作。

⑤孔子：名丘，字仲尼，鲁国陬邑(今山东济宁曲阜)人。春秋末期思想家、政治家、教育家，儒家的创始者。

⑥苞苴：指包装鱼肉等用的草袋，也指馈赠的礼物，亦为送礼结好的代称。《孔丛子·记义》云："于《木瓜》，见苞苴之礼行也。"唐代经学家孔颖达《礼记·

曲礼上》云：“苞者，以草包裹鱼肉之属。……苴者，以草借器而贮物。”

⑦玉液：泛指甘美的浆汁。

⑧金砂：亦作“金沙”，指古时道家以金石炼成的丹药。

⑨琼琚：精美的玉佩。《诗经·卫风·木瓜》云：“投我以木瓜，报之以琼琚。”诗中喻指还报的厚礼。

[背景与赏析]

丘濬（1418—1495），字仲深，号深庵、玉峰，别号海山老人，谥号“文庄”，琼州琼台（今属海南）人，明朝中叶著名政治家、理学家、史学家、经济学家和文学家，与海瑞合称为“海南双璧”。明代宗景泰五年（1454）进士，授翰林院编修，历任经筵讲官、侍讲、侍讲学士、翰林学士、国子监祭酒、礼部右侍郎、户部尚书等职，加太子太保，兼文渊阁大学士。其研究领域涉及政治、经济、文学、医学等，著述甚丰，著有《大学衍义补》等。

木瓜属植物是我国特有的一种古老的果树，文学巨作《诗经》中即有“投我以木瓜，报之以琼琚”。古来木瓜寓意高贵典雅，历代的文人墨客在诗词中对其多有赞美，如唐代刘言史的《看山木瓜花》、宋代梅尧臣的《次韵和王尚书答赠宣城花木瓜十韵》等。明代诗人丘濬收到友人赠送的木瓜，遂作本诗咏之。

这首诗的大意如下：木瓜树冠疏散，经受风霜雨露，总属宣城的木瓜品质最佳。长久以来它既作为《神农本草经》中的药品，也一直是文人墨客间相互馈赠的珍贵礼物。诗人非常感谢老朋友相赠此物，这份情谊该用什么来回馈呢？这首诗表达了友人间的深情厚谊。

【话】

木瓜有两种，一种是我们平时食用的木瓜，因其原产于南美洲墨西哥，我国习惯称其为番木瓜，目前在我国云南及华南等地有种植；另一种则是药用木瓜。药用木瓜为蔷薇科植物贴梗海棠的干燥近成熟果实，主要产于安徽、湖北、四川、浙江等地，其中产于安徽省宣城市的木瓜品质最为优良，故称宣木瓜。李时珍《本草纲目》记载：“木瓜处处有之，而宣城者为佳。”此后历代本草均记载木瓜以安徽宣城产为道地药材。

木瓜味酸，性温，归肝、脾经，具有舒筋活络、和胃化湿的功效。临床常用于湿痹拘挛、腰膝关节酸重疼痛、暑湿吐泻、转筋挛痛、脚气水肿等症。现代药理研究表明，木瓜主要含有糖类（主要是多糖）、黄酮类（主要有芦丁、槲皮素、柚皮素、儿茶素）、有机酸类（绿原酸、咖啡酸）、萜类（主要是三萜类）、挥发油（主要以有机酸、醇类、醛类、烷烃、酯类物质为主）、生物酶类（主要是木瓜蛋白酶、木瓜凝乳蛋白酶、超氧化物歧化酶）、皂苷类（木瓜苷）等成分，具有抗炎、镇痛、抗菌、抗氧化、抗肿瘤、保肝、松弛胃肠平滑肌、祛风湿及免疫调节作用。其中，有机酸类、木瓜苷等成分具有显著的抗炎镇痛作用；三萜类化合物可有效清除因肝细胞坏死、活性酶失活所产生的毒素，起到保肝作用；有机酸类、生物酶类具有很好的抗肿瘤作用。

宣木瓜既是药品又是食品，入选国家首批药食同源名单，被誉为"植物黄金"，在养生保健中作用突出。用宣木瓜 30 克、粳米 100 克，熬至米烂粥熟，加红糖适量稍煮溶化即食，每日早晚服，可健脾消食、润肤美容、减肥等，亦可治疗小腿抽筋等。

木瓜的药用功效，古代医籍中多有记载。北宋寇宗奭《本草衍义》云："益筋与血病，腰肾脚膝无力，此物不可阙。"《名医别录》云："主治湿痹脚气，霍乱大吐下，转筋不止。"可煎汤内服或入丸、散，或外用煎水熏洗、外敷。如唐孟诜《食疗本草》中载一方治疗腰膝筋急痛，即木瓜适量，加适量水和酒（各半），煮烂，研作浆粥样，裹痛处，冷即更换，每日 3~5 次。

宣木瓜 60 克，羊肉 120 克，粳米 150 克，豌豆 60 克，草豆蔻 3 克，胡椒粉、盐各适量，先将粳米、豌豆、草豆蔻洗净，羊肉洗净、切块，木瓜去皮、去瓤、切块，放入榨汁机中榨成汁，再将适量清水倒入锅中，放入羊肉、粳米、豌豆、草豆蔻武火煮沸，加入木瓜汁，转文火继续熬煮成粥，最后加胡椒粉、盐调味。它作为药粥服用，可起到和胃化湿、补脾益肾的功效，适合食欲不振、胃脘虚寒、大便稀溏的人群食用。

木瓜具有一定的抗菌作用。取木瓜、甘草各 30 克，水煎去渣，待温后泡脚，每次 10 分钟左右，每天 1 次，1~2 周为一疗程，可治脚癣。

注意事项：内有郁热、小便短赤者忌服。

（张苏贤）

乌 梅

【本草】

乌梅

【诗】

宋李龙高《乌梅》：

　　妇舌①安能②困③董宣④，曹郎⑤那解⑥污⑦张翰⑧。

　　任君百计⑨相⑩熏炙⑪，本性依然带点酸。

[注释]

　　①妇舌：出自《诗经·大雅·瞻卬》"妇有长舌，维厉之阶"，后常用来指多嘴多舌、喜欢搬弄是非的人。此指湖阳公主。《后汉书》云：董宣任洛阳令时，东汉光武帝姐姐湖阳公主奴仆白日杀人，匿公主府中，官吏抓不到。董宣就候公主出行时，叩马拦车，面责公主过失，就地捕杀其奴。湖阳公主立即还宫告知光武帝。光武帝大怒，召见董宣，要用庭杖打死他。董宣就自己头撞柱子，血流满面，站不起来。光武帝命令小黄门扶着董宣，让他向公主磕头谢罪，董宣不服从。小黄门强迫他叩头，董宣两手据地，颈项强直，终不俯就，遂有"强项令"之称。

　　②安能：怎么能，哪里能。唐李白《梦游天姥吟留别》云"安能摧眉折腰事权贵"。

　　③困：阻止，阻碍。

　　④董宣：字少平，东汉光武帝刘秀时期官员，为官刚正廉洁，不畏权贵，被称为"强项令""卧虎"。

　　⑤曹郎：西晋张翰在齐王司马冏执政时，担任大司马东曹掾之官职。

　　⑥那解：如何，怎么。那，同"哪"。

　　⑦污：劳事曰污，犹言事之劳身，若秽之污物。

　　⑧张翰：字季鹰，吴郡吴县(今江苏苏州市)人。西晋文学家，清才善文，

而纵任不拘，类曹魏时阮籍，时人号为"江东步兵"。任职大司马东曹掾时，见祸乱方兴，以莼鲈之思为由，辞官而归。曰："人生贵得适志，何能羁宦数千里以要名爵乎！"事见《晋书·张翰传》。

⑨百计：想尽或用尽一切方法。唐韩愈《游城南十六首·遣兴》云："寻思百计不如闲。"

⑩相：一方对另一方有所施为。

⑪熏炙：(乌梅)经过熏或炙炮制加工处理。

[背景与赏析]

李龙高(生卒年不详)，宋代诗人，德阳(今属四川)人。据考，李龙高应经历宋徽宗、宋钦宗、宋高宗三朝，曾担任过校书郎等职。李龙高擅写梅，著有《竹梅》《野梅》《瘦梅》等。

李龙高本人经邦济世，通晓政治，熟知历史时事。本诗前二句谓"董宣不畏权贵，张翰知时而退"，兴起对前朝人、事、物的慨叹，假借前朝之事来写当朝之事，抒胸臆。朝野动荡，君臣离心，诗人经历政治失望与担忧，流露出面对朝野黑暗浑浊，仍孤高芳郁、高洁明净之心。后二句表面上写乌梅经过了各种炮制，依然不改其原本的性味，实则以乌梅拟人。"绕床弄青梅"的青涩小果，逐渐转变成了深沉稳重、有内涵又不失本真的黑褐色的中药材。都说人生需要沉淀，中药又何尝不是呢？宁静方能致远，乌梅至真至纯之性，喻示着诗人那处于艰难环境却依然坚持操守、"出淤泥而不染"的信念。诗意曲折含蓄，且自有深意，耐人寻味。

【话】

乌梅，为蔷薇科植物梅的干燥近成熟果实，又叫梅实、黑梅、熏梅等。主要产于我国长江以南地区，如浙江、四川、福建等地。浙江湖州长兴县被誉为"乌梅之乡"。四川达州市达川区出产的乌梅品质纯正，药效明显。

乌梅味酸、涩，性平，归肝、脾、大肠经，具有敛肺、涩肠、生津、安蛔的功效。乌梅炮制方法不同，且各有所专。生品长于生津止渴、敛肺止咳、安蛔；醋制则收敛固涩作用更甚，尤适用于肺气耗散之久咳不止；乌梅炒炭长于涩肠止泻、止血，常用于治疗久泻、久痢及便血、崩漏下血等。现代药理研究提示乌梅主要含有机酸、黄酮类、苷类等成分。乌梅有机酸具有广谱抗菌作用，且能有效抑制泌尿系统结石形成，能抗肿瘤和抗过敏。乌梅黄酮类化合物能促进细胞修复、保护神经。乌梅杏仁苷可有效镇咳等。它已在临床治疗溃疡性结肠炎、支气管哮喘、糖尿病等疾病中发挥了独特的优势和防治效果。

明李中梓《雷公炮制药性解》云："乌梅，味酸，性温，无毒，归肺、肾二经。主生津液，解烦热。"乌梅是治疗口渴、消渴的一味常用药。炎炎夏日，耗气伤津，常出现口渴、多汗、乏力等。用乌梅15克、太子参15克、甘草6克水煎，加冰糖适量代茶饮，每日1剂，具有清暑、益气、生津的功效，适合夏天口渴、多汗、乏力者饮用。《本草纲目》载其"敛肺涩肠，止久嗽，泻痢，反胃噎膈，蛔厥吐利"。用乌梅9克、玫瑰9克沸水冲泡，代茶饮，每日1剂，可促进食欲、润肠通便，是理想的减肥佳品。用乌梅9克、生姜9克加水煎煮30分钟，滤出汤汁饮用，适用于胃寒呕吐、晕动病、妊娠呕吐者。

乌梅能疗心中烦热，又可涩肠止泻。用乌梅15克煎取浓汁，去渣，加入粳米100克煮粥，粥熟后加冰糖少许，稍煮即服，适用于慢性久泻、虚热烦渴等症。明李时珍《本草纲目》引元王好古云："乌梅，能收肺气，治燥咳，肺欲收，急食酸以收之。"用乌梅9克、五味子6克水煎30分钟，每日1剂，常用于阴虚肺燥、肺气亏虚少痰或干咳无痰者，但对于咳嗽初起人群并不适用。

蛔虫好动，尤其是受到寒、温等刺激，更易在肠腑中窜动。虫体阻塞胆道，气机不利，则易出现右上腹剧烈绞痛，或蛔虫阻滞易引起肠梗阻。乌梅味酸，酸能安蛔。用乌梅9克、人参9克、茯苓5克、干姜9克、川椒9克加水煎30分钟，每日1剂，能温中暖土、安蛔止痛，可治疗胃中虚冷、吐蛔等。

注意事项：四者忌食乌梅，第一种是经期和分娩前后的女性；第二种是胃溃疡、十二指肠溃疡及有蛀牙等牙齿疾患者；第三种是初期感冒、发热、咳嗽者；第四种是正处于发育期的儿童。

（王安安）

火麻仁

【本草】

火麻仁

【诗】

明朱浙《乙巳①春夏间民饥更甚老农述此》其八：
　　莫为学仙②能拔宅③，海翁④多日已休粮⑤。
　　火麻⑥黑豆⑦终⑧烟火⑨，人世空传不死方⑩。

[注释]

①乙巳：中国自古以来采用干支纪年历法。干支是天干和地支的总称。天干有十，分别为甲、乙、丙、丁、戊、己、庚、辛、壬、癸；地支十二，分别为子丑、寅、卯、辰、巳、午、未、申、酉、戌、亥。一对干支是把天干中的一个字放在前面，后面配上地支中的一个字，如果天干以"甲"字开始、地支以"子"字开始顺序组合，则正好六十为一周，乙巳居第42位次。干支纪年可以周而复始，循环记录。

②学仙：学习道家的所谓长生不老之术。

③拔宅：传说古代修道之人，当其得道成仙之时，全家及房子都会随同升入仙界。《太平广记》云："真君以东晋孝武帝太康二年八月一日，于洪州西山，举家四十二口，拔宅上升而去。"

④海翁：海上渔翁。典出《列子·黄帝》云："海上之人有好鸥鸟者，每旦之海上，从鸥鸟游，鸥鸟之至者，百住而不止。其父曰：'吾闻鸥鸟皆从汝游，汝取来，吾玩之。'明日之海上，鸥鸟舞而不下也。"后有"海翁失鸥"之成语。此指饥民百姓。翁，泛称男性长者。

⑤休粮：停食谷物。清吴伟业《海市四首》云："仙家困为休粮闭，河伯宫因娶妇开。"

⑥火麻：指火麻仁，又称为麻子、麻子仁等，古代被列为五谷"麻、黍、稷、

麦、豆"（五谷另一说为"稻、黍、稷、麦、菽"）中的"麻"即为火麻仁的原植物大麻。水稻在全国粮食供应体系中的地位自唐宋以后日益提高，至明代已居绝对优势，大麦、小麦、黍、稷等粮食作物退居次要地位，而大豆和大麻只作为蔬菜食用，已退出粮食作物的范畴。

⑦黑豆：豆科大豆属植物大豆的黑色种子。在古代农耕社会，黑豆主要被用作牲畜饲料，穷苦人和食不果腹者才以黑豆为食。黑豆具有药疗作用。清王孟英在《随息居饮食谱》云："甘平。补脾肾，行水调营，祛风邪，善解诸毒。性滞壅气，小儿不宜多食。服厚朴者忌之。服蓖麻子者，犯之必死。小者名穞豆，品较下，仅堪喂马，故名马料豆。"

⑧终：整，全，尽。

⑨烟火：熟食。明杨慎《升庵诗话》云："此诗出尘绝俗，信非食烟火人语也。"

⑩不死方：传说中一种能使人长生不死的药方。唐李白在《赠别舍人弟台卿之江南》云："客遇王子乔，口传不死方。"

［背景与赏析］

朱浙（1486—1552），字必东，号损岩，福建承宣布政使司兴化府莆田县（今福建省莆田县）人，进士出身，明朝官员，曾任湖广道监察御史，因"大礼议"等被捕至内廷，除名为民。有《天马山房遗稿》。

结合诗人的生卒年，以及明朝年号干支与公元纪年对照表，可知诗中所言"乙巳"年为嘉靖二十四年（1545）。明世宗朱厚熜（嘉靖帝）在位时的前二十年很有作为，《明史》记载："世宗御极之初，力除一切弊政，天下翕然称治。"嘉靖二十一年（1542）爆发"壬寅宫变"，朱厚熜差点死于宫女之手，他便移居西苑修道。之后他长期宠信奸臣、不理朝政、迷信方士、浪费民力，导致多地农民起义；同时北有蒙古鞑靼俺答汗寇边，南有倭寇侵略。《明史》对此评价为"若其时纷纭多故，将疲于边，贼讧于内，而崇尚道教，享祀弗经，营建繁兴，府藏告匮，百余年富庶治平之业，因以渐替"。

这首诗说的是乙巳年春夏，一老农告诉诗人，旧粮不存，新粮未成，大家都以麻仁、黑豆等非常规粮食充饥，人都快饿死了，世界上哪有什么不死方呢？据载，当时明朝政府还是做过一些努力的，如："嘉靖二十四年二月十五日，诏有司招抚流民复业，予牛种，开垦闲田者免蠲十年。"但不知为何没有效果。

【话】

火麻仁是桑科大麻属植物大麻的干燥成熟果实，在中国被用作食物、药物至少有3000年的历史。作为一种药食同源的传统中药材，它具有丰富的药理活性和极高的营养价值，全国各地均有栽培，生长分布于东北、华北、华东、中南等地，主产于黑龙江、辽宁、吉林、四川、甘肃、云南、江苏、浙江等地。

火麻仁味甘，性平，归脾、胃、大肠经，具有润燥、滑肠、通淋、活血的功效。现代药理研究表明，火麻仁含有丰富的营养物质和天然活性成分。其含有20%～25%的蛋白质、20%～30%的碳水化合物、10%～15%的膳食纤维，以及矿物质。同时，火麻仁含油量为30%～40%，多为中间体脂肪酸，如亚麻酸和硬脂酸等。更可贵的是，在所有油料作物中，只有火麻仁含有这些长链多不饱和脂肪酸，具有抗炎、调节免疫系统、促进凝血、抵抗衰老等作用；含有不同类型的肽、三烯醇、植物甾醇、磷脂、胡萝卜素、多酚类化合物等活性成分，具有抗氧化、抗高血压、保护神经和抑制葡萄糖苷酶活性等药理作用；含有木脂素酰胺，具有抗炎、抗肿瘤和保持心脏活性的功能。

《神农本草经》认为火麻仁乃是"补中益气"之上品良药，服之有轻身不老、延年不饥的作用，明李时珍《本草纲目》亦载火麻仁"味甘，性平，归脾、胃，补中益气，久服康健不老，神仙也"。我国广西巴马瑶族自治县长寿村，此处人们长寿的秘诀之一就是常年食用火麻仁油。火麻仁油又称为"长命油"，并有"每天吃火麻，活过九十八"的说法。可以将火麻仁10～15克捣碎，加入粥、汤或奶中服用，具有强身健体、延年益寿的效果。

火麻仁甘润滑利，以"利小便而除湿热"而达到利水除湿、消除水肿之效。日常可使用火麻仁和米粥同煮食用，如用火麻仁10克、粳米50克共同煮粥；或用火麻仁10克水煮代茶饮；或取火麻仁150克，研为细末，置于米酒500毫升中，密封浸泡2周，酌量服。火麻仁也可作为脚气病的辅助治疗。

明贾所学《药品化义》载火麻仁"能润肠，体润能去燥，专利大肠气结便秘。凡年老血液枯燥，产后气血不顺，病后元气未复，或禀弱不能运行者，皆治"。而对于年老津液渐至亏损者、体弱者等，可以服用麻子仁丸润肠通便；亦可直接用火麻仁煮水代茶饮；或取火麻仁10～15克、紫苏子10克，加水研磨取汁，同粳米100克共同煮粥。火麻仁还能起到一定的散血瘀的作用。民间常用火麻仁煎汤内服来治疗产后血瘀所致的腹痛，久服可缓解症状。

长期服用火麻仁可能会存在不良反应，包括引起消化道不适、神经系统症状，应根据自身情况酌量服用，不可过量服用。

注意事项：哺乳期产妇、脾虚便溏者慎用。

（马成勇　张天嵩）

玉 竹

【本草】

玉竹

【诗】

宋张扩《药名七夕行》：

云旆^①萎蕤^②霞作裙^③，风静半天河^④有无。
同槃^⑤夜结合欢^⑥带，织女新嫁牵牛夫。
古今此会从容^⑦少，百合未谐^⑧甘^⑨草草^⑩。
预知仔细属明年，续断^⑪犹胜弓弩弦。

[注释]

①云旆：有云纹图饰的大旗。宋张孝祥《满江红·于湖怀古》云："巴滇绿骏追风远，武昌云旆连江赤。"

②萎蕤：原指草木茂盛貌，引申为气势盛貌。宋王禹偁《谪居感事》云："策勋何烜赫，赐紫更萎蕤。"

③裙：指衣服的前后襟。

④河：指银河。宋谢朓《暂使下都夜发新林至京邑赠西府同僚诗》云："秋河曙耿耿，寒渚夜苍苍。"

⑤槃：快乐。宋范晔《后汉书·郅恽传》云："昔文王不敢槃于游田，以万人为忧。"

⑥合欢：指(相爱的男女)欢聚。

⑦从容：盘桓逗留。战国时期屈原《楚辞·九章·悲回风》云："痛从容以周流兮，聊逍遥以自恃。"

⑧谐：办妥，办成功。

⑨甘：甘心，甘愿。

⑩草草：匆忙仓促的样子。宋游次公《卜算子(风雨送人来)》云："草草杯盘话别离，风雨催人去。"

⑪续断：即续断弦。古人将夫妻情比作琴与瑟音调相和，这里指牛郎织女重新接续夫妻情。

[背景与赏析]

张扩(生卒年不详)，字彦实，一字子微，德兴(今属江西)人，北宋官员，文学家，工诗，词采清丽。崇宁年间进士，历任秘书省校书郎、著作郎、礼部员外郎、起居郎等职。著有《东窗集》等。

七夕是我国民间的传统节日。因为牛郎和织女隔着银河遥遥相望，只有七夕那日才能在鹊桥相聚、互道衷肠，所以七夕成了象征爱情的节日。千百年来许多文人骚客咏叹了这段爱情故事，以及离别之痛。本诗写的是牛郎织女相会虽然短暂，百年好合未能如愿，但每年一次的相会仍比永远无法相聚要好。与其他以"七夕"为题材的诗词相比，张扩的这首诗以中药名入诗，诗中巧借中药寓意、谐音，将葳蕤(玉竹)、合欢皮、牵牛子、肉苁蓉、百合、甘草、预知子、续断等中药巧妙地嵌入诗歌中，贴切合理，没有丝毫生硬造作之感，委婉曲折地表达了人情事理。

【话】

玉竹是百合科植物玉竹的干燥根茎，别名葳蕤、女萎等。生于山野林下或石隙间，喜阴湿处。全国大部分地区有分布。主产于河南、江苏、广东、湖南、浙江等地，其中以湖南邵东的玉竹最为有名，有中国玉竹之乡的美誉。

玉竹，味甘，性微寒，归肺、胃经，具有养阴润燥、生津止渴功效，主要用于治疗燥热咳嗽、咽干口渴、内热消渴等。现代药理研究发现玉竹含有多糖、甾体皂苷、生物碱等有效成分。其中，玉竹多糖能增强人体免疫力；玉竹甾体皂苷、黏多糖、果聚糖等能改善心肌代谢；玉竹中的维生素A、烟酸类成分能延缓衰老，改善皮肤粗糙和干裂等。玉竹在治疗冠状动脉粥样硬化性心脏病、风湿性心脏病、高脂血症、糖尿病、慢性萎缩性胃炎、黄褐斑等方面有一定疗效。

《神农本草经》将玉竹列为上品，言其"疗诸不足，久服，好颜色，润泽，轻身不老"。关于玉竹的食用，民间有不少传说。如相传宫中有一宫女不堪压迫，逃出宫后寄居深山老林，以玉竹为食。待到花甲之年，她出山返乡，容颜未老。玉竹属于滋养之品，不仅柔嫩可食，还能驻颜润肤、祛病延年，确为一味亦药亦食之佳品。

《日华子本草》载玉竹能"除烦闷，止咳，润心肺，补五劳七伤，虚损"。玉竹养肺阴、清肺热，对于阴虚肺中燥热有很好的调养作用。用玉竹 10 克、柠檬汁 50 毫升、蜂蜜少量冲泡，适用于秋燥伤肺、咽喉干燥，以及声音嘶哑者日常保健。用玉竹 10 克、百合 9 克、粳米 100 克熬粥食用，适合体虚久咳、肺燥干咳、咽干口渴人群在秋冬季节进补。

玉竹具有安神宁心、养阴生津功效，可用于心阴不足诸症。用玉竹 15 克、丹参 15 克，水煎服 30 分钟，代茶饮，具有养心阴、安心神、活血通脉功效，适用于心阴不足、心神不宁、惊悸怔忡者。用玉竹 9 克、玫瑰花 6 克、白菊花 6 克，沸水冲泡，代茶饮，每日 1 剂，具有滋养、除烦、退热功效，适合阴虚火扰型心烦失眠、潮热盗汗者。

玉竹归胃经，还可以治疗胃阴不足所引起的胃脘隐痛、口干、反酸、烧心等症状。用玉竹 6~10 克，水煎，代茶饮，每日 1 剂，适用于热病伤阴引起的慢性萎缩性胃炎的日常保健。用玉竹 9 克、山药 9 克、粳米 100 克熬粥食用，适合脾胃亏虚、胃阴不足者食用。同时，玉竹、山药合用对调节血糖也有一定功效。

清张秉成《本草便读》云玉竹"甘平滋润，虽补而不碍邪"。玉竹养阴又不恋邪，适合阴虚外感者。风温风热最易伤阴，而滋补养阴药若用之不当，易滞邪留寇。用玉竹 9 克、桔梗 6 克、白薇 3 克、淡豆豉 9 克、薄荷 6 克、葱白 6 克，加水煎 30 分钟，每日 1 剂调治，适合感冒初期出现发热、微恶寒、心胸烦热、咽干痰结、头晕耳鸣者服用。

注意事项：体质偏寒、脾虚便溏、痰湿气滞、经期、孕期人群忌服。

（李燕兰　王安安）

石　斛

石斛

【诗】

宋洪咨夔《石斛》：

> 蚱蜢髀①多节，蜜蜂脾②有香。
> 藓痕③分磈砢④，兰颖⑤聚琳琅。
> 药谱知曾有，诗题得未尝。
> 瓦盆风弄⑥晚，披拂一襟凉。

[注释]

①髀：股部，大腿。

②脾：也叫巢脾，是蜜蜂生产生活的必需场所。宋王禹偁《蜂记》云："其酿蜜如脾，谓蜂脾。"巢脾的数量和质量直接影响着蜂群的生活和生产。

③藓痕：指苔藓的痕迹。宋艾性夫《老竹》云："霜节寒封古藓痕。"

④磈砢：形容植物多节。宋王安石《客至当饮酒二首》云："少年所种树，磈砢行复朽。"

⑤兰颖：兰，兰科植物的泛称，石斛隶属于兰科植物。颖，禾的末端。此处应指石斛花瓣。宋魏了翁《王宝谟挽诗》云："零露伤兰颖，凄风撼王徽。"

⑥风弄：风吹拂之意。唐杜荀鹤《闽中秋思》云："雨匀紫菊丛丛色，风弄红蕉叶叶声。"弄，吹拂。

[背景与赏析]

洪咨夔（1176—1236），字舜俞，号平斋，临安（今属浙江杭州）人，南宋政治家、诗人，著有《春秋说》《西汉诏令揽钞》等。

这首诗为诗人对石斛的歌颂。洪咨夔善用比喻，接二连三的比喻展现了他的才华，为诗歌增添了光彩。诗中连用"蚱蜢髀多节""蜜蜂脾有香""瓦盆风弄晚"等喻象，从视觉、味觉、听觉等方面对石斛进行全方位的描绘，把石斛描绘得淋漓尽致。此诗妙趣横生，充分满足了人们的审美需求。从"藓痕分礓砢，兰颖聚琳琅"的描述中可以看出，身材较小、形如蚱蜢的似是霍山石斛。由此看来，石斛的品性自古代就有所研究。如宋陆游《龟堂杂兴十首》言"方石斛栽香百合"，宋苏轼《寄怪石石斛与鲁元翰》言"山骨栽方斛"等。自唐以来，石斛因其良好的药性而被广泛使用，且一度成为宫廷贡品。人们对石斛的需求量大，但不懂节制过度采摘，野生石斛的生长周期又十分漫长，至南宋末期，石斛的身影也只能见于药方记载，实物并不多见，故导致"药谱知曾有"的结果。如何合理化养护中药材，避免过度开采导致中药材濒临灭绝，也是至今需要我们深思的问题。

【话】

石斛是兰科植物金钗石斛、鼓槌石斛或流苏石斛的栽培品及其同属植物近似种的新鲜或干燥茎，别名林兰、杜兰、千年竹等。《本草图经》记载了石斛的生长地区，即"生六安山谷水傍石上，今荆、湖、川、广州郡及温、台州亦有之，以广南者为佳"。石斛来源甚广，品种繁多。市场上，比较常见的有霍山石斛、铁皮石斛、金钗石斛等。

石斛味甘，性微寒，归胃、肾经，具有益胃生津、滋阴清热的功效，主要用于治疗热病津伤、口干烦渴、食少干呕，病后虚热不退、骨蒸劳热、目暗不明、筋骨萎软等。现代药理研究发现，石斛成分复杂，主要包括多糖、生物碱、黄酮类、联苄类、挥发油类、氨基酸及微量元素等。石斛多糖具有增强 T 淋巴细胞及巨噬细胞免疫活性的作用；石斛中的菲类和联苄类物质具有抗肿瘤作用；石斛酚的二醋酸盐有抗血小板聚集作用；等等。石斛对人体眼、咽、肺、胃、肠、肾等全身多种器官疾病有较好疗效。

石斛既是一种名贵的中药材，也是一味食材，为养生佳品。《神农本草经》言石斛"补五脏虚劳羸瘦，强阴，久服厚肠胃"。有句古话叫作"北有人参，南有枫斗"，这里的枫斗便是石斛。《道藏》一书更将铁皮石斛列为中华九大仙草之首。关于石斛也有很多历史典故，相传唐文成公主远嫁吐蕃时，嫁妆里就有霍山石斛；清乾隆皇帝的长寿秘方中也有霍山石斛；霍山石斛还是唐韩愈因水土不服而染虚热之症时的"救命草"。可见石斛在人们心中的地位是相当高的。

明李中梓《本草通玄》言石斛"甘可悦脾，咸能益肾，故多功于水土二脏"。石斛具有补益脾、胃、肾三脏的功效。用石斛 10 克、麦冬 15 克加水煎 30 分钟，每日 1 剂，具有清热养胃、生津止渴之功效，适合胃阴不足，症见烦渴多饮、口干舌燥者服用。用石斛 10 克、菊花 10 克沸水冲泡，代茶饮，每日 1 剂，具有养肝明目功效，适合肝肾亏虚致头晕眼花、目赤肿痛者服用。

明贾所学《药品化义》载石斛能"治肺气亏虚、咳嗽不止"。石斛对肺阴不足的慢性咳嗽有较好疗效。用鲜石斛 15 克沸水冲泡，代茶饮，每日 1 剂，适用于虚热久咳、声音嘶哑者。用鲜石斛 5 克、粳米 50 克熬粥食用，具有养胃生津、滋阴清热疗效，适用于干咳无痰者。或用石斛 6 克、雪梨 1 个炖服，同样有养阴、清热、生津的功效，适用于干咳、喉咙干痒属虚火者。

石斛是滋阴补益的珍品。其虽为滋阴药，但作用缓和，不滋腻恋邪。用石斛 6 克、西洋参 6 克加水煎 30 分钟，每日 1 剂，适用于各种阴虚火旺型口腔溃疡、咽喉炎等。或用石斛 6 克、灵芝 9 克加水煮 30 分钟，代茶饮，具有养心安神、滋阴生津功效，可作为经常熬夜、失眠者的日常保健茶饮。石斛具有滋补五脏、强阴益精功效。用石斛 15 克、桑螵蛸 9 克、菟丝子 9 克、杜仲 9 克加水煎 30 分钟，每日 1 剂，具有滋补肾精作用，适合肾气虚损见小便余沥、夜梦失精者服用。

注意事项：胃热病早期阴津未见耗伤、湿温病未化燥、脾胃虚寒者均忌服。

（李燕兰　王安安）

龙眼肉

【本草】

龙眼肉

【诗】

明李孔修《咏龙眼①》：

封皮酿蜜水晶寒，入口香生露未干②。

本与荔枝③同一味，当时何不进长安④。

[注释]

①龙眼：宋代以前的现存本草类书籍都以"龙眼"命名，至明陈嘉谟在《本草蒙筌》中明确，龙眼应"取肉用药"，此后以"龙眼肉"为正名，编入果部。明李时珍云："食品以荔枝为贵，而资益则龙眼为良。"龙眼最初产地为南海，即汉南海郡，相当于今广东省。

②干：没有水分的，与"湿"相对。

③荔枝：与龙眼肉同为无患子科植物，《本草纲目》中对龙眼有"亚荔枝"的别称。《本草图经》云："荔枝才过，龙眼即熟，故南人目为荔枝奴。"

④进长安：据《新唐书·杨贵妃传》云："妃嗜荔枝，必欲生致之，乃置骑传送，走数千里，味未变已至京师。"唐杜牧有诗《过华清宫绝句三首》"一骑红尘妃子笑，无人知是荔枝来"暗讽此事。

[背景与赏析]

李孔修（1462—1531），字子长，自号抱真子，顺德（今广东顺德）人，侨居广州。一生无科名仕进，师从明初广东大儒陈献章，深得白沙学说真谛。李孔修擅长诗与画，尤善画猫、山水、翎毛，其山水画颇有诗意境界，因此广为流传。陈献章称其"只恐诗家是画家"。李孔修出身贫困，却能安贫乐道。年少时曾与诸生赴乡举，因不满严苛的监考搜检，故而"掷砚弃功名"，此后便混迹于市井，以书画擅名后，携家到西樵山隐居。传说其为百姓打抱不平、救助贫苦，深受百姓的信任和爱戴。

本诗描绘的是李孔修吃龙眼的情景。剥去龙眼外皮，露出晶莹剔透的龙眼肉，入口清甜，水分充足。他感叹这荔枝和龙眼同属于无患子科植物，为什么却没有和荔枝一样进入长安作为贡品献给皇家。这或许是暗指当初自己放弃科举考试，感叹没有去考取功名。

【话】

龙眼是无患子科龙眼属植物，别名桂圆。常绿乔木，原产于中国南部地区，广东、广西南部及云南可见野生或半野生于疏林中；西南部至东南部栽培很广，以福建、台湾、广东为盛。龙眼品种约300个，常见品种有石硖龙眼、储良龙眼、东边勇龙眼、广眼龙眼、双孖木龙眼、古山二号龙眼、草铺种龙眼、大乌圆龙眼等。龙眼品种最好的有石硖龙眼、储良龙眼、古山二号龙眼、灵龙龙眼、东壁龙眼等。

龙眼的经济用途以果品为主，又称为荔枝奴、亚荔枝等，是华南地区特有的水果，与荔枝、香蕉、菠萝同称为"华南四大珍果"。新鲜的龙眼肉质爽滑鲜嫩，汁多甜美可口，但不易保鲜，人们常常将龙眼鲜果焙晒成干果，称为龙眼肉、桂丸、龙眼干等。《神农本草经》记载其"主五脏邪气，安志，厌食。久服强魂，聪明"。常用的食疗方如下。桂圆芡实粥：取桂圆、芡实各30克，糯米100克，蜂蜜20克。把糯米、芡实、桂圆分别洗净，加入适量清水，大火烧开，用小火煮30分钟，食前调入蜂蜜。分早晚2次服，可改善睡眠。桂圆百合莲子汤：取桂圆、百合、莲子各50克，放入碗中加清水，放锅内蒸，莲子熟后，加白糖50克，再蒸10分钟，即可分次食用，适合失眠、多梦、心烦者。

龙眼肉为龙眼的假种皮，可入药。龙眼肉味甘，性温，归心、脾经，具有补益心脾、养血安神的功效。现代药理研究表明，龙眼肉营养丰富，主要化学成分为糖类、脂类、皂苷类、多肽类、多酚类、挥发性成分、氨基酸及微量元素，具有滋补强壮、抗衰老、抗应激、抗氧化、抗菌、抗肿瘤、调节免疫系统、调节垂体-性腺轴机能、镇静等作用。

龙眼肉在《名医别录》被称为"益智"之果。《开宝本草》中说龙眼肉"归脾而能益智慧"。明王文洁《太乙仙制本草药性大全》言龙眼肉能"养肌肉，美颜色，除健忘，却怔忡"。南朝医药学家陶弘景在《名医别录》中指出，龙眼肉久服"轻身不老"，且对健忘、失眠、惊悸等均有疗效。如对于神经衰弱者，表现为全身乏力、失眠多梦、记忆功能减退，治宜养血安神，可用龙眼肉、酸枣仁各10~15克、大枣10枚，水煎服。对于学习注意力不集中、反应迟缓、心悸健忘、贫血者，取龙眼肉 30 克、远志 10 克、大枣 5 枚、大米 150 克、冰糖 15 克，一同下锅煮粥，可养心健脾、益智补血。

明倪朱谟《本草汇言》中说，龙眼肉可"补血气，壮精神"。取龙眼肉 250 克，装广口瓶内，加 500 毫升高粱酒，泡 1 个月。每晚临睡时饮 15 毫升。可以补气血，有助于消除疲劳。

清张璐《本经逢原》中认为，龙眼肉"同枸杞熬膏，专补心脾之血"，因此对于各种气血不足等贫血者，可以制成龙杞膏服用：龙眼肉 500 克，枸杞子 500 克，择净，研细，水煎 3 次，将煎出的药液合并，再文火浓缩，加蜂蜜适量；或将药液加蜂蜜适量煮沸即成。每次 20 毫升，每日 2 次，温开水或淡姜茶适量送服。

注意事项：素有郁火、痰火、气滞及湿阻中满者均忌服龙眼肉。

（潘纬榕　张天嵩）

代代花

【本草】

代代花

【诗】

唐雍陶《城西访友人别墅》：

澧水①桥西小路斜，日高②犹③未到君家。
村园门巷多相似，处处春风枳壳花④。

[注释]

①澧水：长江中游支流，属洞庭湖水系。澧水流经澧州城，借以交代诗题中的"城"。

②日高：指太阳升得高。形容诗人赶路时间之长，行程之远，一路奔波和焦急。

③犹：仍然，还。

④枳壳花：又名代代花，花凋谢后结出橙黄色果实，通常在植株上着生2～3年不落，老果宿存，新果续生，犹如"三世同堂"，因而得名"代代"。

[背景与赏析]

雍陶（生卒年不详），字国钧，成都（今四川成都）人。晚唐诗人、官员。唐文宗大和八年（834）进士及第，曾任侍御史、国子毛诗博士、简州（今四川简阳市）刺史，世称雍简州。据传雍陶少贫，遭逢四川内乱，只能到处流浪。中进士后，有些恃才傲物，薄于亲党。出任简州刺史后，时名益重，自己认为可跟六朝时期著名诗人谢宣城、柳吴兴相媲美。后辞官闲居，养疴傲士，不知所终。工诗，多旅游题咏、送别寄赠之作，与王建、贾岛、姚合、徐凝、章孝标等交往唱和，擅长律诗和七绝，诗风清俊从容，细腻工巧。有《唐志集》传世。

这首诗描述的是雍陶前往城西拜访友人，出了澧州城城门，过了桥，缓步

走在向西曲折延伸的乡间小路上。路途遥远，太阳都已经高高挂在空中了，可还是没有到达。此时的雍陶早已内心焦急。这沿途的风景吸引了他的注意，一座座带有围篱庭院的村舍，坐落在一条条村巷中，他想从中寻到友人的别墅，可是，它们的形状太相似了，好像一个模子刻出来的。他透过一家家"门巷"发现家家户户的篱边屋畔到处都种植着城里罕见的枳树。洁白而清香的枳树花正在春风的吹拂下盛开怒放。这春意盎然的景象让雍陶忍不住赞叹，他竟有些陶醉其中，沉浸在这片美好之中了。

【话】

代代花为芸香科柑橘属植物的花，又名酸橙、回青橙、玳玳。原产我国浙江，现我国东南部诸省均有栽培，华北及长江流域中下游各地多盆栽。代代花的入药部位为花和果实，其花为干燥花蕾，别名为枳壳花、酸橙花、回青橙花、玳玳花等，一般在5—6月花未开放时分批采摘，及时干燥，以完整、色黄白、香气浓者为佳。

代代花味甘、微苦，性平，归肝、胃经，具有行气宽中、消食、化痰的功效，是集药用、食用、美化、绿化于一体的植物。代代花中含有丰富的柚皮苷、橙皮苷、新橙皮苷等挥发油、黄酮类成分，以及 N-甲基酪胺、辛弗林等生物碱类成分。现代药理研究发现，代代花具有抗氧化、抗抑郁、抗炎、抗肿瘤、抗病毒、促进胃肠蠕动等药理作用。其中，黄酮类成分如柚皮苷与橙皮苷具有抗炎作用；挥发油对皮肤致病菌和霉菌具有抑制作用；黄酮有抗肿瘤、选择性细胞毒性作用，能够抗增殖和诱导凋亡；辛弗林能够促进胃肠动力、助消化、降血脂，以及有一定的收缩血管和升高血压作用。代代花有强心苷的多种成分，具有强心、利尿、镇静及减慢心率的功能。因代代花香气特殊，可制成花茶，工作、学习之余饮之，心旷神怡。

取代代花3~6克，250毫升沸水冲泡，当茶饮用，有减肥、美容、安神之功。

取代代花5~6克、桂花5~6克，红茶少许，用热水加盖浸泡10~15分钟即可，能温胃散寒、消食和中。可用于慢性胃炎。

取代代花5~6克、玫瑰花5~6克、合欢花5~6克，白茶少许，用热水加盖浸泡10~15分钟即可，能疏肝解郁、宁心安神。可用于经前期紧张综合征。

取代代花5~6克、洛神花5~6克、山楂10克，绿茶少许，用热水加盖浸泡10~15分钟即可，能消食化积、化浊降脂。可用于高脂血症。

注意事项：盆栽代代花，绿叶婆娑，金果悬垂，果虽不可食，但可在绿叶丛中留存数年，美观别致，是家养花卉中难得的佳品。

（潘纬榕）

白　术

【本草】

白术

【诗】

宋梅尧臣《采白术》：

> 吴山雾露清，群草多秀发①。
> 白术②结灵根③，持锄采秋月。
> 归来濯④寒涧⑤，香气流⑥不歇。
> 夜火煮石泉，朝烟遍岩窟。
> 千岁扶玉颜，终年固玄发⑦。
> 曾非首阳人，敢慕食薇蕨⑧。

[注释]

①秀发：指植物生长繁茂，花朵盛开。

②白术：《神农本草经》将"术"列为上品，言其"主风寒湿痹，死肌，痉，疸，止汗，除热，消食"。"术"的地域性很强，菊科苍术属的植物除了白术、苍术和关苍术之外，还有产于山东的蒙山苍术、产于湖北神农架地区的鄂西苍术和产于辽宁的朝鲜苍术等十几个品种。陶弘景云："(术)今处处有，以蒋山、白山、茅山者为胜。"到南北朝以后，"术"才被清晰地分为白术和苍术。烘干者称"烘术"；晒干者称"生晒术"，亦称"冬术"。

③灵根：灵性，神木的根。白术自古便有延年益寿的典故。《抱朴子·仙药》中记载南阳有个姓文的人，乱世之中逃到壶山，饥寒交迫，遇到好心人教他采挖白术来充饥，文氏此后不时服用白术。多年之后回到家乡，家乡的人发现他容颜更年轻，力气比当年更大，白术因此得名"山精"。

④濯：洗涤。

⑤寒涧：阴冷的山涧。

⑥流：传布，扩散。

⑦"千岁"句：玉颜，形容不老的容颜。固，巩固，使坚固，加固。唐魏徵《谏太宗十思疏》云："臣闻求木之长者，必固其根本。"民间故事传说，为找长生不老之术，汉武帝巡游时，遇到一老汉农作，他的头上竟然放出白色光环，询问后得知老汉在85岁时发白齿落，后跟从一道士学习辟谷术，并且在此期间只能喝清水、吃一种植物的块茎，不久后便头发变黑，牙齿长出，返老还童。汉武帝回去之后命人大范围种植此物，吃了果然有效，于是将这种块茎命名"白术"。

⑧"曾非"句：薇，又名巢菜，即野豌豆，可生食。蕨，一种有根、茎和叶的草本，用孢子繁殖，嫩叶可食，根茎可制淀粉。薇蕨，贫苦者所食蔬菜。《史记·伯夷列传》中记载伯夷、叔齐互让孤竹国君位而不就，相携逃至岐山。武王伐纣，二人耻为周民，不食周粟，隐居首阳山，采薇而食，终至饿死。后用"首阳采薇"喻人愤世隐居、坚守气节。

[背景与赏析]

梅尧臣（1002—1060），字圣俞，世称宛陵先生，宣州宣城（今属安徽）人，北宋著名现实主义诗人。梅尧臣少时应进士不第，以恩荫补桐城主簿，后历任桐城、河阳等县的主簿，德兴、建德、襄城县令，镇安军节度判官，国子监直讲，屯田员外郎，累迁尚书都官员外郎，故世称"梅直讲""梅都官"。政治上梅尧臣清高自持，为人诚厚，能体察民间疾苦，并尽自己的力量做了不少惠民之事，如至和元年（1054），他在宣城居丧期间研读医药书籍，常为邻里治病。梅尧臣对宋代诗坛的影响和贡献非常大，在诗歌理论和创作实践方面均有建树，同时期诗词大家刘克庄评价说"本朝诗惟宛陵为开山祖师"。时梅尧臣和苏舜钦齐名，并称"苏梅"；与欧阳修同为北宋诗歌革新运动的推动者，并称"欧梅"。

这首诗描绘的是诗人一大早就爬上雾气缭绕的吴山，吴山密密麻麻长满很多野草，他拿着锄刀小心翼翼采白术，采完后发现秋夜的月亮早已高空挂。用山涧清澈寒凉的水清洗白术，白术就已经不断地散出香味来了。诗人有些迫不及待，连夜在岩窟中架火，用泉水煮白术，到了早晨岩窟中的炊烟还没散去。传说这白术吃了能延年益寿，白发也能变黑发。诗人一边吃着白术，一边想着伯夷与叔齐曾在首阳采薇吃，赞叹二人的高尚情操。

　　白术为菊科苍术属植物白术的干燥根茎。中药界有"北参南术"的说法。历史上白术的主产地在浙江於潜，是浙江的道地药材"浙八味"之一。如今全国已形成浙江白术、亳州白术、四川白术、河北白术四大白术品系。目前，白术主产地有安徽亳州、河北安国、湖北来凤、重庆秀山、湖南邵阳、四川雅安、四川乐山等。

　　白术味苦甘，性温，归脾、胃经，具有健脾益气、燥湿利水、止汗、安胎等功效。现代药理研究发现，白术主要含挥发油、多糖、内酯类成分，以及少量苷类、氨基酸及维生素 A 等。白术多糖具有保肝活性，可减轻肝脏炎症损伤和氧化应激；白术挥发油具有抗菌、抗炎作用，可抑制细胞中 NO 和前列腺素 E_2 的生成；白术内酯可调节胃肠功能，调节肠道菌群。白术可改善脑缺血损伤，促进基因的表达修复，保护被损伤神经，提高记忆力，改善阿尔茨海默病。此外，白术还具有调节免疫系统、抗肿瘤、降血脂、降血糖等功效。

　　白术为"补脾胃之要药"，有"十方九术"之说。在宫廷药膳方中，白术享有较高地位。炒白术对中焦受损所导致的泄泻、食欲不振、恶心呕吐等具有良好的功效。如白术山药瘦肉汤：炒白术 15~30 克、山药 15~30 克、莲子肉 30 克、黄豆 30 克、瘦肉 250 克、姜 2 片，煲至肉熟，放入调味即可食用，可以用来治疗脾虚泄泻、消化不良、精神不振等慢性胃肠疾病。白术猪肚粥：炒白术 30 克，猪肚 1 个，粳米 100 克，生姜、大枣少量，可补中益气、健脾和胃。

　　白术具有止汗之功，多用于气虚自汗不止，可单味煎服或研末服。唐孙思邈《千金要方》记载，用生白术 9~15 克研末，以水饮服，每日 2 次，可治自汗不止；以酒服，每日 3 次，治风瘙隐疹。

　　白术健脾益气，可用于治疗胎动不安。生白术 9~15 克洗净，煎汁 100 毫升备用；鲫鱼 100 克，去杂，洗净切片；粳米 30 克；糖适量。然后将鱼、粳米一起煮粥，粥成时加入白术汁和匀，加糖调味。可开胃安胎，并有利水消肿之功。

　　明李梴《医学入门》中的经典三白汤：白术 6~9 克、白芍 6~9 克、白茯苓 6~9 克、甘草 3 克，水煎后温服。该方最初用于治疗伤寒虚烦，后发现可以补气益血、美白润肤，对于脾胃虚弱型痤疮疗效颇佳，适用于气血虚寒导致的皮肤粗糙、萎黄、黄褐斑、色素沉着、粉刺、痤疮等。

　　注意事项：贮于干燥容器内，置阴凉干燥处，防蛀。阴虚内热、津液亏耗者慎服。

（潘纬榕　张天嵩）

白 芷

白芷

【诗】

唐王维《寒食①城东即事》：

　　　　清溪一道穿桃李，演漾②绿蒲③涵④白芷⑤。
　　　　溪上人家凡几家，落花半落东流水。
　　　　蹴鞠⑥屡过飞鸟上，秋千⑦竞出垂杨里。
　　　　少年分日⑧作遨游，不用清明⑨兼上巳⑩。

[注释]

　　①寒食：清明前一日或二日，为祭祖扫墓最隆重的日子。寒食是为纪念春秋时期晋国名臣贤士介子推而设立的，到了唐代已经成为全国性的祭扫习俗。寒食期间禁火，只能食用冷的食物。唐代的寒食节是一场集祭祖扫墓、踏青郊游、文体娱乐于一体的盛会。南朝梁宗懔《荆楚岁时记》："寒食禁火三日，造饧大麦粥，斗鸡，镂鸡子，斗鸡子。"寒食期间的娱乐项目有斗草、荡秋千、蹴鞠、打马球等。
　　②演漾：水波荡漾。
　　③蒲：一种水草，根可食，叶可编席、制扇。
　　④涵：浸润，湿润。宋王安石《送江宁彭给事赴阙》云："威加诸部风霜肃，惠浸连营雨露涵。"
　　⑤白芷：多年生高大草本香草，可入药。
　　⑥蹴鞠：蹴，踢。鞠，皮制球，球内充塞柔软的东西。源自战国时期的娱乐性踢球游戏，唐宋时期达到鼎盛。《荆楚岁时记》记载，古时有在寒食蹴鞠的习俗。

⑦秋千：唐代寒食节有野外荡秋千、放风筝活动，有将一年的或身体内的晦气、霉运送走之意。

⑧分日：指春分，在农历二月中。

⑨清明：春分昼夜时间相等，春分后第十五日为清明。清明为郊外踏青最佳时节，又由于与寒食节相近，因此古代寒食和清明合在一起休假。《唐会要》曾记载盛唐时期开元二十四年(736)皇帝诏令："寒食清明，四日为假。"

⑩上巳：俗称三月三，是源自上古人们在春天河边祭祀沐浴、祛除邪晦的习俗，称为"祓禊"，日期为三月第一个巳日，谓之"上巳"，魏晋时期定为"三月三"。《兰亭集序》就是记载魏晋时期文人雅士上巳修禊的活动："暮春之初，会于会稽山阴之兰亭，修禊事也。"上巳节这一天，人们有郊外游玩、在水边用兰草沐浴、祭祀宴饮等习俗。

[背景与赏析]

这首诗描绘的是王维在寒食节去长安城东郊外，看到一条清澈的溪流穿林而过，两旁桃花、李花盛开，分外娇艳，溪水碧绿清澈，荡漾着水中的蒲草，滋润着水边的白芷。在溪流边坐落着稀疏的房屋，桃花、李花飘落，有一半落入向东流去的溪水中。青年男女相互玩乐，蹴鞠时把球踢得很高，竟然超过飞鸟，荡起的秋千争相飞出绿杨林。少男少女在春天整天游玩，完全不用在乎是清明、上巳还是寒食节。他们尽情欢乐，享受当下的美好时光。全诗描绘出美丽的早春景象，展示出青年人的朝气蓬勃和家常安宁的闲适气息，充分体现了王维诗作"诗中有画"的特色。

【话】

白芷为伞形科当归属多年生高大草本植物。白芷喜温和湿润的气候及阳光充足的环境，耐寒，分布在我国东北及华北等地，一般生于林下、林缘、溪旁、灌丛和山谷草地，又名芷、芳香、苻蓠、泽芬、白臣、香棒、莔等。汉许慎《说文》中说："生于下泽，芬芳与兰同德，故骚人以兰茝为咏，而《本草》有芳香、泽芬之名，古人谓之香白芷云。"白芷入药部分为其干燥根，目前所用的白芷均为栽培品，包括川白芷、杭白芷、祁白芷、禹白芷、亳白芷五类。目前市面上已无杭白芷售卖，仅在浙江磐安有少量的散户种植该品种。

白芷性温，归胃、大肠、肺经，具有解表散寒、祛风止痛、宣通鼻窍、燥湿止带、消肿排脓的功效。白芷含挥发油、香豆素及其衍生物，如当归素、白当归醚、欧前胡乙素、白芷毒素等，具有抗炎、镇痛、美白、降血压、扩张血管、降血脂、抗过敏等作用。

白芷既是食材，又可提取挥发油等成分加工成香料，四大腌菜之一的川东菜就用到了白芷挥发油制成的香料。白芷还可作为原料被制作成很多特色食品，如能量棒、风干速食鱼、食用油、食用香料、佐料、减肥茶等。目前白芷多作为辅料及调味料原料。白芷也可与药酒相结合，不少保健酒中能看见白芷的身影。

白芷中的挥发油及香豆素对急慢性疼痛均有一定的效果。白芷擅长"治阳明一切头面诸疾，如头目昏痛，眉棱骨痛，暨牙龈骨痛，面黑瘢疵者是也"。对于鼻塞，伴眉棱骨痛，可用白芷 10 克、黄芩 9 克，水煎服，每天 2~3 次。流黄涕者，可用白芷 10 克、薄荷 10 克，水煎服，每天 2~3 次；或取白芷 9 克、菊花 9 克，共研成细末，开水冲泡后代茶饮用，可每日饮 1 剂，可散风清热、平肝明目。眩晕、偏头痛、颈椎病患者可将白芷做成药膳，如川芎白芷炖鱼头：川芎 15 克、白芷 15 克、鲫鱼头 1 个，生姜、葱、盐、料酒适量，先用武火烧沸后，改用文火炖熟，佐餐食用，可祛风散寒、活血通络。

白芷对皮肤疾病有一定的治疗作用，如可减轻面部痤疮，初起时能消散，溃后能排脓，并能促进皮肤溃疡创面愈合，为外科常用的辅助药品；还可用于治疗白癜风。白芷水提液能增加美白活性。明李时珍《本草纲目》谓白芷"长肌肤，润泽颜色，可作面脂"，是历代医家常用的美容药。如白芷 6 克、玉竹 12 克、薏苡仁 30 克、鸡肉 500 克，一起放入砂锅内，加水适量，小火煮 2 小时，加适量调味品即可，食之有美容养颜的功效。白芷研细末调制成面膜敷面，可有一定增白、淡化黄褐斑之效。需要注意的是，白芷中的部分香豆素成分会引起光敏反应，外用时应避免皮肤被日光或紫外线照射，以免产生日光性皮炎，发生皮肤红肿、色素增加等，这限制了白芷在化妆品中的应用。

注意事项：血虚有热者、阴虚阳亢头痛者禁用。

（潘纬榕）

白茅根

【本草】

白茅根

【诗】

明傅汝舟《道路古事三首》其二：

乔松①生峻岳②，修③干概④青宫⑤。
被蒙⑥栋梁⑦会，斧锯运成风。
翻迹⑧浮江汉⑨，辟易⑩上⑪方供⑫。
斫⑬以公输子⑭，丹漆⑮百千重。
美材⑯施壮丽⑰，通天守高崇⑱。
白茅⑲亦何须，倾根俟卑宫⑳。

[注释]

①乔松：高大的松树。《战国策·秦策》云："世世称孤，而有乔松之寿。"

②峻岳：峻，山高而陡。岳，高大的山。

③修：高，大，长。东晋王羲之《兰亭集序》云："此地有崇山峻岭，茂林修竹。"

④概：念，放在心上。《后汉书·冯衍传下》云："千金之富，不得其愿，不概于怀。"

⑤青宫：东方属木，于色为青，故称太子所居为青宫。

⑥被蒙：蒙受，承蒙。

⑦栋梁：屋顶最高处的水平木梁，支承着椽子的上端。

⑧翻迹：翻，翻转，翻腾。唐李白《姑熟十咏》云："波翻晓霞影。"迹，痕迹。

⑨江汉：指长江和汉水。此泛指江河。

⑩辟易：避开，躲避；拜服，倾倒。唐杜甫《夜听许十一诵诗爱而有作》云："诵诗浑游衍，四座皆辟易。"

⑪上：进献，送上。《战国策·齐策》云："上书谏寡人者，受中赏。"

⑫方供：同"方贡"，四方的土贡。唐卢纶《送盐铁裴判官入蜀》云："传诏收方贡，登车着赐衣。"

⑬斫：以刀斧砍削。明刘基《郁离子·千里马》云："斫而为琴，弦而鼓之。"

⑭公输子：指公输班，鲁国巧匠。《孟子·离娄上》云："离娄之明，公输子之巧，不以规矩，不能成方圆。"此处指木匠用的斧、锯等。

⑮丹漆：用朱漆涂饰。

⑯美材：优良的木材。

⑰壮丽：多指山川、建筑、场面等宏伟瑰丽。

⑱高崇：指高大宏丽的殿堂。

⑲白茅：多年生草本植物，花穗上密生白色柔毛，故名。其根可入药。

⑳卑宫：简陋的宫室。

[背景与赏析]

傅汝舟(1476—1557)，初名舟，字远度，又字木虚，号磊老、丁戊山人等，闽县(今属福建福州)人。少时游学于吏部尚书郑继门下，青年时便弃绝功名、绝意仕进；中年时好神仙，曾遍游桂、湘、鄂、齐、鲁等地求仙访道。通天象、堪舆，知晓黄白炼丹术。擅长画作，工行草，与高濑齐名。

本诗描绘的是诗人走在河堤路上，望见河流中滚滚而来的、可能是贡品的高大松树木材叹息，想到了这些松树生长在峻峭的山上，修长的树干常常被人们想着用于建造宫殿。一旦被选作建屋的栋梁，就会被木匠用斧、锯砍伐，反复涂以朱红色的油漆，用来建造一座座高大宏丽的殿堂。诗人不禁感慨，生长在山野路旁的白茅又如何呢？只有倾力扎根生长，等着为建造茅屋陋室而用吧！诗人以松树与白茅作对比，或许是要说明每一种物品都有各自的用途，我们应该物尽其用、人尽其才吧。

【话】

白茅为多年生草本，多生于路旁向阳干草地或山坡上。野生分布于东北、华北、华东、中南、西南以及陕西、甘肃等地。其可选一般坡地、平地栽培。白茅根始载于东汉《神农本草经》，称为"茅根"，唐甄权《药性论》中出现了"白茅"这一别称，并提及其"能破血，主消渴"。明李时珍《本草纲目》以后，逐渐以"白茅根"为其正名并记载。明代时期，白茅根名称众多，如茅芽根、刀茅、过山龙、丝茅等。在拔白茅根时，经常是连根拔出，拔起一株，带出一团，古人称为"拔茅连茹"。

入药白茅根为禾本科白茅属植物白茅的干燥根茎，全国大部分地区均产。白茅根味甘，性寒，归肺、胃、膀胱经，具有凉血止血、清热利尿的作用。现代药理研究表明，白茅根含糖类（如多糖、葡萄糖、果糖、蔗糖、木糖等）、三萜类（如芦竹素、白茅素等）、有机酸类（如绿原酸、香草酸、棕榈酸等）、黄酮类、甾醇类、内酯类，富含铁、锌等金属元素，具有抗氧化、抗炎、抗菌、抗肿瘤、调节免疫系统、促凝血、降压、调节脂质代谢、耐缺氧、利尿等作用。

白茅根"善理血病"，擅长治疗血热妄行之咯血、吐血、衄血等出血证。如用白茅根 30 克，或鲜白茅根 60 克，水煎服，可以治疗吐血不止、血热鼻衄、尿血尿痛等症。也可配合其他药食同源物质，如治疗鼻出血：白茅根 30 克、芦根 10 克，加水同煎，分早晚 2 次服用，连服 3~5 剂；治疗尿血：白茅根 30 克、冬瓜皮 10 克，加水同煎，分早晚 2 次服用，连服 3~5 剂；治疗咯血：梨汁 30 克、麦冬 10 克、白茅根 15 克，适量茶叶，沸水泡茶，每日服用 1~2 次，连服 5 剂。

白茅根清热生津，用于治疗胃热呕吐。唐孙思邈《千金要方》载一方治疗胃反（中医病名）、食即吐、上气者：白茅根 60 克、芦根 60 克，切细，加水 1000 毫升，煮至 500 毫升，顿服。若胃脘部灼热隐痛、呕吐、反酸烧心，属胃热呕吐者，用白茅根 30 克、葛根 15 克加水煎服，此方为东晋陈延之《小品方》中的茅根汤。

白茅根可以和其他食材配伍，用于慢性疾病的辅助治疗或调理。如白茅根雪梨猪肺汤。其材料为鲜白茅根 300 克、雪梨 2 个、猪肺 1 副、陈皮 6 克。制作过程为猪肺洗净切块，放入开水中煮 5 分钟，捞起冲洗干净；雪梨切块，去核；白茅根切段；陈皮用水浸软，与猪肺、雪梨、白茅根一起用文火煲 2 小时即可。该方用于秋季身体燥热、鼻出血、干咳无痰、喉痛、声音嘶哑、唇舌干燥、便秘，也适宜肝炎、肝硬化、气管炎及肺炎患者饮用。

唐孙思邈《千金要方》有"解酒毒，恐烂五脏，茅根汁，饮一升"的记载。取白茅根 30 克，水煎服，于饮酒前或醉酒时服用，具有一定的解酒毒之效。

注意事项：脾胃虚寒、溲多不渴者禁用。

（潘纬榕　张天嵩）

白 果

【本草】

白果

【诗】

唐王维《文杏馆》：

文杏①栽为梁②，香茅③结为宇④。

不知栋⑤里云，去作人间雨。

[注释]

①文杏：银杏树，俗称白果树，其果实可入药。此树木质坚、纹理密，是古代建筑的高级用材。如汉司马相如《长门赋》云："饰文杏以为梁。"《西京杂记》记载，修建上林苑时用到的杏树珍品有两种，即文杏和蓬莱杏。

②梁：原义指用木料在水上造桥。引申义为架在柱上，用来支撑屋顶的横木，即指房梁。《乐府诗集·十五从军征》云："兔从狗窦入，雉从梁上飞。"

③香茅：禾本科香茅属植物的统称，也称为香茅草、柠檬草，气味芳香，可入药，具有祛风通络、温中止痛、止泻之功效。

④宇：屋边，屋檐。《资治通鉴》云："权起更衣，肃追于宇下。"

⑤栋：栋梁。

[背景与赏析]

文杏馆大抵因馆前植有文杏而得名。此诗前句说明了文杏馆以白果树木为梁，以香茅结屋檐和屋顶，自是格调高雅，非普通的泥墙瓦舍可比，亦非金碧辉煌的亭榭馆阁可比，体现出了主人的品位。后句写文杏馆位于极高的山上，周边环境幽雅，栋里有云，自是高远。晋郭璞的《游仙诗十九首》曰："云生梁栋间，风出窗户里。""去作人间雨"则说明此地自非人间。这样刻画文杏馆，意境极高，可以使人感受到幽谧、宁静的自然美趣。

白果为银杏科落叶乔木银杏的成熟种子。银杏树又名鸭脚、公孙树、鸭掌树等。白果以外壳白色、种仁饱满、色白者佳，主产广西、四川、河南、山东、湖北、辽宁等地。白果味甘、苦涩，性平，有小毒，归肺经。其专敛肺气，定喘止咳，并可减少痰量，对喘咳、气逆、痰多之证甚有效。如明《医学入门》云："清肺胃浊气，化痰定喘，止咳。"又兼具除湿与收涩两方面的作用，故能止带，缩小便而治小便频数，以及白带、白浊等证。《本草品汇精要》有云："煨熟食之，止小便频数。"

现代药理研究显示，油浸白果之果浆含有的抗菌成分对若干种革兰氏阳性及阴性细菌(葡萄球菌、链球菌、白喉杆菌、炭疽杆菌、大肠杆菌、伤寒杆菌等)均有作用，对结核杆菌作用极显著。白果的水浸液在体外对紫色毛癣菌、奥杜盎氏小芽孢癣菌、星形诺卡菌等 7 种皮肤真菌表现为抑菌作用。《现代实用中药》指出：白果可治喘息、头晕、耳鸣、慢性淋浊及妇人带下。果肉捣碎后可做贴布剂，有发泡作用；用菜油浸一年以上，可治疗肺结核。

白果用于哮喘，常与麻黄、甘草同用，如鸭掌散。《秘韫方》记载了一则艾煨白果：取鲜白果 10 个，煨熟，去壳；陈艾 5 克，捣绒，同适量米饭混合后捏团，将白果包入其中。饭团外用菜叶包裹，放火灰中煨香，只取白果食之，每日 2 次，用于治疗慢性支气管炎患者、哮喘属虚寒证而较轻者。

《李时珍濒湖集简方》载，白果、莲子、胡椒、乌骨鸡煮食，治下元虚衰、白带清稀者。现白果多与黄柏、芡实等同用，如易黄汤，治湿热带下色黄者。

民间有道烤鸡蛋白果：取白果仁 2~4 粒，研成细末；鸡蛋 1 个，将一端敲破一小孔，将白果粉末装入蛋内，竖放在火上烤熟。每日服 2~3 次，有补脾和涩肠止泻之功，可用于小儿脾虚腹泻。

白果煮粥可益元气、补五脏、抗衰老。老年、体弱多病者尤佳，正常人食之健体，宜家庭食用。做法：选白果仁(去壳后用沸水烫去内种皮)6~10 粒，冰糖少量，粳米 100 克，水适量，同时放入锅中，文火煮熟即成。以粳米成糊糜状即可。将白果去除种胚后，研碎，用开水冲泡，再加糖直接饮用或加入豆浆一起饮用。根据个人爱好，也可加入牛奶或梨等炖成甜品食用。

注意事项：生白果含有银杏毒素、白果醇等不安全成分，过量食用可能刺激胃肠道及中枢神经系统，从而导致呕吐、腹痛腹泻、呼吸困难、昏迷等中毒症状。建议将生白果去壳、加热，并将中间的胚芽去除后食用，可降低生白果毒性，但仍需控制用量。

（孙靖）

本草诗话

白扁豆

白扁豆

【诗】

明王伯稠《凉生豆花》：

豆①花初放晚凉凄②，碧叶阴③中络纬④啼。
贪⑤与邻翁棚⑥底话，不知新月⑦照清溪⑧。

[注释]

①豆：指扁豆。
②凄：冷，寒冷。《左传·昭公四年》云："春无凄风，秋无苦雨。"
③阴：昏暗。宋范仲淹《岳阳楼记》云："朝晖夕阴，气象万千。"
④络纬：一种昆虫，俗称络丝娘、纺织娘，色黑而有数重翅膀，常在夏季夜晚振羽作声，鸣声急促似纺丝。
⑤贪：贪图；追求，希望得到。
⑥棚：用竹、木搭成的棚架或小屋。
⑦新月：农历每月月初弯细如钩的月亮。南朝阴铿《五洲夜发》诗云："新月迥中明。"
⑧清溪：清澈干净的溪水。

[背景与赏析]

王伯稠(生卒年不详)，明代诗人，苏州府昆山(现江苏昆山)人，字世周，少时随父入京，在京见城阙戚里鼎盛，辄有歌咏，号神童，后仕途坎坷。其推崇明代复古派，以"文必秦汉，诗必盛唐"为其文学观点，尤善作诗，诗歌数量颇丰，诗体丰富，著有《子夜四时歌》《兰若即事》等。

秋风兴起，扁豆花初开。扁豆是能随遇而安的植物。篱边院角，不必刻意

立竿搭架。或许就是因为扁豆花的平静、亲切、淡泊,扁豆入诗,多有佳句,如清郑板桥的对联"一屋春雨瓢儿菜,满架秋风扁豆花",清查学礼的"最怜秋满疏篱外,带雨斜开扁豆花"。

这首七言绝句描绘的是暑尽天凉,一篱秋色,扁豆花牵藤绕蔓,摇曳生姿,纺织娘在绿油油的叶丛中沙沙振羽。诗人在棚底和邻翁闲聊家常,不知不觉中望见一弯悬空新月。月色如水,极有情味。自古逢秋多寂寥,一方小院,有菜蔬,有虫吟,烟火红尘,随遇而安,笑对秋风秋雨。诗人将这些景物和谐地融为一体,色彩和谐,构思巧妙,把一片和平宁静、朴素安适的乡间生活真实地反映出来,给人一种诗情画意、赏心悦目之感。

【话】

扁豆,为豆科植物扁豆的种子,最早记载于南朝陶弘景著的《名医别录》中,名"藕豆",主产于我国云南、河北、陕西、山西、甘肃等地。扁豆种子按颜色分为白色、黑色、红色等数种。本篇提及的白扁豆主要用于入药;黑扁豆古名"鹊豆",不供药用;红扁豆常被用作清肝明目消炎药,可治疗眼生翳膜。

白扁豆味甘,性微温,归脾、胃经,具有健脾化湿、和中消暑、解毒的功效,主要用来治疗脾虚生湿、食少便溏、白带过多、暑湿呕恶、浮肿等。白扁豆

本草诗话

全身都是宝。扁豆衣是白扁豆的种皮，药性平和，无壅滞之弊，常与健脾药同用，用于治疗脾虚腹泻、浮肿等症。扁豆花味甘淡，性平，长于消暑化湿。现代药理研究显示，白扁豆主要含有多种微量元素、植物凝集素、多糖、淀粉酶抑制物等。白扁豆中的多种微量元素能刺激骨髓造血组织，对白细胞减少症有效；植物凝集素有抗癌作用；多糖对神经细胞有抗缺氧性凋亡和坏死作用；淀粉酶抑制物有降低血糖的作用。白扁豆广泛应用于治疗消化系统疾病，如慢性肠炎、胃炎等。

白扁豆自古以来都是药食两用之佳品。南朝陶弘景云："藊豆，人家种之于篱垣，其荚蒸食甚美。"李时珍也将其奉为健脾上品，在《本草纲目》中称白扁豆"其性温平，得乎中和，脾之谷也……专治中宫之病"。白扁豆在民间还享有"健脾第一豆""夏天第一豆""豆中之王"等美誉。取白扁豆 9 克、茯苓 15 克、陈皮 6 克，用沸水煮 30 分钟，代茶饮，每日 1 剂，适用于腹胀、大便稀溏、纳食不佳者。取白扁豆 15 克、山药 15 克、白茯苓 15 克、白莲子 15 克、白菊花 5 克，加水煎 30 分钟，每日 1 剂，长期服用可起到利湿健脾、增白美肤的功效。

白扁豆味甘性温，其性味皆与脾家相得，有健脾和中之功效。在 30 克白扁豆中加入适量水，浸泡后，用武火烧开，转文火煮 30 分钟，再加入山药 30 克、粳米 100 克、大枣 5 枚（去核），武火煮沸，转文火直至粥熟即可食用。其具有补益脾胃、和中止泻的功效，适用于脾胃虚弱、慢性腹泻、胃纳不馨者。

白扁豆有健脾化湿功效。久居湿地或头晕体倦、身体困重、泻下频繁、脘腹胀满、舌苔厚腻者，不妨用白扁豆 30 克加适量水煮至豆烂，取豆汁，代茶饮。

宋苏颂《本草图经》称白扁豆"主女子赤白下，干末，米饮和服"。取白扁豆 15 克、马齿苋 15 克、大米 50 克熬粥食用，具有清热养阴止血功效，适用于血热经来量多者。白扁豆还可以治疗暑热。因难耐夏之炎热而出现低热、头昏胀痛、肢体酸重、心烦口渴、纳差等症状者，可取白扁豆 6 克、香薷 9 克、厚朴 6 克，水煎服，每日 1 剂，可健脾利湿、清热解暑。

注意事项：对豆类过敏及体质虚寒、手脚冰凉、患疟疾人群禁用。

（王安安）

地 黄

【本草】

地黄

【诗】

宋苏轼《小圃五咏·地黄》：

> 地黄饲老马①，可使光鉴人。
> 吾闻乐天语②，喻马施之身。
> 我衰③正伏枥④，垂耳⑤气不振⑥。
> 移栽附沃壤⑦，蕃茂争新春。
> 沉水⑧得稚根⑨，重汤⑩养陈薪⑪。
> 投以东阿清⑫，和以北海醇⑬。
> 崖蜜⑭助甘冷，山姜⑮发芳辛。
> 融为寒食饧⑯，咽作瑞露珍⑰。
> 丹田⑱自宿火，渴肺⑲还生津。
> 愿饷内热⑳子，一洗胸中尘。

[注释]

①地黄饲老马：地黄，植物名，根可入药。有鲜地黄、生地黄、熟地黄之分。饲，饲养，给动物吃东西。葛洪《抱朴子》记载："韩子治以地黄甘草，哺五十岁老马，以生三驹，又百三十岁乃死。"

②乐天语：指唐白居易《采地黄者》诗中所言。该诗描写了灾荒年间的贫苦农民采挖地黄卖给富人喂马，以换回马饲料充饥度荒的情景，诗云："与君啖肥马，可使照地光。愿易马残粟，救此苦饥肠。"苏轼直接化用白居易的诗，故云乐天语。

③衰：衰老。西汉刘安《淮南子·主术》云："年衰志悯。"

66

④伏枥：马伏在槽边。三国魏曹操《步出夏门行》云："老骥伏枥，志在千里。"伏，趴也。枥，马槽。

⑤垂耳：两耳下垂。形容驯服的样子。

⑥振：振作，奋起，奋发。宋苏轼《教战守策》云："痿蹶而不复振。"

⑦沃壤：肥沃的土地。宋苏颂《本草图经》云，"古称种地黄宜黄土。今不然，大宜肥壤虚地，则根大而多汁"，并详细地描述了地黄种植之法，"其法以苇席围编如车轮，径丈余，以壤土实苇席中为坛，坛上又以苇席实土为一级，比下坛径减一尺。如此数级，如浮屠。乃以地黄根节多者寸断之，莳坛上，层层令满，逐日水灌，令茂盛。至春秋分时，自上层取之，根皆长大而不断折"。

⑧沉水：用来判断地黄质量的方法。宋苏颂《本草图经》云："又医家欲辨精粗，初采得以水浸。有浮者名天黄，不堪用；半沉者名人黄，为次；其沉者名地黄，最佳也。"

⑨稚根：根之嫩者，幼根，新根。

⑩重汤：谓隔水蒸煮。南宋王十朋《王状元集百家注分类东坡先生诗》中引赵次公曰："于鼎釜水中，更以器盛水而煮，谓之重汤。"

⑪陈薪：干柴。陈，陈旧。薪，柴草，柴火。

⑫东阿清：东阿，指阿胶，中药阿胶以产于东阿县(今属山东省)者为贵，因以代称。清，单纯不杂也。宋唐慎微《证类本草》中谈到阿胶的制作时说："用皮亦有老少，胶则有清浊。"

⑬北海醇：北海，指酒。《后汉书·孔融传》中记载孔融"常叹曰'坐上客常满，尊中酒不空'"。醇，酒味浓厚。魏晋嵇康《琴赋》云："兰肴兼御，旨酒清醇。"

⑭崖蜜：山崖间野蜜蜂(据考证为岩蜂)所酿的蜜，又称石蜜、岩蜜，色青，味微酸。宋苏颂《本草图经》云："石蜜即崖蜜也，其蜂黑色，似虻，作房于岩崖高峻处或石窟中，人不可到，但以长竿刺令蜜出，以物承之，多者至三四石。味酸色绿，入药胜于他蜜。"大多数中药专著认为蜂蜜味甘性平，实际上生、熟蜂蜜在性味、功效上略有差异，如明李时珍《本草纲目》云蜂蜜"生则性凉，故能清热；熟则性温，故能补中"，大便不实者不宜服用。如明缪希雍《本草经疏》云："石蜜，生者性寒滑，能作泄，大肠气虚，完谷不化者不宜用。"

⑮山姜：白术的异名。白术为菊科多年生草本植物，根茎肥厚，块状，气清香，味甘、微辛，嚼之略带黏性，为扶正补虚之要药。《神农本草经》谓其"久服轻身延年"。多位注解苏东坡诗的古今作者，将"山姜"解释为姜科山姜属植物山姜，似乎是不正确的。因为姜科植物山姜味辛性温，归胃、肺经，具有祛风通络、理气止痛的功效，与本诗中所述药物组方、功效，以及制成"饧""瑞露"等保健食品不相符。

⑯寒食饧：寒食，在清明节前一日或前两日，据传为纪念春秋时晋人介子推而设。饧，用麦芽或谷芽熬成的饴糖。因寒食节禁烟火，饧等冷食可以提前做好，作为清明节重要的食物。自唐宋开始即有清明食饧之俗，绵延至明清。文人墨客多有存诗记述，如唐沈佺期《岭表逢寒食》诗云："岭外无寒食，春来不见饧。"宋方岳《杨柳枝》诗云："粥香饧白清明近，半挽柔条插画檐。"明徐渭《郭恕先为富人子作风鸢图偿平生酒肉之饷富人》诗云："明朝又是清明节，斗买饧糖柳市西。"清乾隆《雨》诗云："况值清明近，村村听卖饧。"

⑰瑞露珍：瑞露，指酒。宋陆游《谢郭希吕送石洞酒》诗云："瑞露颇疑名太过，蠹泉犹恨韵差低。"宋范成大《桂海虞衡志》云："瑞露，帅司公厨酒也。"珍，美味。

⑱丹田：道家内丹术丹成后呈现之处，炼丹时意守之处。晋葛洪《抱朴子·地真》将其分为上、中、下三丹田：上丹田在两眉之间、督脉印堂穴之处；中丹田为胸中膻中穴之处，为宗气之所聚；下丹田在脐下三寸、任脉关元穴之处，为藏精之所。一般道家，以脐下三寸之处为丹田，视其为内丹修炼及汇聚、储存真气的重要部位，并将丹田生热作为修炼成功的标志之一，因为只有火才能炼精化气，气周流全身，以推动五脏六腑的功能活动。

⑲渴肺：犹肺渴，谓燥热思饮。唐白居易《东院》诗云："老去齿衰嫌橘醋，病来肺渴觉茶香。"

⑳内热：又称内火，中医证名。指体内脏腑阴阳偏盛之热，常见症状为胸中烦热、午后潮热、五心发热、口干口苦、小便赤、大便秘结等。宜辨病性虚实阴阳，病位在脏腑之异。如明王纶《明医杂著》云："内伤发热，是阳气自伤，不能升达，降下阴分而为内热，乃阳虚也，故其脉大而无力，属肺脾；阴虚发热，是阴血自伤，不能制火，阳气升腾而为内热，乃阳旺也，故其脉数而无力，属心肾。"

[背景与赏析]

从《宋史》及苏轼所传诗文来看，苏轼对医药颇为重视，并且在医学方面作出了一定的贡献。如苏轼在杭州任知州时的元祐五年（1090），杭州大旱，饥疫并作，"疫死比他处常多"。苏轼"乃裒羡缗得二千，复发囊中黄金五十两，以作病坊，稍畜钱粮待之"。《宋史》记载了苏轼募集资金，设立"公立医院"为民治病的事情。宋代学者文人个人编撰方书的风气特盛，有"儒医"之名的司马光、沈括、苏轼等皆有医方著作。后人将沈括所撰《良方》和苏轼所撰《苏学士方》合编为《苏沈良方》，该书中苏轼的养生方法和思想颇有可取之处，具有较高的临床价值。

大文学家苏轼挚爱医学、涉猎医学，撰写了不少关于中药的诗词，以宣传中药知识，《小圃五咏》是其代表作。苏轼受佛、道思想影响，生性豁达，为人洒脱。在《小圃五咏·地黄》诗中，把自己比喻成年老体衰的马，希望通过服用地黄来增强体质、延年益寿。苏轼在诗中简要地说明了地黄栽培、采挖、选优、煎煮之法，并配伍上等的阿胶、白术、酒等，制成不同剂型的保健食品，如固体剂型饧、液体剂型药酒等，其具有滋肾健脾、益气养阴的功效，很适合他自己的内热体质。诗中"崖蜜助甘冷，山姜发芳辛"说明作者对中药的性味非常了解，这些都证明苏轼具有非常深厚的中医药学功底。

　　虽然苏轼医学理论知识丰富，但临床实践经验不足，临终前自己患病，不求医而自治，却因用药失误而自误，清陆以湉《冷庐医话》有详细记载："士大夫不知医，遇疾每为俗工所误，又有喜谈医事，研究不精，孟浪服药以自误。如苏文忠公事，可恍叹焉。建中靖国元年，公自海外归，年六十六。渡江至仪真，舣舟东海亭下，登金山妙高台时，公决意归毗陵，复同米元章游西山，遁暑南窗松竹下。时方酷暑，公久在海外，觉舟中热不可堪，夜辄露坐，复饮冷过度，中夜暴下，至旦愈甚，食黄芪粥觉稍适。会元章约明日为筵，俄瘴毒大作，暴下不止，自是胸膈作胀，却饮食，夜不能寐。十一日发仪真，十四日疾稍增，十五日热毒转甚，诸药尽却，以参苓瀹汤而气寝止，遂不安枕席。公与钱济明书云：'某一夜发热不可言，齿间出血如蚯蚓者无数，迨晓乃止，困惫之甚。细察病状，专是热毒根源不浅，当用清凉药，已令用人参、茯苓、麦冬三味煮浓汁，渴即少啜之，余药皆罢也。庄生闻在宥天下，未闻治天下也，三物可谓在宥矣，此而不愈则天也，非吾过也。'二十一日竟有生意，二十五日疾革，二十七日上燥下寒，气不能支，二十八日公薨。"从中可以看出，苏轼高年之体，素有内热，被流放岭南后身体变得更差，酷暑时节又感染疫毒，虽然自己准确判断出病机，即"热毒根源不浅"，但本病预后不佳，加之他的处方用药不对症（病重药轻），导致病情逐渐加重，最后与世长辞，殊为可叹。

【话】

　　地黄，又名苄、芑、地髓等，是玄参科地黄属多年生草本植物，主要通过栽培获得。地黄喜疏松肥沃的砂质土壤，野生于山坡、山脚、路旁荒地等处，分布于我国辽宁、内蒙古、河北、河南、山西、陕西、山东、江苏、安徽、湖北、湖南、四川、甘肃等地。河南温县、博爱、武陟等地的地黄产量高、质佳，这几个地区在明清时属于怀庆府，怀庆府地貌、水文、气候等地理环境特殊，所产地黄、菊花、山药、牛膝等具有独特的药性，因此被冠以"怀"字，成为"四大怀药"，在明清时期为贡品。清范照黎有诗赞云："乡民种药是生涯，药圃都将道地夸。薯蓣篱高牛膝茂，隔岸地黄映菊花。"

野生地黄常生于荒芜破败之地，或墙根、路边、田头，3月破土抽芽，4月生叶发花，花呈紫红色、枣红色、粉白色，花色随其地之酸碱度不同而异。花形类似小酒壶，民间将其称为酒壶花，摘下后可从中吸吮出甜甜的汁液。地黄花可直接捣为末服食，亦可煮粥服食，具有填精补虚之功效，常用于消渴症的治疗。如由北宋官方组织编纂的《圣济总录》所载的地黄花粥可治消渴症："地黄花阴干，捣罗为末，每用粟米两合，净淘煮粥，候熟，入末三钱匕，搅匀，更煮令沸，任意食之。"新鲜地黄叶捣出汁外涂，具有解毒疗疮之功效，常用于治疗恶疮及手、足癣，一般用量为30~60克。如唐孙思邈《千金要方》所载："治恶疮似癞者，地黄叶捣烂日涂，盐汤先洗。"

地黄的新鲜或干燥块根可做药用，秋季采挖，除去芦头、须根及泥沙。鲜用，习称鲜地黄。将地黄缓缓烘焙至八成干，则称为生地黄。取生地黄，照酒炖法炖至酒被吸尽，取出，晒干至外皮黏液稍干时，切成厚片或块，干燥；或照蒸法蒸至黑润，取出，晒干至外皮黏液稍干时，切成厚片或块，两者所得均称为熟地黄。三者性味、归经和功效有差异，如鲜地黄，甘苦寒，归心、肝、肾经，清热生津、凉血止血；生地黄，甘寒，归心、肝、肾经，清热凉血、养阴生津；熟地黄，甘微温，归肝、肾经，补血滋阴、益精填髓。现代药理研究表明，地黄的化学成分以苷类为主，其中又以环烯醚萜苷类为主；还含有水苏糖等多种糖类，以及多种氨基酸、无机元素。生地黄具有调节免疫系统、保肝、抑瘤、抗炎、抗氧化、降血糖、降压、强心、增强造血、抗真菌等作用；熟地黄具有调节免疫系统、增强造血、防止血栓形成、降压、抗氧化、保肝等作用。

鲜地黄可煎汤、捣汁、熬膏内服；也可外用，即捣敷、取汁涂搽。鲜地黄因具有清热凉血和生津润燥的作用，可单独煮粥或与其他食材一起烹制成保健食品。其可用于发热性疾病的辅助治疗和病后调理，症见手足心热、口干口渴、口鼻出血等。如：

取鲜地黄30克，洗净，捣烂，用纱布包好，挤出汁液，待用；取白米或粳米75~100克，米洗净入锅，加水浸泡约30分钟；再加入备好的药汁，搅拌均匀，大火煮沸后转小火，盖上锅盖，慢熬成粥。也可将鲜地黄洗净，去皮，切成块，加水与米同煮15~20分钟成粥。其均可加适量蜂蜜或冰糖调味。

取鲜地黄1500克、黄酒500克，地黄洗净，捣烂，取汁，置入砂锅中，加黄酒，搅拌均匀，大火煮开，待放凉后置入酒坛。每次饮用15毫升左右，每天1次。本品还具有活血作用。

取鲜地黄250克、乌骨鸡1只、饴糖100克，地黄洗净，去皮，切成细条状，将地黄和饴糖塞入乌骨鸡肚中，以棉线缝好，然后把乌骨鸡放入砂锅中，加适量清水，大火煮开后去浮沫，再加入盐、鸡精等调味品，改小火慢炖至鸡肉熟透，吃肉喝汤。鲜地黄也可以黄酒、白糖、盐为调料，与猪排骨或猪脊骨同煮成汤服用。其均具有补肝肾、养精血、润色美肤的作用。

历代中药方剂书也记载了不少关于鲜地黄的单方验方，其适用于各种热病、血症。例如，《圣济总录》所载一方可用于治疗伤寒心热、口舌生疮：用生地黄汁三合，蜜五合。二味搅匀，慢火煎如稠饧。每服半匙，含化，徐徐咽津，不拘时。该方中的生地黄和蜜的配伍、制法与苏轼诗中所载非常相似。明朱橚等编纂的《普济方》所载地黄益母草汤，是用生地黄汁、益母草汁各半碗，加水半盏，同煎，治妇人伤血不止，兼赤白带下；另载一方治妇人产后小便出血，用生地黄、生刺蓟各半斤，一起捣碎、绞汁，每服一小盏，食前饮下。这些记载中涉及我国古代度量衡中的"量"制有关问题。明李时珍《本草纲目》中对容量进制问题做了很好的总结："量之起为圭，四圭为撮，十撮为勺，十勺为合，十合为升，十升为斗，五斗为斛，二斛为石。"（现代容量单位换算，汉制1合=20毫升，晋、唐、宋、明、清制1合=100毫升；重量单位换算，1斤=16两=500克，1两=31.25克，1钱=3.125克。）

生地黄可煎汤或熬膏内服，或浸润后捣绞成汁饮用；也可捣敷外用。生地黄可以单独服用，也可以和其他药食同源类药物一起制成保健食品服用。例如，前述药粥、乌骨鸡汤、排骨汤等保健食物中的鲜地黄可以用水浸泡后的生地黄替代。再如，将百合30克、生地黄30克、粳米100克分别洗净；生地黄浸泡30分钟，煎汁去渣；将地黄汁、百合、粳米同放入锅内，加水煮成粥，可加蜂蜜调味服用。此粥具有养心安神、宁心除烦的功效，可治疗心烦失眠之症。唐孙思邈《千金要方》和明朱橚《普济方》都载有"地黄散"一方，将生地黄30克、乌贼骨60克捣末，温酒调匀后空腹服9~12克，可治疗血瘕，即妇女产后腹痛、余血不尽等症。

熟地黄可煎汤，或入丸、散剂，或熬膏、酒浸内服。熟地黄多取其补益作用。明代著名医家张介宾就很擅长使用熟地黄，人送外号"张熟地"。其所著的《景岳全书》中载有"地黄醴"一方，即用怀熟地8两，沉香1钱或白檀3分，枸杞子4两，按1∶10的比例取高粱酒，浸10日以上即可饮用，可治疗男女精血不足、营卫不充等疾病。

注意事项：胃虚食少、脾虚有湿者慎服鲜地黄；脾虚泄泻、胃寒食少、胸膈有痰者慎用生地黄；脾胃虚弱、气滞痰多、腹满便溏者禁服熟地黄。

（张天嵩）

百 合

百合

【诗】

宋陆游《窗前作小土山蓺①兰及玉簪最后得香百合并种之戏作》：

　　　方兰②移取③遍④中林⑤，余地⑥何妨种玉簪⑦。
　　　更乞两丛香百合⑧，老翁七十尚童心⑨。

[注释]

①蓺：种植。

②方兰：又名台兰、蜜蜂兰、蒲兰、金棱边、方兰等。此诗似指多花兰及其变种台兰。

③移取：移，移植。取，得到，取得。

④遍：全面，到处。宋沈括《梦溪笔谈》云："凡永嘉山水，游历殆遍。"

⑤中林：林中，树林当中。《文选·桓温·荐谯元彦表》云："兔罝绝响于中林，白驹无闻于空谷。"

⑥余地：空隙的地方。

⑦玉簪：又名白萼、白鹤仙，是百合科玉簪属植物，色白如玉，清香典雅，一花始谢，一花继开，昼夜不绝。

⑧百合：多年生草本植物，其花可赏，其球形鳞茎可入药。

⑨童心：孩子气，儿童般的心情或心灵。代指成人的幼稚或纯真的心理。陆游晚年，颇具孩子气，如其在所作《书适》中明确描写自己似顽童，很有意思。其诗云："老翁年七十，其实似童儿。山果啼呼觅，乡傩喜笑随。群嬉累瓦塔，独立照盆池。更挟闲书读，浑如上学时。"

本诗是作者在绍熙五年春于山阴所作,诗中记载了作者在屋子窗前堆了个小土山,种植兰花、玉簪、百合之事。

中国栽培兰花有两千多年的历史,最初是以采集野生兰花为主,后来发展到人工栽培。据载,春秋末期越王勾践已在浙江绍兴的诸山种兰;魏晋以后,兰花多是栽培于皇家宫廷和士大夫私家园林中;至唐代,兰花栽培发展到一般庭园和花农培植;而宋代则是中国兰艺史的鼎盛时期,有大量关于兰艺的书籍及描述,如宋人赵时庚《金漳兰谱》、王贵学《王氏兰谱》、陈景沂《全芳备祖》等专著。百合花自古以来就是受人喜爱的世界名花,它原产于中国,由野生变成人工栽培已有悠久历史。南北朝时,梁宣帝发现百合花的观赏价值,曾赋诗"接叶多重,花无异色,含露低垂,从风偃柳",极力赞美百合花具有超凡脱俗、矜持含蓄的气质。至宋代,种植百合花的人更多。陆游的这首诗也反映了当时人们种兰、玉簪和百合等花卉的技艺已达到很高的水平。

这首诗描述的是诗人已经七十岁了,自己在屋子窗前堆了一个小土山,或许土山上木已成林,从野外移植过来的兰花,已种满了林子;但是兰花、树木之间还是有些空余的闲地,不妨再种些玉簪花。但是诗人还是觉得不满足,想再种几棵百合花,于是像小孩子一样死乞白赖地向花农多要了两丛香百合,回到家来一起种,最后自嘲说"老翁七十尚童心",并不是为老不尊啊。表现了诗人寄情花草,自娱自乐,不因年老而忧郁,依旧保持一颗纯真的心,越活越年轻的开朗胸怀。

【话】

百合是一种药食兼用的保健食品和常用中药,并具备观赏价值;其鲜花含芳香油,还可做香料。百合分为宜兴百合、江西龙牙百合、兰州百合,这是中国三大百合名品。食用百合有卷丹、小卷丹、山丹、天香百合、白花百合等,宜兴百合以卷丹为主。

百合入药部分为百合科百合属植物百合、卷丹、细叶百合的干燥肉质鳞叶,《本草纲目》分别说明了百合即野百合及其变种,细叶百合即山丹,并将野百合及其变种作为药用百合的正品。《本草蒙筌》中记载开白花者为野百合,而开红花者为山丹,"白者,养脏益志,定胆安心……赤花者,仅治外科,不理他病"。药用百合产地主要有湖北荆州、甘肃成县、安徽滁州、山东菏泽等地。

百合味甘微苦,性寒,归心、肺经,具有养阴润肺、清心安神的功效。现代药理研究表明,百合主要含甾体皂苷、生物碱、多糖、酚类等化学成分。百合多糖一方面可止咳、祛痰、抗炎,常用于肺炎及支气管病的治疗,另一方面可降低血糖，促进葡萄糖的摄取和利用；百合皂苷可镇静催眠；百合鳞茎中的黄酮类、黄烷醇、酚酸、酚酸甘油酯等均具有良好的抗氧化作用；百合总皂苷具有较强的抗抑郁作用，能抑制肿瘤细胞增殖，提高免疫调节功能。

新鲜的百合可以直接食用，可蒸可煮。新鲜的百合加水和冰糖（或白糖），用文火煨烂即可食用，其味香酥如蜜。将鲜百合 30 克捣烂取汁，以温开水冲服，每日服用 2~3 次，可润肺止咳，适用于慢性咳嗽，以及老年慢性支气管炎伴有肺气肿者。用适量百合（如干百合 15 克）煮粥、煨汤常食，可用于产妇或病后气阴不足的大便秘结和小便热赤等。百合还可用于热病（感染性疾病）后期，调理余热未清之症。清李文炳《经验广集》载"百合煎"方治疗肺痈（类似于现代医学的肺脓疡），就是用白花百合或煮或蒸，拌蜜蒸更佳，频食。在实践中，可以作为现代医学抗菌等治疗时或治疗后的辅助食疗。

百合可以做菜，有砂锅焗百合、百合炒西芹、百合炒芦笋、百合鲜虾饼等。唐代诗人王维通过吃百合煮肉来治疗泪囊炎，曾吟道："冥搜到百合，真使当重肉……果堪止泪无？欲纵望江目。"百合也可以制成粥，既能治凉，又能防燥。如百合沙参粥：百合 30 克、沙参 15 克、粳米 100 克、冰糖适量。先将沙参煎汁去渣，后以药汁与粳米同入砂锅，再加水适量，用文火煮至粥熟，每日早晚温热服食，可滋阴润燥、养血明目。

百合可以与乌药相配伍，适用于阴虚气滞病，如胃脘痛。清陈修园《时方歌括》记载了一个非常有效的名为百合汤的验方，就是用百合 30 克、乌药 9 克，水煎服，用于治疗心口痛及服诸热药无效者。

百合知母汤、百合地黄汤在临床中应用广泛，此两方载于汉张仲景所著《金匮要略》一书，用于治疗神志性疾病"百合病"。"百合病者，百脉一宗，悉致其病也。意欲食复不能食，常默默然，欲卧不能卧，欲行不能行，饮食或有美时，或有不用闻食臭时……如有神灵者"，以"百合"作为病名，说明百合对调节神志有不错的疗效。

还有百合玫瑰蜂蜜羹：鲜百合 60 克、玫瑰花 60 克、蜂蜜 1~2 匙。将百合、玫瑰花洗净切碎，拌入蜂蜜，蒸熟，每晚睡前服食，可清心安神、润燥除烦，用于神经衰弱、睡眠不宁、难以入睡者。

湖北省卫生局 1980 年编纂出版的《湖北省药品标准》中载有百合膏的组成、制法和功效，制法简单易行，可以自行配制：取百合 500 克、款冬花 500 克，加水煎煮 3 次，过滤，滤液浓缩成清膏，加入炼蜜 1000 克，混匀，浓缩成膏，即得。口服，一次 15 克，一日 2~3 次。其功能为止咳定喘、润肺生津，用于咳嗽喘急、痰中带血、津少咽干、虚烦潮热。

注意事项：风寒咳嗽及中寒便溏者禁服。

（潘纬榕　张天嵩）

当　归

当归

【诗】

宋朱翌《有惠^①益母粉及当归者》：

　　　　多病年来叹早衰，试凭草木为扶微^②。

　　　　关心药裹^③知多少，系肘方书^④识是非。

　　　　曾子定应怜益母^⑤，曹公端解寄当归^⑥。

　　　　从今洗面饶^⑦光泽，血气仍充旧带围^⑧。

[注释]

①惠：恩惠，恩赐，惠赠。

②扶微：扶持衰微。此指用中药延缓自己的衰弱状态。

③药裹：本意为药包、药囊，这里泛指医药知识。

④方书：指专门记载或论述医药方剂的著作。

⑤"曾子"句：说的是宗圣曾子，一生非常孝敬母亲。如北宋唐慎微所撰《证类本草》中引陆玑言："《韩诗》及《三苍》皆云益母也。故曾子见之感恩。"益母草，别名茺蔚、坤草，为唇形科益母草属植物，其新鲜或干燥地上部分，具有活血调经、利尿消肿、清热解毒的功效。

⑥"曹公"句：出自《三国志》。曹操为招降东吴大将太史慈，给他寄送当归，名为送药，实则劝降。

⑦饶：富含。

⑧带围：指腰带绕身一周的长度，旧时以带围的宽紧观察身体的瘦损与壮健。

[背景与赏析]

朱翌（1097—1167），字新仲，号潜山居士、省事老人。舒州怀宁（今安徽潜山）人。宋时官员，历任秘书省正字，校书郎兼实录院检讨官，祠部员外郎，秘书少监，起居舍人，秘阁修撰，知宣州、平江府等。

朱翌诗作受当时历史环境和个人生活经历影响很大。时北宋末年，国家覆灭，而宋室南渡之初，立足未稳，故屈辱求和以苟安；朱翌因不谄附当道的秦桧，被谪居韶州十九年。《灊山集》云："翌父载上，尝从苏轼、黄庭坚游。翌承其家学，而才力又极富健，故所著作颇有元祐遗风……盖其笔力排奡，实足睥睨一时，与南宋时平易啴缓之音、牵率潦倒之习迥乎不同。周必大序以杜牧拟之，非溢美也。"陆游在《跋朱新仲舍人自作墓志》中说："秦丞相擅国十九年，而朱公窜峤南者十有四年，仅免僵仆于炎瘴中耳。以此，胸中浩然无愧，将终，自识其墓，辞气山立。向使公诡附以苟富贵，至暮年世事一变，方忧愧内积，惟恐闻人道其平日事，其能慨然奋笔自叙如此乎？"诗人晚年知国事无补，卜居于鄞县，寄情于生活，"且乐眼前休问他"，又加之生活困顿，更加在乎自己的生活琐碎，这才有作者开篇的嗟叹："多病年来叹早衰，试凭草木为扶微。"

宋代政府非常重视医学，中医药养生保健知识已渗透社会各层面，不少文人对此也颇有研究，中药也成为当时诗词歌赋的重要题材，如北宋名人梅尧臣的《舟中行自采枸杞子》记载："野岸竟多杞，小实霜且丹。系舟聊以掇，粲粲忽盈盘。"

从本诗可以推测，诗人因多病体衰，开始研究中药知识，尝试凭借草木之品来扶助衰微的身体。但又苦于对中药知之不多，只有借助古人所写的方书来辨识药性。恰好友人惠赠他益母粉、当归两味中药，从书中知道它们有补血活血之效，能够滋养血气、强壮身体，令面色光泽。后来，诗人照此服用也确实收到了疗效，身体复健、容光焕发。可见作者虽历宦海沉浮，以及漂泊不定之苦、国败家离之忧，但仍能保持一种乐观的态度，安然度过人生的晚期。诗中犹言当归之寓意：生命应当归来，复位以安。

【话】

当归为伞形科植物当归的干燥根，主要分布于甘肃、四川、云南、湖北、安徽、江苏等地，其中尤以甘肃出土的当归品质最佳，是其道地产地，《名医别录》言："生陇西。二月、八月采根，阴干。"

当归性温，味甘辛，归肝、心、脾经，具有补血活血、调经止痛、润肠通便的功效，主要用于血虚萎黄、月经不调、痛经闭经、眩晕心悸、跌扑损伤、肠燥便秘、中风拏蜷、咳逆上气等病症。现代药理研究发现，当归所含的化学成分主要有挥发油、多糖、有机酸、核苷酸、维生素 A、维生素 B_{12}、维生素 E、叶酸等活性成分；由苯酞类、萜烯类、酚类等组成的当归挥发油是当归的重要成分，其主要具有抗血栓、降血脂、降血压、保护缺血心肌等作用，以及降逆止咳、解痉平喘、调经止痛等药理作用；当归多糖作为主要活性物质之一，具有护肝降酶、抗炎止痛、抗氧化应激损伤、抗肿瘤、免疫调节、对抗衰老、治疗血液系统疾病等药理作用；当归有机酸具有镇痛、抗炎、抗氧化、保护肝脏等药理作用。

自古以来当归因既能补血又能活血，有和血之功效，为补血第一药，被历代医家推崇为妇科之要药。痛经为妇科常见疾病，可单用当归，如取当归 10~15 克，煎汁清除渣滓后，加入粳米 50~100 克、糖适量，经前 3~5 天开始服用，每天 1~2 次，可活血止痛、行气养血，适用于经血量少、气血虚弱型痛经；也可和药食同源食品或功效食品同用，如名方当归生姜羊肉汤，就是由当归 15 克、羊肉 500 克、生姜 9 片、大葱 1 根熬煮而成，还可因人而异，或加黄芪补气，或加麦冬、沙参制约羊肉温燥之性。全方具有温中补虚、祛寒止痛的功效，适合脾胃虚寒、经血亏虚所致痛经者食用，亦适合脾胃虚寒、遇冷不适、手脚不温的人食用。正如《金匮要略》所载："寒疝腹中痛，及胁痛里急者，当归生姜羊肉汤主之。"当归与黄芪等补气类药食同源之品合用，可达到气血双补的功效，如取当归 10 克、黄芪 10~15 克、大枣（去核）6~10 个，同煎去渣取汁，加红糖适量，稍煮数分钟即可。

《神农本草经》首倡其"主咳逆上气"而治疗咳嗽、哮喘等呼吸系统疾病，对于新、旧之"咳逆上气"，或因新病在气，日久会入络伤血，气血又相依而存，故而调气活血当其时，用当归既能和血、调血，也能顺气、治气。正如《本草汇编》所载："按当归其味辛散，乃血中气药也，况咳逆上气，有阴虚阳无所附者，故用血药补阴，则血和而气降矣。"然而"咳逆上气"病机复杂，"五脏六腑皆令人咳，非独肺也"，各种虚咳，或血瘀致咳等，皆可用当归调理。

老年人常为便秘困扰，多因精虚肠燥所致，可选用当归 15 克、老鸭 300 克、蜜枣 12 克、生姜 6 片、大葱 1 根等，一同煲汤，此汤具有滋阴养血、润肠通便的功效，可作为日常膳食调理。或取当归 15 克、黄芪 30 克、陈皮 9 克、火麻仁 100 克，火麻仁捣碎后同另外三种药材加水煎汁至浓稠，再加入等量经煎炼的蜂蜜搅匀。每次食 1~2 匙，有补气活血通便之功效。

注意事项：湿阻中满及大便溏泄者慎服。

（马成勇）

肉豆蔻

肉豆蔻

【诗】

南宋陆游《对酒戏咏》：

> 浅倾①西国②葡萄酒，小③嚼南州④豆蔻花。
> 更拂乌丝⑤写新句，此翁⑥可惜老天涯⑦。

[注释]

①倾：倒，倒出。唐白居易《琵琶行》诗云："往往取酒还独倾。"

②西国：指西域。宋苏轼《泂阳早发》诗云："我行念西国。"

③小：稍微，略微。表示动作幅度小。

④南州：南方地区，这里指临安，为南宋都城。宋徐君宝妻《满庭芳(汉上繁华)》词云："幸此身未北，犹客南州。"

⑤乌丝：指"乌丝栏""乌丝阑"，即上下以乌丝织成栏，其间用朱墨界行的绢素。后指有墨线格子的笺纸。

⑥翁：泛指老年男性。唐白居易《卖炭翁》诗云："卖炭翁，伐薪烧炭南山中。"此处作者自指。

⑦天涯：《古诗十九首》其一云："相去万余里，各在天一涯。"后以"天涯"指极远的地方。

[背景与赏析]

陆游在寄情山水、歌咏田园生活的同时，心中一刻也未忘却世事国情。西国葡萄酒味道甘醇可口，而豆蔻生于南州，也是味美之物。宋李清照《摊破浣溪沙(病起萧萧两鬓华)》曾写道："豆蔻连梢煎熟水，莫分茶。"而诗人笔下"倾西国葡萄酒""嚼南州豆蔻花"却有别样的滋味，流露出一种"国破山河在"的悲戚，委婉表达了自己虽已退居乡野，人微言轻，无法抗敌，但仍热切期望着"王师北定中原日"的情感。奈何岁月不居，壮年已逝，毕生未能一展长才，甚是悲郁。陆游类似诗句尚有《书愤》："塞上长城空自许，镜中衰鬓已先斑。"这首诗处处可见作者对国家的炽热情感，体现了幽咽而不失开阔的特色。这种崇高壮烈的色彩，十分深刻，也十分动人。

【话】

肉豆蔻，为肉豆蔻科植物肉豆蔻的干燥种仁，别名豆蔻、肉果、玉果等，主产于马来西亚、印度尼西亚，我国广东、广西、云南亦有栽培。

肉豆蔻味甘，性温，归脾、胃、大肠经，具有温中理气、涩肠止泻功效，主要用于治疗脾胃虚寒、久泻不止、胃寒气滞、脘腹胀痛、食少呕吐等。现代药理研究显示肉豆蔻主要含有挥发油、脂肪油、木脂素等成分。肉豆蔻乙醇提取物具有抗真菌和抗微生物作用；肉豆蔻油有显著麻醉作用，对胃肠道有局部刺激作用；肉豆蔻酸和脱氧二异丁香油酚可抑制肝中脂质过氧化；等等。肉豆蔻在消化系统疾病(如慢性胃炎、慢性肠炎等)中应用广泛。

肉豆蔻气味浓烈，有着迷人的香气，被誉为"撬动欧洲历史的传奇香料"，在古罗马时代还被称为"令人心醉的果子"。汉末成书的《名医别录》将其列为上品，谓其"主温中，心腹痛，呕吐，去口臭气"。清黄元御《玉楸药解》言其"调和脾胃，升降清浊，消纳水谷，分理便溺，至为妙品"。肉豆蔻性温，温通而降，能温脾胃，还能降浊气。用肉豆蔻 3 克、木香 5 克、大枣 5 克，水煎 30 分钟，代茶饮，每日 1 剂，适用于寒凝中焦的脘腹胀痛、不思饮食、食入即胀等。取肉豆蔻 6 克、生姜 6 克、陈皮 6 克，水煎 30 分钟，代茶饮，每日 1 剂，适用于寒邪客胃的呕吐、脘腹冷痛、喜温喜按等。

肉豆蔻善于行气温中。用肉豆蔻 3 克、肉桂 3 克，沸水冲泡，代茶饮，每日 1 剂，具有温补肾阳、健脾消食功效，适用于腰膝或下腹冷痛、畏寒肢冷、手足不温者。用肉豆蔻 6 克、山药 15 克、粳米 100 克，加水适量煎沸，以小火熬至熟后食用，具有温中健脾功效，适用于脘腹隐痛、不思饮食、少气懒言者食用。用肉豆蔻 5 克、莲子 60 克、粳米 50 克熬粥食用，具有温中消食、益肾宁心的功效，适用于呕吐、食欲不振、泄泻、失眠、健忘者食用。

肉豆蔻为和平中正之品，运化宿食而不损正气，下滞气而不峻，止泄泻而不涩。对于脾肾虚寒的五更泻，症见清晨黎明时腹泻，可用肉豆蔻 3 克、吴茱萸 3 克、补骨脂 9 克、五味子 6 克，水煎服，每日 1 剂，作为慢性腹泻的辅助治疗。

注意事项：脾胃湿热、泻痢初起见湿热积滞或久痢阴虚火旺者忌服。肉豆蔻有麻醉作用，昏迷患者禁用。

肉　桂

【本草】

肉桂

【诗】

宋姚勨《九姑山最高亭》：

一亭重构冠崇冈①，下瞰千岩拱四旁。

作意只图分野②景，凌空③因得近天光。

银河入夜侵衣冷，玉桂④乘秋泛席香。

我辈公余⑤堪燕集⑥，登临何必待重阳。

[注释]

①崇冈：高山。魏晋嵇康《琴赋》："惟椅梧之所生兮，托峻岳之崇冈。"

②分野：指将天上星空区域与地上的国、州相对应。古人依据寿星、大火、析木、星纪、玄枵、诹訾、降娄、大梁、实沈、鹑首、鹑火、鹑尾等十二星次的位置划分地面上国、州的位置，就天文来说称作分星，就地面来说称作分野。古人将天上星空区域与地理区域相对应，目的就是配合占星理论进行天象占测。

③凌空：意为高升到天上或耸立空中。北魏郦道元《水经注·济水》："水上有连理树，其树柞栎也，南北对生，凌空交合。"

④玉桂：月亮的雅称。典出唐段成式《酉阳杂俎·天咫》："旧言月中有桂，有蟾蜍，故异书言，月桂高五百丈，下有一人常斫之，树创随合。人姓吴名刚，西河人，学仙有过，谪令伐树。"传说月亮里有一棵高五百丈的玉桂树，汉朝道士吴刚学仙途中犯错，被贬去砍倒玉桂树，不过玉桂随砍随合，吴刚遂无休止地砍伐玉桂。玉桂又名肉桂，是世界主要的香料植物之一，也是一味常见的中药材，具有散寒止痛、活血通经等功效。

⑤公余：公务之余暇。

⑥燕集：宴饮聚会。南朝宋刘义庆《世说新语·汰侈》："石崇每要客燕集，常令美人行酒。"南宋周密《齐东野语·潘庭坚王实之》："一日，三司燕集，大合乐于公厅。"

[背景与赏析]

姚毂，宋代诗人，生平不详。

本诗描述了九姑山最高亭的壮丽景象。亭子立于高山之上，能够俯瞰万壑千岩。登亭的本意是观赏峰峦雄伟的大地美景，却不知位居高处离天空更近，天地之间空旷广阔，别有一番光景。秋夜亭中，星光点点，明月高照，席地而坐，金风送爽，香气袭人。我们公务之余便可来亭中聚会宴饮，不必等到重阳再登高观景。

【话】

肉桂为樟科植物肉桂的干燥树皮，又称桂皮。肉桂原产中国广西、广东、云南等地，也分布于老挝、印度尼西亚及越南等东盟国家。产于两广的中药肉桂十分地道，特别有"八桂"之称的广西，其肉桂最地道。肉桂作为药食两用的特色中药，首见于《唐本草》，在《神农本草经》中被列为上品，素有"南桂北参"之说。

肉桂味辛、甘，性大热，归肾、脾、心、肝经，有补火助阳、引火归元、温经通脉、散寒止痛的功效。现代药理研究发现肉桂中化学成分众多，包括挥发油、酚酸类、黄烷醇类、木脂素类、香豆素类、萜类、多糖类等。其中肉桂醛为肉桂的主要活性成分，具有抗氧化、抗炎、抗肿瘤、降糖、降脂和增强记忆等药理活性。

肉桂是常见的调味香料，炖肉时加入肉桂能够去腥增香（尤其是在烹饪腥味较重的牛肉、羊肉时），吃肉喝汤都可以起到温中健胃、暖腰膝、治腹冷气胀的作用。肉桂也可和大米等一起煮粥，如肉桂6克、薏苡仁30克、大米适量，加水适量浸泡，煮1小时左右即可食。此方对寒凝血瘀引起的脾胃虚寒、腹部冷痛、月经失调有一定的疗效。

肉桂加黄连正是千古名方交泰丸。清陈士铎《本草新编》曰："黄连、肉桂寒热实相反，似乎不可并用，而实有并用而成功者，盖黄连入心，肉桂入肾也……黄连与肉桂同用，则心肾交于顷刻，又何梦之不安乎？"可用于治疗失眠、抑郁，降低血糖、血脂。交泰丸是临床治疗失眠的常用方，其药味简明、配伍独特，不但可以改善患者失眠症状，且疗效确切，不良反应较少，易于被患者接受。

肉桂同样可以运用于妇科疾病。如取肉桂 6 克、红糖 12 克，水煎去渣，分 2 次温服，可治妇女产后腹痛；月经将至前，取肉桂 3~6 克、山楂肉 9~15 克、红糖 30 克，适量水煎煮 3~5 分钟，分 2 次服下，可治月经来潮时腹胀痛，也可缓解女性手脚冰凉等不适。

注意事项：阴虚火旺、里实热证、血热妄行、有出血倾向之人或孕妇，都要禁服肉桂。其不宜与赤石脂同用。

（王哲睿）

❖ 本草诗话

决明子

决明子

【诗】

唐杜甫《秋雨叹三首》其一：

雨中百草秋烂死，阶下决明①颜色鲜。
著②叶满枝翠羽盖③，开花无数黄金钱。
凉风萧萧吹汝急，恐汝后时④难独立。
堂上书生⑤空白头，临风三嗅馨香泣。

[注释]

①决明：夏初生苗，七月开黄花。种子可做药材，可明目，故称决明。
②著：附着。
③翠羽盖：翠绿的鸟羽制成的车盖。形容决明叶子颜色鲜艳。
④后时：日后，指岁暮霜寒。此句既是忧决明，也是自忧。
⑤堂上书生：指代杜甫。杜甫感叹自己的身世与决明有类似之处，故不禁为之伤心掉泪。

[背景与赏析]

杜甫（712—770），字子美，自号少陵野老，唐代伟大的现实主义诗人，与李白合称"李杜"。杜甫出生于河南巩县（今河南巩义），原籍湖北襄阳。杜甫年少时怀才不遇，目睹了唐朝上层社会的奢靡及社会危机。天宝十四载（755），安史之乱爆发，潼关失守，杜甫先后辗转多地。乾元二年（759）杜甫弃官入川，虽然躲避了战乱，生活相对安定，但仍然心系苍生，胸怀国事。杜甫创作了《登高》《春望》《北征》及"三吏三别"等名作。

秋日杀，万物凋，而百感集，古有"悲秋"者悲秋之萧瑟，"病秋"者病秋之隐沦，"惊秋"者惊韶华逝而年岁晏之速。"阶下决明颜色鲜"，此句的急转令读者仿佛忽见秋雨昏昼中一星微光，决明在雨水中颜色光鲜，居于自己青春的光景，天真地向季节的刀刃炫耀着初生的花叶。越是鲜艳亮泽的颜色越是难久长而令人叹惋，仿佛拥有了润泽美好的形象，也就同时拥有了秋天的诅咒。决明之悲渐伏，而作者自身之悲渐起。决明之生命正如作者之生命，于人世昏暗之时独居内心一隅，沉浸于诗书之中。"决明"有退翳明目之功，诗书亦复如是。

【话】

决明子是豆科植物决明或小决明的干燥成熟种子，因其有明目之功而得名。全国均有分布，它的原产地为我国长江以南及北美洲地区，现在我国的江苏、河南、浙江等地都是主产地。决明子有两种常见品种，一种是普通的决明子，以河南、湖南、湖北地区培育的品质较好；另一种是小决明子。

决明子味苦、甘、咸，性微寒，归肝、肾、大肠经，具有清肝明目、润肠通便的功效。现代药理研究表明，决明子的主要化学成分包括蒽醌类、苯并吡喃酮类、脂肪酸类、糖类和氨基酸等。决明子具有降低血脂血压、增强免疫功能、抗肿瘤、通便等作用，但毒理研究发现它有引起肝肾损伤和胃肠道损伤的潜在风险，长期或大剂量服用决明子会引起一定的肝肾毒性，其毒性与结合蒽醌的含量相关，结合蒽醌含量越低，毒性越低。目前决明子的临床应用饮片主要有两种，即生决明子和炒制决明子。古人用"以苦酒渍，经三日，曝干"的方法炮制决明子，现代研究结果也表明炒制决明子的游离蒽醌含量显著提高，肝肾毒性显著降低。

决明子历来被推崇为治疗眼科疾病的良药，《神农本草经》将决明子列为上品，记载其"主青盲，目淫肤赤白膜，眼赤痛泪出，久服益精光"。《医方摘玄》："决明子炒研，茶调敷两太阳穴，干则易之，一夜即愈。"决明子也可用于治疗目赤肿痛及头风热痛。取炒决明子3克、山楂6片，用开水冲泡，加盖焖5分钟，即可品饮。此药茶具有清肝明目、健脾开胃、润肠通便的功效，适合眼睛干涩、纳谷不香、大便干结的人群饮用。

决明子还能够降压、降脂。取炒决明子450克、水适量，煎煮2次，每次煮沸1小时，去渣取汁，静置，过滤，合并煎液，口服，一次30~50毫升，每日2次。取决明子3克、绞股蓝3克，一起置于壶中，冲入开水，加盖焖5分钟，即可品饮。以上两方不仅具有降脂减肥的功效，还可清肝明目，适合有高脂血症、身体肥胖、视物模糊、眼睛干涩等病症的人群饮用。

决明子的导泻作用不但不会引起腹痛等不适的症状，还可以使排便顺畅而

本草诗话

不稀薄，慢性便秘患者可以长期服用。可用炒决明子10~15克、冰糖10克，沸水冲泡当茶饮，每日1剂，每剂泡3次；或取粉碎的炒决明子10~15克，水煎10分钟，兑入15~30克蜂蜜搅匀，每日早起顿服或早晚分服。老年人习惯性便秘的除直接泡茶饮用外，若阴虚血少者还可加入枸杞子9克，杭白菊、生地各6克，一同泡服；若气虚者可加生晒参3克同泡服。老年人饮用决明茶不仅有助于大便通畅，还有助于明目、降压、调脂等。

决明子带有淡淡的清香，有助于宁心安神。很多人喜欢把采摘来的决明子晒干，放在枕头里面，闻着它清淡舒雅的气味入眠。

注意事项：脾胃虚寒及便溏者不宜服用决明子。

（王哲睿）

麦 冬

麦冬

【诗】

宋苏轼《睡起闻米元章冒热到东园送麦门冬饮子》：

一枕①清风②直③万钱，无人肯买北窗眠④。

开心暖胃门冬饮⑤，知是东坡手自煎。

[注释]

①一枕：犹言一卧。卧必以枕，故称。

②清风：清微、凉爽的风。宋苏轼《南乡子·自述》云："一枕清风昼睡余。"

③直：同"值"，价值相当于。唐杜甫《忆昔二首》云："岂闻一绢直万钱，有田种谷今流血。"

④北窗眠：北窗是指开在北墙的窗，夏时临北窗而睡，比较凉爽。比喻悠闲自适。典出晋陶潜《与子俨等疏》："见树木交荫，时鸟变声，亦复欢然有喜。常言五六月中北窗下卧，遇凉风暂至，自谓是羲皇上人。"宋陆游《书适》云："扶杖每观南亩馌，解衣时作北窗眠。"

⑤门冬饮：门冬有麦门冬、天门冬之分，此指麦门冬，即麦冬。唐宋元时，人们将某些药物做成养生茶饮，称为"熟水""凉水"。至宋时，饮用熟水成为民间的一种日常生活风俗，如李清照《摊破浣溪沙（病起萧萧两鬓华）》云："豆蔻连梢煎熟水，莫分茶。"可知李清照因为生病，饮的是健脾养胃的白豆蔻仁熟水。官方还为各种熟水评定等级，如南宋陈元靓《事林广记》载"……定熟水，以紫苏为上，沉香次之，麦门冬又次之"。可见，麦门冬熟水为当时流行的饮品之一，在口感和保健功能方面位居前三。

苏轼年长米芾十四岁,两人交往甚笃。宋建中靖国元年(1101),米芾任发运司属官,在江淮间。同年,苏轼居北沙东园,染疾,米芾多次探望,这首诗就记载了这一段佳话。该诗的题名较长,有两种断句方法:一是,"睡起,闻米元章冒热到东园送麦门冬饮子";一是,"睡起,闻米元章冒热到东园,送麦门冬饮子"。因此会产生"到底是谁给谁送麦门冬熟水"的歧义。结合全诗来看,应该是苏轼给米芾送麦门冬熟水。

这首诗描述的是宋建中靖国元年(1101)的夏日,染疾的苏轼临北窗而卧,凉风徐至,有些闲逸自得。传说中有洁癖、素有"米癫"之称的米芾,在大热天的中午跑来看苏轼,看到苏轼正在午睡,不忍心惊扰老友,就自己到东园看美景去了。苏轼午觉睡醒后,听仆人说米芾来到了园子里,想到大热的天气,因为关心老朋友,赶紧让人给米芾送去其亲手煎煮的"麦门冬饮子"。

【话】

麦冬为百合科植物麦冬的干燥块根。麦冬为多年生草本植物,在我国分布广泛,主要产于浙江、四川等地,根据产地不同,又将麦冬分为浙麦冬、川麦冬等。浙麦冬以产自杭州笕桥的最为道地,品质最优;川麦冬中以涪城麦冬为佳品。

麦冬味甘、微苦,性寒,归肺、胃、心经,具有养阴润肺、清心除烦、益胃生津的功效。现代药理研究表明,麦冬含甾体皂苷、高异黄酮、多糖、挥发油等成分。其中,皂苷类化合物在降血糖、改善心脑血管疾病、抗衰老、抗肿瘤和抗凝血等方面具有显著的作用;皂苷、黄酮类化合物具有抗肿瘤、清除氧自由基、抗氧化和保护心肌等作用;多糖类化合物在降血糖和免疫调节过程中发挥着巨大的作用;挥发油有着良好的抗菌、抗病毒作用等。

古人常把麦冬作为抗衰老、延年益寿的药物,如古方八仙长寿丸中就有它。《神农本草经》将其列为上品,言其"久服轻身,不老,不饥"。取麦冬9~12克、枸杞子9~12克,放入杯中,沸水冲泡,每日1剂,可作为日常的保健茶饮。取麦冬6~9克、茉莉花3克,沸水冲泡,每日1剂,有美肤养颜之功效。

根据中医药理论,并通过对麦冬化学成分及药理作用的研究,麦冬已被广泛应用于糖尿病合并高脂血症、慢性胃炎等的临床治疗。清徐大椿《神农本草经百种录》谓麦冬"为纯补胃阴之药",清著名医家张锡纯《医学衷中参西录》言其"能入胃以养胃液,开胃进食,更能入脾以助脾散精于肺,定喘宁嗽"。取麦冬6~9克、石斛6~9克,水煎30分钟代茶饮,每日1剂,用于治疗胃酸缺少。

取麦冬 9~12 克、西洋参 3 克，煎 30 分钟代茶饮，每日 1 剂，用于心血管疾病、糖尿病等的预防和辅助治疗。

麦冬具有润燥的特性，所以在燥气胜的秋季不妨用 15~30 克麦冬泡茶代水饮。对于阴虚肺燥、咳嗽痰黏、胃阴虚、咽干口渴、大便干结者，此茶更为合适。如，肠燥便秘者，尤其是老年患者，用麦冬 30 克、生地 30 克、玄参 30 克、生白术 30 克、枳实 9 克，水煎服，每日 1 剂，用于通便治疗，较为稳妥。

注意事项：脾胃虚寒泄泻、胃有痰饮湿浊及暴感风寒咳嗽者均忌服麦冬。

（张天嵩）

本草诗话

麦　芽

麦芽

【诗】

宋陈渊《约令德郊行二首》其一：

> 檐前①摇风②拂面低，麦芽穿③雪绿齐齐。
> 凭④君便⑤作游春⑥计⑦，莫待花繁去路迷。

[注释]

①檐前：此指檐竹、檐柳。

②摇风：风吹摆动。

③穿：通过，透过。苏轼《念奴娇·赤壁怀古》："乱石穿空，惊涛拍岸。"一解为穿着，亦通。

④凭：请求，烦劳。唐曹松《己亥岁二首》其一："凭君莫话封侯事，一将功成万骨枯。"唐杜牧《赠猎骑》："凭君莫射南来雁，恐有家书寄远人。"

⑤便：即，就。唐杜甫《闻官军收河南河北》："即从巴峡穿巫峡，便下襄阳向洛阳。"

⑥游春：指春天外出踏青，游览春景，游赏春光等。

⑦计：谋划，打算。

[背景与赏析]

陈渊(1067—1145)，宋南剑州沙县(今属福建)人，字知默，世称默堂先生，初名渐，字几叟。早年跟随"二程"(即程颢和程颐)学习，后师从于北宋哲学家、文学家、政治家杨时。高宗绍兴七年(1137)赐进士出身，宋朝官员，历任枢密院编修官、监察御史、右正言等职，后因忤逆秦桧，被贬至主管台州崇道观。著有《默堂集》等。

这首诗描绘的是诗人与朋友相约春日出游。屋檐下吹来温柔的春风，好一片烂漫春光。诗人步行于野，看到田地里的麦芽已经整齐地穿透了白雪，绿意盎然。面对美景，诗人不禁想要与好友共同欣赏，于是发出邀请：请令德老兄现在就要有游春的打算，不要等花开茂盛之时再去游春，那样回家时容易迷路啊！

【话】

麦芽为禾本科植物大麦的成熟果实经发芽干燥后的炮制加工品，全国大部分地区均产。麦芽味甘，性平，归脾、胃经，具有行气消食、健脾开胃、退乳消胀的功效，主要用于治疗食积不消、脘腹胀痛、脾虚食少、乳汁郁积、乳房胀痛等症，并可用于妇女断乳。现代药理研究显示麦芽含淀粉酶、催化酶、蛋白质、蛋白分解酶、维生素 B、大麦碱、腺嘌呤、胆碱、蛋白质、氨基酸、维生素等成分，具有助消化、降血糖、抗真菌、催乳和回乳等作用。

麦芽是常用的中药，一般而言，麦芽可分为生麦芽、炒麦芽和焦麦芽三大类。生麦芽是指除去杂质后的麦芽，可直接使用，具有健脾和胃、疏肝行气的功效，主要用于脾虚食少、乳汁郁积等症；炒麦芽是指按照清炒法将麦芽炒至棕黄色，具有行气、消食、回乳的功效，主要用于食积不消、妇女断乳等；焦麦芽是指按照清炒法将麦芽炒至焦褐色，具有消食化滞的功效，主要用于食积不消、脘腹胀痛等。

提到麦芽，很多人会想到麦芽糖，会想到啤酒发酵，但是很少有人知道麦芽其实还是药食同源的养生佳品。常见的饮品大麦茶其实就是焦麦芽茶。炒麦芽粥可用于食疗，取炒麦芽 10 克，择净，放入锅内，加清水适量，浸泡 5 ~ 10 分钟后，水煎去渣取汁，然后加入大米 100 克、水适量煮粥，粥成后加适量白糖调味，即可服食。此粥具有消食和中的作用，可以作为平常保健食品。

麦芽可以开胃消食，如取焦麦芽 10 克，水煎 15 分钟，代茶饮。在临床上，许多处方将炒麦芽与炒山楂、炒神曲同用，称为炒三仙；如果用炒焦的，则称为焦三仙。炒三仙或焦三仙共用更能发挥健胃消食的功效。麦芽还可以同补气、理气类药食同源之品同用，如取黄芪 15 克、薏苡仁 30 克、茯苓 9 克、炒麦芽 15 克、山楂 9 克、茶叶适量，加入 250 毫升左右开水，盖焖 10 分钟，或水煎 15 分钟左右，做成茶饮，此茶具有健脾益气化湿的功效。

麦芽对乳汁有调节作用：小剂量可以催乳，大剂量则可回乳。一般情况下，回乳需用 60 ~ 120 克麦芽，且宜炒用，水煎服，可以单用或加入治血名方四物汤中。

注意事项：低血糖者、脾胃虚弱而无积滞者宜慎用。

（孙靖　张天嵩）

赤小豆

【本草】

赤小豆

【诗】

明文徵明《人日①王氏东园小集》：

晴飔②泛③丛条④，浮阳⑤散修莽⑥。

良时及初正⑦，涉⑧七气已爽。

厥日肇惟人⑨，探占喜融朗⑩。

驾言⑪求友⑫生⑬，名园欣独往。

折⑭蔬充朱豆⑮，扶⑯藜⑰企⑱高壤。

陟⑲彼墙下冈，寄此天际想。

被草晨风和⑳，隔竹春禽响。

[注释]

①人日：指农历正月初七。古代相传农历正月初一为鸡日，初二为狗日，初三为猪日，初四为羊日，初五为牛日，初六为马日，初七为人日。

②晴飔：晴日的凉风。

③泛：漂浮，此指吹拂。

④条：小枝也。泛指植物的细长枝。

⑤浮阳：日光。唐李白《夕霁杜陵登楼寄韦繇》云："浮阳灭霁景，万物生秋容。"

⑥修莽：修，长、高。魏晋王羲之《兰亭集序》云："此地有崇山峻岭，茂林修竹。"莽，指密集丛生的草。

⑦初正：正月刚开始。初，始也。正，岁之首月，即农历年的第一个月。

⑧涉：经历，经过。

⑨"厥日"句：厥，代词，那。唐柳宗元《封建论》云："厥后，问鼎之轻重者有之。"厥日，指正月初七。肇，开始。据中国创世神话，女娲创造了苍生，按顺序造出了鸡、狗、猪、羊、牛、马等动物之后，在第七天造出人类，故初七为人日。

⑩"探占"句：融，大明、大亮，泛指明亮。朗，晴朗，明亮。融、朗均指天气晴朗。魏晋木华《海赋》云："三光既清，天地融朗。"人日节历史悠久，自魏晋时期就固定下来，并有相关的节日习俗；而自宋时就有吉占和卜岁的习俗，以晴为祥、阴为灾。如宋高承《事物纪原》载："岁正月一日占鸡，二日占狗，三日占猪，四日占羊，五日占牛，六日占马，七日占人，八日占谷。皆晴明温和，为蕃息安泰之候；阴寒惨烈，为疾病衰耗。"《辽史》载："人日……其占，晴为祥，阴为灾。"清富察敦崇《燕京岁时记》中亦记载："初七日谓之人日。是日天气清明者则人生繁衍。"

⑪驾言：驾车。驾言原指驾车，后用以指代出游、出行。《诗·邶风·泉水》云："驾言出游，以写我忧。"驾，驾车。言，语助词。

⑫求友：指访友。唐高适《崔司录宅燕大理李卿》云："上卿才大名不朽，早朝至尊暮求友。"

⑬生：儒生，读书人的通称。

⑭折：弯，曲。《晋书·陶潜传》云："吾不能为五斗米折腰。"

⑮朱豆：赤小豆的别名。

⑯扶：用手支持，使人、物或自己不倒。

⑰藜：一年生草本植物，茎直立，嫩叶可食。

⑱企：举踵。引申为立、站立。

⑲陟：登高，爬上。《诗经·周南·卷耳》云："陟彼高冈。"

⑳和：暖和，和煦，晴和。宋晏几道《浣溪沙》云："二月和风到碧城。"宋刘斧《青琐高议》云："不久，海上风和日暖。"

[背景与赏析]

文徵明（1470—1559），原名壁，字徵明，后改字徵仲，号衡山居士，世称文衡山，明朝长洲（今江苏苏州）人。明代著名画家、书法家、文学家。因精通诗、文、书、画，被称为"四绝"全才。于诗，文徵明与祝允明、唐寅、徐祯卿并称"吴中四才子"；于画，其与沈周、唐寅、仇英合称"吴门四家"。

正月初七是中国古老的传统的节日——人日节。人日节始于汉代，魏晋开始重视，至唐宋更加重视，不断衍生出戴人胜和赠花胜、南羹北饼、出游登高等习俗；明代时，人日节已由全国性节日彻底转为地方性节日，不同地域采用不同的庆祝方式，地方性色彩浓郁。其中，登高出游、文人雅士赋诗的习俗历来有之，诗的题材也较为丰富且有颇多佳作传世。即使是在人日节被取消的金元时期，文人们仍保留着在人日节登高饮酒赋诗的雅趣。2022年语文全国新高考Ⅰ卷古代诗歌阅读，引用了南宋魏了翁的《醉落魄·人日南山约应提刑懋之》，其中就提到了人日。只是诗人眼中的人日千人千色，有的思乡，有的惆怅，有的喜悦，等等。

本诗是文徵明在人日节出游东园时，根据自己所见所感抒写的生活真趣味。其大意是晴日的凉风吹拂着茂密的枝条，阳光洒落在茂盛的草丛中，正值正月初七人日节阳光明媚，预示有好兆头，令人欣喜。诗人只身一人，开心地驾车到东园寻访朋友。在东园中，摘朱豆、登高望远、沐浴春风、观草木、听鸟鸣，大好春色尽收眼底，表达了作者出游东园一派悠然闲适的心情。整首诗写景入画，栩栩如生，语言丽雅，以清新的笔意写出了盎然的春色，诗中有画，诗情画意，融洽无间。

【话】

赤小豆为豆科植物赤小豆或赤豆的成熟种子，别名红小豆、赤豆、朱豆等。其分布较广，全国各地都有栽培，主要产于浙江、江西、湖南等地，以颗粒饱满、色紫红发暗者为佳。

赤小豆味甘、酸，性平，归心、小肠经，具有利水消肿、解毒排脓、利湿退黄的功效，主要用于治疗水肿、脚气、湿热黄疸、丹毒、痈疽、肠痈腹痛、便毒下血等。现代药理研究表明赤小豆中主要含有五环三萜皂苷类、黄酮类、鞣质等成分。赤小豆皮中膳食纤维较多，有助于控制血糖；赤小豆中多酚类物质有较强的抗氧化活性；赤小豆含有钙、锌等多种微量元素，对人体骨骼及牙齿生长、神经系统发育有重要作用，其对治疗流行性腮腺炎、肝硬化腹水、肾炎蛋白尿、骨质疏松、皮肤病等疾病都有一定的效果。

赤小豆很早就被当作药物使用，《神农本草经》就将其列为中品。在我国古代关于赤小豆更有神话般的传说，比如赤小豆外敷曾医好宋仁宗的痄腮、食赤小豆可避瘟疫、撒赤小豆可驱鬼等。

五代后唐时期陈士良所著《食性本草》言赤小豆"久食瘦人"，因此其可以作为肥胖人群或痰湿体质人群的保健食品。如，取赤小豆60克、粳米60克熬煮成粥，早晚温热服用，有减肥作用，适合体型丰腴人群食用。或取赤小豆30~60克、薏苡仁30~60克、白扁豆15~30克、茯苓15~30克、生山楂15克，洗净置于锅中浸泡30分钟，再加入粳米100克、水适量，大火煮开后，再小火煮30分钟，即可食用，适用于痰湿体质兼有食欲差等症状的人群。

据明李时珍《本草纲目》记载"赤小豆粥利小便，消水肿脚气，辟邪"。豆为肾水之主谷；赤小者，又为肾之心物、水之用药，故水湿不利所致的水肿，可用赤小豆治之。对于水肿的老年人，取赤小豆 30 克、枸杞子 15 克、山药 30 克、大枣 3~6 枚，共同熬汤喝，可以有效缓解水肿症状。或取赤小豆 60 克、桑白皮 15 克，加水煎煮，去桑白皮，饮汤食豆，可治疗脾虚水肿或脚气、小便不利等。

赤小豆色赤红，归心经，能够帮助补心、清心火。对于心火旺所致的反复泌尿系统感染，可取赤小豆 30 克、萹蓄 3 克、瞿麦 3 克共煮，然后服用。对于有蛋白尿的人，可用赤小豆 60 克、黄芪 30 克、糯米 60 克熬粥，然后食用。

明李时珍《本草纲目》中言赤小豆可"通乳汁"，宋陈自明《妇人大全良方》中也有赤小豆能通乳的记载。对于产后女性乳房胀痛、乳汁排泄不畅者，可用赤小豆(120~150 克)熬粥，连吃 3~5 天。赤小豆味甘酸性平，能行津液、清气分、涤烦蒸。如取赤小豆 60 克、冬瓜 500 克、精盐少许，煮水代茶饮，有清热生津功效，适用于胃燥津伤的人群。

《日华子本草》载赤小豆可以"解热毒，排脓，补血脉"。赤小豆具有清热利湿、解毒排脓的功效，善散肠中恶血，且祛湿清热，以发蕴积之毒。取赤小豆 150 克(浸泡至芽出，晒干)、当归 30 克，加水煎 30 分钟，每日 1 剂，适用于痔疮和直肠肛门周围脓肿者，脓成者最为适宜。

注意事项：阴虚无湿热、小便清长者及孕妇忌用。

(黄伟玲　王安安　张天嵩)

芡 实

【本草】

芡实

【诗】

金师拓《曲江秋望》：

> 山远嶂①重出，野②平天四围。
> 凉风芡实③坼④，久雨藕花⑤肥⑥。
> 水阔渔舟小，天长去鸟微。
> 紫蒲⑦行处⑧有，采采⑨莫盈⑩衣。

[注释]

①嶂：形容高险像屏障的山。

②野：广平的地方。《三国志·蜀书·诸葛亮传》云："益州险塞，沃野千里。"

③芡实：芡的种子，俗名鸡头米。可供食用，亦可入药。

④坼：裂开。唐杜甫《登岳阳楼》云："吴楚东南坼，乾坤日夜浮。"

⑤藕花：荷花。宋李清照《如梦令(常记溪亭日暮)》云："兴尽欲回舟，误入藕花深处。"

⑥肥：饱满，繁茂，苗壮。宋李清照《如梦令(昨夜雨疏风骤)》云："知否？知否？应是绿肥红瘦。"

⑦紫蒲：指紫色的菖蒲。一般而言，菖蒲主要有黄色、紫色、红色和白色四种花色。唐许浑《夜归丁卯桥村舍》云："紫蒲低水槛，红叶半江船。"唐张籍《酬白二十二舍人早春曲江见招》云："紫蒲生湿岸，青鸭戏新波。"

⑧行处：随处，到处。唐杜甫《曲江二首》其二云："酒债寻常行处有，人生七十古来稀。"

⑨采采：茂盛，众多貌。明高启《菊邻》云："采采霜露余，繁英正鲜新。"

⑩盈：满也。唐李白《自遣》云："对酒不觉暝，落花盈我衣。"唐权德舆《杂言和常州李员外副使春日戏题十首》云："韶光满目，落蕊盈衣。"

[背景与赏析]

师拓(生卒年均不详)，本名尹无忌，后因避国讳而改名为师拓，平凉人。师拓作诗尤工五言，有气象而工于炼句，不喜苏黄，以李杜为法。赵秉文少时识之，集党怀英、赵沨、路铎、刘昂、师拓、周昂、王涧七人诗，刻木以传，名《明昌辞人雅制》。

这是一首描述秋天美景的诗(诗人在秋天雨后望曲江)。远望，重峦叠嶂，田野广阔；中看，曲江水阔显得渔舟小了，鸟儿飞得远看起来也小了；近观，芡实已经成熟且裂开，荷花正盛开，紫色菖蒲花随处可见，一不小心，就落满了行人的衣服。

【话】

芡实为睡莲科植物芡的干燥成熟种仁，有南芡和北芡之分。南芡，也称苏芡，为芡的栽培变种，原产苏州郊区，现主产于湖南、广东及皖南、苏南一带。北芡，也称刺芡，有野生的也有栽培的，主产于山东及皖北、苏北一带，质地略次于南芡。生于池泽的芡实，有"水中人参"之美称，是被苏州人所称道的"水八仙"之一。

芡实味甘、涩，性平，归脾、肾经，具有益肾固精、补脾止泻、除湿止带的功效。生芡实的功效以涩精止带为主，而炒芡实的功效则以补脾健胃为主。芡实主要含有多酚类、黄酮类、甾醇类、木脂素类、脑苷脂类、生育酚类、挥发油类等100多种化合物。生育酚类具有抗氧化、降血脂、降血糖等作用，黄酮类成分可以发挥抗菌作用。此外，芡实还有抗心肌缺血、神经保护、抗疲劳、降低尿蛋白等药理作用。

《神农本草经》将芡实列为上品，称其"味甘平，主湿痹，腰脊膝痛，补中，除暴疾，益精气，强志，令耳目聪明。久服，轻身不饥，耐老神仙"。芡实一直被视为养生佳品。例如取芡实、山药各30克，共研为末，加水适量，打糊，置于火上边煮边搅拌，再加入核桃肉(打碎)30克、大枣3枚(去核)，煮熟成糊状，调味即可食用。又如取莲子、山药、茯苓、芡实各15~30克，酌情添加白木耳、冰糖，共煮汤饮服。此两方具有健脾、益肾固精、强身健体的作用，一般正常人群均可食用，尤适合体弱小儿及体虚老人。芡实具有健脾益肾的功能，适用于食欲不振、易腹泻、漏尿者。可取桂圆、大枣、芡实各适量，共煮汤饮服，其功效为补益气血、固肾涩精，适用于小便频数、慢性泄泻、梦遗滑精、腰酸带多、睡眠差者。

宋代诗人苏轼在养生理论和养生实践方面都颇有建树，明王如锡将苏轼的系列养生文章编撰成一部名为《东坡养生集》的书。据传苏轼吃芡实法颇为独特：时不时取刚煮熟的芡实 1 粒，放入口中，缓缓含嚼，直至津液满口，再鼓漱几遍，徐徐咽下，每天按此法吃芡实 10~30 粒。苏轼还极喜爱吃用芡实煮成的"鸡头粥"：取芡实 30 克、粳米 50 克，共煮成粥，早晚服食，可健脾补肾、健体抗衰、耳聪目明。苏轼称之"粥既快美，粥后一觉，妙不可言也"。

芡实可治妇女脾虚带下、白浊等症。取芡实 30 克、薏苡仁 30 克、小米 100 克，洗净后用水浸泡 2~3 小时，然后入锅中加适量水煮成粥即可。此法可以作为妇女带下量多、腰膝酸软、手足不温、小便不利、泄泻等症的辅助治疗。

对于成人夜尿频多或小儿尿频者，可用芡实 15 克、益智仁 10 克、大枣 5 枚，一同洗净放入砂锅，加适量清水，大火煮沸，转小火熬煮 20 分钟即成。

注意事项：小便不利者禁服，食滞不化者慎服。

（王哲睿　张天嵩）

芦 根

【本草】

芦根

【诗】

宋姜夔《湖上寓居杂咏》其七：

> 布衣①何用揖②王公，归向芦根③濯④软红⑤。
>
> 自觉此心无一事，小鱼跳出绿萍⑥中。

[注释]

①布衣：古指平民百姓。

②揖：向……拱手行礼。

③芦根：中药名，别名苇根。此似指田园生活。

④濯：洗涤、清洗。

⑤软红：原意是指绵软的尘土，喻指俗世的繁华热闹。宋苏轼《次韵蒋颖叔、钱穆父从驾景灵官二首》其一："半白不羞垂领发，软红犹恋属车尘。"并自注云："前辈戏语，有西湖风月不如东华软红香土。"

⑥绿萍：植物名，又名满江红，体小而漂浮于水面，春季绿色，夏季红褐色，可做饲料、肥料，亦可供药用。

[背景与赏析]

姜夔(约1155—约1221)，字尧章，号白石道人，一说南宋饶州鄱阳(今江西鄱阳)人，是一位诗、词、乐、书兼擅的艺术全才，才华足以彪炳后世。与其冠绝时代的才华不相匹配的是姜夔极其落魄的人生，这尤其令人感慨。

姜夔少年孤贫，屡试不第，终生未仕，一生转徙江湖，靠卖字和朋友接济为生。姜夔于庆元六年(1200)创作了《湖上寓居杂咏》十四首，主要描绘了西湖的静景、夜景，涉及的物象有荷叶、青芦、月澹、云影、荷花、白水、青山、垂

杨、宫云、白鸟、绿萍、小鱼、秋水、萤火等，写景动中有静、静中有动、动静结合，景物描述生机四溢又趣味十足，画面生动活泼又美感逼真。组诗总的基调为隐居中的恬淡，将物象本身的自然姿态与诗人构造的清幽冷然相融合，而明净的景致又能映衬其政治上落魄失意的凄凉。

该诗为组诗之七，其借景抒情：诗人自己甘于做一介平民，无欲无求，不用去巴结王公贵族，隐于田园江湖之中，过着闲云野鹤般的生活，自认为心中没有什么烦心事。某日游西湖，看湖水清澈，绿萍点点，小鱼在绿萍中跳来跳去。诗人将自己的闲趣和平静表达得恰如其分，毫无雕琢痕迹，似乎说明诗人心中的不平与失意已渐渐平息，将人世浮沉看淡，达到了"看山仍是山"的境界。但真是这样吗？我们可以从"小鱼跳出绿萍中"这一句联想，小鱼跳出必然会引起湖水荡漾，那么极有可能触动诗人的心事，真的很难做到"自觉此心无一事"，再结合组诗看就知道答案了。

【话】

《诗经·秦风·蒹葭》云："蒹葭苍苍，白露为霜。所谓伊人，在水一方。"一说，蒹葭指芦苇，就是中药芦根的原植物，《本草纲目》引汉毛苌《诗疏》云："苇之初生曰葭，未秀曰芦，长成曰苇。"芦苇初生时称为"蒹"，开花以前称为"葭"，花后结果实则为"苇"；另一说，蒹是指荻，葭指芦苇，两者都是挺水植物，长得很像，合称芦荻。

芦根是单叶禾本科芦苇属植物芦苇的新鲜或干燥根茎，生长于河流、池沼岸边浅水中，中国各地均有分布。芦苇为我国分布十分广泛的草本资源，为国内人民所使用至少已有 7000 多年的历史。芦根可分为干芦根与鲜芦根，入药以干芦根为主，而食用以鲜芦根为主。

芦根味甘，性寒，归肺、胃经，具有清热生津、除烦、止呕、利尿的功效。现代药理研究发现，芦根主要含有芦根多糖、大麦胺、芦竹碱、羊齿烯醇、香豆素苷、氨基酸等上百种成分，芦根多糖能改善肝功能，在一定程度上抑制肝纤维化，调节糖脂代谢紊乱，还能够抗炎、抗氧化，因此常用于肺炎、胃炎、高脂血症、肾结石及便秘等疾病。

民谚有"春饮芦根水，夏用绿豆汤，百病不生更硬朗"之说，说明芦根有很好的食用及药用价值。可取芦根（干品 15～30 克，或鲜品 60～120 克）煎汤一碗，加冰糖适量内服，1 日 1 次，早晨空腹服或作茶饮，连服 1 星期；或将新鲜芦根嚼服吐渣或捣汁内服，口味更为甘甜；或取芦根、绿豆各 15 克，加一碗水煮开，加适量冰糖，去芦根、绿豆喝汤。这三种服用方法均有清热和胃的功效，适用于胃热病见口干口臭、牙龈出血、呕吐、咽喉肿痛、胃热呕吐等症者。为增强止呕的功效，还可以和竹茹一起食用，如鲜芦根 60 克（或干品 30 克），洗净，切成小段，加竹茹 9 克同煎，去渣取汁，入粳米 100 克煮粥，粥欲熟时加入生姜 2 片，稍煮即成。

芦根可用于热病（感染性疾病）伤津、烦躁口渴者。如鲜茅根 150 克、鲜芦根 150 克，加清水适量，煎服。或芦根 15 克，加水 300 毫升煮 15 分钟左右，取汁备用；雪梨 1 个，洗净削皮，切成小块，和芦根汁放入搅拌机打匀即成，顿服。或以芦根 15～30 克（或鲜品 30～60 克），洗净切成段，置锅中加适量清水，煎沸 10 分钟后再加薄荷 3～6 克，煮片刻即成，顿服。

糖尿病患者经常会有口渴多饮、尿频等症状，而芦根有很好的治疗消渴的功效。取鲜芦根 30 克（干品 15 克）、麦冬 15 克，冲入沸水，加盖焖 10 分钟即可饮用，其后可加开水代茶饮。另外，芦根有生津清热、养阴润燥的功效，对糖尿病、肺燥咯血及支气管炎者有一定疗效。芦根还可用于河豚毒素中毒，单用捣汁，或配生姜、紫苏叶等，煎水饮用。

目前芦根已得到开发利用，并取得一定的成果。干芦根可用于清热解暑饮料的开发，提取物可做香烟添加剂等。

注意事项：因本品性寒，脾胃虚寒者忌服。

（王哲睿　张天嵩）

牡 蛎

牡蛎

【诗】

宋戴复古《莆中遇方□□，邀出城买蛎而饮，一僧同行》：

出郭①断虹②雨，倚③楼新雁④天。

三杯⑤古榕下，一笑菊花前。

入市⑥子鱼⑦贵，堆盘牡蛎鲜⑧。

山僧惯⑨蔬食，清坐⑩莫⑪流涎。

[注释]

①郭：泛指城。唐杜牧《江南春》云："水村山郭酒旗风。"

②断虹：一段彩虹，残虹。宋黄庭坚《念奴娇(断虹霁雨)》云："断虹霁雨，净秋空，山染修眉新绿。"

③倚：倚靠在楼窗或楼头栏杆上。

④新雁：刚从北方飞来的大雁。孟郊《与韩愈、李翱、张籍话别》云："秋桐故叶下，寒露新雁飞。"

⑤三杯：古人饮酒常以"三爵酒"作为饮酒礼节。《礼记·玉藻》云："君子之饮酒也，受一爵而色洒如也，二爵而言言斯礼已，三爵而油油以退。"

⑥市：市场、集市。

⑦子鱼：鲻鱼的别名。明李时珍《本草纲目·鳞二·鲻鱼》云："鲻，色鲻黑，故名。粤人讹为子鱼。"

⑧鲜：新鲜、美味。

⑨惯：习惯，惯常，惯于。

⑩清坐：安闲静坐。宋王安石《对棋与道源至草堂寺》云："清坐且可与君棋。"

⑪莫：表示否认，相当于"不"。

[背景与赏析]

戴复古（1167—1248?），字式之，自号石屏、石屏樵隐，天台黄岩（今浙江台州）人，南宋著名"江湖诗派"诗人，一生不仕，游历江湖，曾从陆游学诗。其诗讲究音韵，提倡写实。诗作有《初夏游张园》《江村晚眺》《淮村兵后》《寄兴》等。

这首诗的巧思来源于生活的实感，整体色调明丽，意境优美，生活气息浓郁。全诗以"真"为审美追求，在真情、真事中描绘生活的本真，体现诗人的真性情，用快乐、幸福感染读者。春乍来时，断虹雾雨，变幻莫测；大雁掠过天空，嘎嘎作声。诗人遇老友，和山僧三人一起去集市买回牡蛎，在古榕下、菊花前，边吃牡蛎，边饮酒、聊天，并和山僧开玩笑说，牡蛎味道可鲜美呢，不过您平常吃素食，就安静坐在那里，不要流口水，不要过来和我们一起吃喔。令人捧腹。全诗以"断虹""新雁"写时，以"古榕下""菊花前"写地，以不让山僧流口水写牡蛎之鲜美可口，看似平淡，却把友人之间的亲密、和谐形象地表现出来。

【话】

牡蛎，属软体动物门双壳纲牡蛎目牡蛎科，别名牡蛤、海蛎子壳、生蚝、鲜蚵等，我国主要产于江苏、福建、广东、浙江等沿海一带，比较有名的有近江牡蛎、长牡蛎、大连湾牡蛎等。

牡蛎味咸，性微寒，归肝、胆、肾经，具有滋阴潜阳、重镇安神、软坚散结、收敛固涩、制酸止痛的功效。牡蛎根据炮制方法不同，有生牡蛎和煅牡蛎之分。生牡蛎偏于安神、滋阴潜阳、软坚散结等功效，临床常用于治疗眩晕耳鸣、心神不宁、瘰疬痰核、肿块等。煅牡蛎收敛固涩作用更强，且有中和胃酸作用，常用于自汗盗汗、遗精崩漏、胃痛吞酸等方面。现代药理研究发现，牡蛎含有丰富的糖原、蛋白质、氨基酸、无机盐等。牡蛎蛋白酶解物有抗氧化、抗疲劳作用；牡蛎甲醇提取物能广谱抗肿瘤；牡蛎多糖有降血糖、降血脂、抗凝血、抗血栓的作用等。牡蛎临床常用于治疗甲状腺癌、高血压、胃和十二指肠溃疡、癫痫等。

牡蛎是一种具有食疗价值的海洋珍馐，有"海底人参"的美名。早在汉代就有食蛎的记载，李白有"天上地下，牡蛎独尊"的题句，明李时珍《本草纲目》谓吃牡蛎肉能"细洁皮肤，补肾壮阳，并能治虚，解丹毒"，清汪昂《本草备要》言牡蛎"咸以软坚化痰，消瘰疬痰核，老血疝瘕"。取牡蛎 15 克、玄参 9 克、夏枯草 9 克，用水煎服，每日 1 剂，可用于甲状腺结节的辅助治疗。

中药牡蛎属于贝壳类药物，质地坚硬，具有抑酸止痛的功效。牡蛎研粉 15~30 克，每日三餐前用汤水送服，可用于辅助治疗胃痛、胃酸过多的病症。但需要注意，牡蛎壳不宜与茶叶共同服用，因牡蛎壳中含有丰富钙质，茶叶中含有鞣酸，两者相合会形成很难溶解的钙质。

明陈嘉谟《本草蒙筌》言牡蛎："闭塞鬼交精遗，收涩气虚带下。"用生牡蛎 15 克、生龙骨 15 克，水煎服，每日 1 剂，具有调节情绪和补肾固精功效，可用于治疗失眠多梦、妇女白带过多等。将煅牡蛎 15~30 克先煎 20 分钟，再加入莲须 15 克、芡实 15 克，水煎 30 分钟服用，每日 1 剂，具有壮阳固精作用，适用于男性滑精早泄病症的治疗。将鲜牡蛎肉 100 克、黑豆 500 克、粳米 100 克熬粥食用，具有滋养气血、抗衰老和乌发的功效，适合虚劳羸瘦之人的日常保健。

《名医别录》言牡蛎"止汗，心痛气结，止渴"。煅牡蛎咸涩微寒，有很好的敛阴潜阳、固涩止汗效果，对于气虚卫外不固、阴液外泄、阴津不足、阳不潜藏所致的体虚自汗、盗汗、短气烦倦，可用煅牡蛎 15 克、黄芪 30 克、麻黄根 30 克，水煎温服，可敛阴止汗，益气固表。

注意事项：阳虚寒盛、肾阳亏虚、湿热实邪、外感表证及表证未解者、对牡蛎过敏者不宜使用。

（王安安）

佛　手

佛手

【诗】

明胡应麟《读曲歌①四首》其四：

　　郎遗②佛手柑③，馨香动④弥月⑤。
　　报郎红豆子⑥，相思永无歇。

[注释]

①读曲歌：六朝清商曲辞、吴声歌曲中的一种，起源于哀歌、徒歌而不施以管弦，且为独曲，类似于今日的清唱、独唱。

②遗：给予，馈赠。《涉江采芙蓉》云："采之欲遗谁？所思在远道。"

③佛手柑：芸香科植物枸橼的变种，因其果实状如人手，有指，故称为佛手柑。佛手柑果香浓郁，明中后期人们常用于熏香居室。清王逊《药性纂要》云："状如人手有指……置衣笥中则数日香不歇。"

④动：与静相对，此处指飘动。北宋晏几道《诉衷情(小梅风韵最妖娆)》云："暗香浮动，疏影横斜，几处溪桥。"

⑤弥月：整月，一个月。唐白居易《不出门》云："弥月不出门，永日无来宾。"

⑥红豆子：相思子树的种子，色鲜红，呈心形，常用来比喻相思。明王彦泓《吴行纪事》其四云："水国不生红豆子，赠卿何物助相思。"

[背景与赏析]

胡应麟(1551—1602)，字元瑞，号"少室山人"，别号"石羊生"，明朝金华府兰溪(今浙江金华兰溪市)人，明朝中后期著名的文学评论家、诗人、史学批评家和大藏书家，著有《诗薮》《少室山房集》《少室山房笔丛》等。

明清时期，佛手成为南方农民种植进贡、皇帝赏赐群臣、亲朋情人间赠送的物品，后来北方人也知晓了，所以咏佛手诗词颇多。有人认为本诗中的"郎"是指王世贞。胡应麟对王世贞非常敬佩，他在《诗薮》中把王世贞比作仲尼（孔子），世人多诋其为阿谀。以胡应麟对王世贞的尊重程度而言，在诗中以"郎"称之，还赠以情人间相送的红豆表达相思之情，似乎于理不通。姑且理解为以女子口吻写的情诗吧：佛手柑已收到，我把它放在屋内，佛手柑香气在室内弥漫了很长一段时间，沁人心脾，并回赠了红豆子，以表达对好友连绵不绝的思念之情。

【话】

佛手为芸香科植物佛手的干燥果实。唐陈藏器《本草拾遗》言："枸橼生岭南，柑橘之属也。其叶大，其实大如盏，味辛酸。"明李时珍《本草纲目》言："枸橼产闽广间。木似朱栾而叶尖长，枝间有刺。植之近水乃生。其实状如人手，有指，俗呼为佛手柑。有长一尺四五寸者。皮如橙柚而厚，皱而光泽。其色如瓜，生绿熟黄。其核细。其味不甚佳而清香袭人。"清屈大均《广东新语》言："其状如人手。有五指者曰五指柑，有十指者曰十指柑。亦曰佛手柑，有单拳，有合掌，不一……惟香芬大胜香橼。"现代《中药大辞典》言："香橼，原名枸橼，古籍别名佛手柑……习惯认为四川产的佛手品质最好。"《金世元中药材传统鉴别经验》言："主产重庆江津、綦江、万州、涪陵，四川合江、宜宾、内江、乐山等地产者称川佛手。"如今佛手主要产于广东、福建、云南、四川等地，并以川佛手为道地药材。

佛手味辛、苦、酸，性温，归肝、脾、胃、肺经，具有疏肝理气、和胃止痛、燥湿化痰的功效。现代药理研究表明，佛手富含挥发油类、黄酮类、多糖类、香豆素类、氨基酸和无机元素等物质。佛手的酯类成分具有抗肿瘤、调节血糖、改善失眠、防治骨质疏松、抗衰老、抗炎、抗过敏等多种药理活性；多糖类物质在清除自由基、增强免疫细胞活性、抗肿瘤、抗炎和抗氧化等方面表现出显著优势；醇提物可以降压、降胆固醇、调节血脂代谢，从而发挥保护心血管的作用；而芳樟醇成分具有抗炎、镇痛、抗痛觉过敏和抗惊厥活性。

明徐榜《宦游日札》记载："闽人以佛手柑作菹，并煮粥，清香开胃。"取佛手15～30克，煎汤去渣；粳米50～100克，加水适量，冰糖少许，和药汁同煮为粥。此粥具有健脾养胃的功效，适合患有胃气虚弱、消化不良等症状的病人早晚服用，也可作为平常保健品食用。值得注意的是，这里煎煮须用新鲜的佛手，切勿久煮。

佛手是治疗消化系统疾病的良药。如取佛手15克、陈皮9克、生姜3克，

本草诗话

水煎服，可治恶心呕吐、消化不良等。将佛手 30 克置于白酒 1000 毫升中浸泡 10 天，适量饮用可治胃气虚寒、胃脘冷痛和慢性胃炎等。将佛手直接煎汤代茶饮，可治心下气痛。

元忽思慧《饮膳正要》言："无毒，下气，开胸膈。"取佛手 15~30 克，开水泡汤，可加适量蜂蜜，代茶饮，可治慢性气管、支气管炎等。如取佛手 15 克、郁金 9 克、陈皮 9 克共煎，取汁备用；大米 250 克，加适量水和药汁，共煮直至米粒软烂，具有和胃化痰安神之功效，适用于患有慢性气管、支气管炎者。

注意事项：气阴不足及体质羸弱者慎用。

（周先强　张天嵩）

灵 芝

【本草】

灵芝

【诗】

唐孟浩然《寄天台道士》：

> 海上求仙客①，三山②望几时。
> 焚香③宿华顶④，裛露⑤采灵芝⑥。
> 屡蹑莓苔⑦滑，将寻汗漫期⑧。
> 倘因松子⑨去，长与世人辞。

[注释]

①海上求仙客：战国时期人们都认为仙人住在海外仙山上。《史记》卷六《秦始皇本纪》云："齐人徐市等上书，言海中有三神山，名曰蓬莱、方丈、瀛洲，仙人居之。请得斋戒，与童男女求之。于是遣徐市发童男女数千人，入海求仙人。"齐国的齐威王和齐宣王，以及燕国的燕昭王都派人去海外的仙山，蓬莱、方丈、瀛洲，寻找仙人。秦始皇最热衷长生不老，在方士的诱惑下，甚至派徐福带领三千童男、童女出海求觅仙人。

②三山：指蓬莱、方丈、瀛洲。

③焚香：燃香礼拜。

④华顶：天台山主峰之一。《嘉定赤城志·山水门·天台》云："华顶峰在县东北六十里，盖天台第八重最高处。旧传高一万丈，少晴多晦，夏有积雪，可观日之出入，中有黄金洞。"

⑤裛露：沾湿露水。

⑥灵芝：道家传说中的仙草。《山海经》中记述，炎帝的爱女瑶姬夭折化为瑶草，便是灵芝。道家经典《道藏》将灵芝列入中华九大仙草，视灵芝为"仙药"

之上品。《神农本草经》谓其"益心气，补中，增智慧，不忘，久食轻身不老，延年神仙"。

⑦莓苔：此处指天台山石桥上的青苔。孙兴公《游天台山赋》云："践莓苔之滑石，搏壁立之翠屏。"

⑧汗漫期：渺茫不可知。

⑨松子：古代神话中的神仙赤松子，相传为神农时雨师，能入火自焚，随风雨而上下。赤松子教神农氏祛病延年。

[背景与赏析]

孟浩然（689—740），名浩，字浩然，号孟山人，襄州襄阳（今湖北襄阳）人，世称"孟襄阳"，唐代著名田园诗派第一人，与盛唐另一山水诗人王维并称为"王孟"。据传，唐玄宗诏咏其诗，至"不才明主弃"之语，唐玄宗谓："卿自不求仕，朕未尝弃卿，奈何诬我？"因放还未仕，后隐居鹿门山，故又称之为"孟山人"。孟浩然的诗歌主要表达田园风光、隐居闲适、羁旅愁思，诗风则清淡自然，以五言诗见长。

本诗描绘的便是诗人屡次前往天台山，登高望远，采摘沾湿露水的灵芝仙草，表达了其对仕途的厌倦及对隐逸生活的向往与追求。

【话】

灵芝，又名三秀、木芝、灵芝草、木灵芝、菌灵芝等，是灵芝科灵芝属真菌。灵芝是中华民族的吉祥物。古代儒家学者把灵芝菌盖表面的许多环形轮纹称为"庆云"，视为"祥瑞""吉祥如意"的象征，将显祥兆吉的灵芝称为"瑞草"或"瑞芝"。灵芝及由其衍化而成的"如意"，被广泛地用以象征"赐福嘉祥""国泰民安"等。

灵芝的入药部位为多孔菌科真菌赤芝或紫芝的干燥子实体。赤芝，我国普遍分布，但以长江以南为多；紫芝是我国特有种，分布于长江以南高温多雨地带。在灵芝分布区域中，广东、吉林、江苏、安徽和贵州分居前5位，贵州是全国灵芝主产区之一。

灵芝味甘，性平，归心、肺、肝、肾经，具有补气安神、止咳平喘的功效。明李时珍在《本草纲目》中提到灵芝"甘温无毒，主治耳聋，利关节，保神益精气，坚筋骨，好颜色"。历代医学家也把灵芝作为滋补强壮、扶正培本的珍品。现代药理研究表明，灵芝中含有多种多糖、多种氨基酸、三萜类、核苷类、甾醇类、生物碱、油脂类、蛋白质类、酶类、有机锗及多种微量元素等，具有镇静镇痛、保护神经元细胞、抗心肌缺血、强心、降血压、抗血小板聚集及抗血栓、降血糖、清除氧自由基、抗氧化、抗衰老、保肝、抗菌、抗病毒、抗炎、抗肿瘤、调节免疫系统、祛痰等作用。

灵芝具有补气血、健脾胃的功效，可用于虚劳、心悸、失眠、久咳气喘等。如以灵芝9~15克，水煎，分两次服，可治疗神经衰弱、冠心病等。以灵芝焙干，研细末，每次1.5~3克，每日2次，开水冲服，可作为慢性肝炎、支气管哮喘的辅助治疗。

灵芝也是保健、延缓衰老的佳品。在中国寻常百姓家，灵芝常被用于泡茶、泡酒，可直接切成块当茶泡；可放锅中，小火慢炖，然后将汤水放入保温壶中每天饮用；取灵芝15~30克，洗净切碎，放在500毫升白酒中，浸泡数日后，白酒变成棕红色时即为灵芝酒。

灵芝作为一种天然的食药兼用菌，是餐桌上的食补美味佳肴。灵芝15克、党参6克、枸杞子6克、猪排骨适量同炖，做成灵芝清补汤，清润提神；灵芝15克、黄芪6克、大枣3克、猪蹄适量同炖，做成灵芝蹄筋汤，益肾养肝；灵芝15克、川贝母9克、陈皮6克、老鸭半只同炖，做成灵芝老鸭汤，滋阴补肺，益肾止咳；灵芝15克、银耳15克，佐以冰糖，做成灵芝银耳羹，可安神止咳，提高免疫力。

注意事项：实证及外感初起者忌用，罹患出血性疾病及有出血倾向者慎用，过敏体质者慎用。

（潘纬榕）

本草诗话

109

阿 胶

【本草】

阿胶

【诗】

唐无名氏《宫词补遗①》：

> 铅华②洗尽依丰盈③，雨落荷叶珠④难停。
> 暗⑤服阿胶不肯道，却说来生⑥为君容。

[注释]

①宫词补遗：宫词是一种诗体，多描述的是宫廷的生活琐事。补遗是增补书籍正文的遗漏。

②铅华：古代妇女化妆用的铅粉。

③丰盈：肌肤丰满。

④珠：圆珠状的水滴。宋梅尧臣《王德言夏日西湖晚步十韵次而和之》云："荷积水珠重，天收霓帔轻。"

⑤暗：私下里，不露形迹。

⑥来生：即"生来"，从小时候起，从来。

[背景与赏析]

无名氏又称佚名，指身份不明或者尚未了解姓名的人，源于古代或民间，不知由谁创作的文学、音乐作品，则会用佚名或无名氏为作者署名。该诗收录在《全唐诗》中，但其作者是谁不确定，一说是肖行澡，但生平无从查考。

在古代，阿胶是朝廷贡品。尤其在唐朝，食阿胶更为盛行。相传唐太宗李世民曾专门派人去东阿县，只为取东阿县一口井的井水炼制优质的东阿阿胶；中国历史上唯一的女皇帝武则天，有经常服用阿胶的习惯，故到了晚年仍美白如玉，光彩照人。古老的瑰宝成为深宫中的稀世之品，阿胶的故事还在继续。

本诗主要讲述的是中国古代四大美女之一的杨贵妃暗服阿胶养颜固宠的事。诗的第一句中的"铅华洗尽"衬托了杨贵妃的天香国色,"依丰盈"则写出了杨贵妃婀娜丰盈的姿态。诗的第二句则以雨点落到荷叶上难以停下来形容杨贵妃皮肤光滑,赞誉杨贵妃肤若凝脂。前两句诗人极尽描摹之词,写尽杨贵妃的美艳动人,独得唐玄宗宠幸,天下实在无人可及,为后面情节展开铺陈。诗的后两句曲折委婉地指出了杨贵妃倾城美貌的奥秘就在于服用阿胶。女性适当地吃些阿胶能美容养颜,使脸色红润,肌肤细嫩。东阿阿胶,为杨贵妃珍爱,也成就了杨贵妃的"羞花"之貌,让"六宫粉黛无颜色"。

【话】

阿胶为马科马属动物驴的皮,经漂泡去毛后熬制而成的胶块,古时以产地为山东省东阿县而得名,且质量最优,现主产于山东、浙江、江苏等地。

阿胶味甘,性平,归肺、肝、肾经,具有补血、止血、滋阴、润燥的功效,常用于治疗血虚萎黄、眩晕心悸、吐血尿血、心烦不眠、肺燥咳嗽等。其中,止血常用蒲黄炒阿胶珠,润肺常用蛤粉炒阿胶珠。现代药理研究表明,阿胶多由骨胶原组成,经水解后含有多种氨基酸、多糖、挥发性物质、无机物等。阿胶中含有的咖啡酰奎尼酸、桃叶珊瑚苷等成分可以抗氧化,延缓衰老;阿胶中含有丰富的胶原蛋白、必需氨基酸及药效氨基酸等成分,具有抗疲劳作用等。阿胶在抗肿瘤、抗辐射、抗休克、促进骨愈合及促进造血功能等方面均有明显疗效。

阿胶作为一种滋阴、补血、润燥的药食同源之品,历来备受医家和百姓、贵族重视。明李时珍在《本草纲目》中将阿胶列为"圣品",并将其与人参、鹿茸并称为"中药三宝"。郦道元在《水经注》言"阿胶常煮以贡天府"。曹植则为阿胶赋诗,称其为"神黄所造之仙药"。以阿胶配伍其他食物入膳成为由来已久的滋补传统。阿胶自古以来就作为美容养颜、延缓衰老的名贵中药材,用阿胶250克(打粉)、黄酒300毫升、黑芝麻250克(炒熟)、核桃仁250克、冰糖300克,制成阿胶膏,每天食用一小块,具有美容养颜、调经补血的功效。或用阿胶30克、粳米50克,熬制成粥,早晚食用,可补血益肾,强身健体,延年益寿。

阿胶一直以来都是很有名的"补血圣药",具有强大的滋阴养血功效。对于妊娠期贫血妇女,可用阿胶6克、鸡蛋2个、料酒少许,上锅蒸15分钟,调成阿胶羹服用。用阿胶15克,黄芪15~30克,红糖、糯米适量,熬粥食用,具有气血双补的功效,适用于面色不佳、气短懒言、疲倦乏力、容易出汗等气血亏虚人群服用。

元尚从善《本草元命苞》言阿胶"咳脓血非此不补,续气止嗽"。秋天干燥,肺失其濡润，易产生干咳、久病无痰等，取阿胶 10 克、燕窝 10 克泡发，冰糖适量打碎，加入清水后蒸 30 分钟左右即可食用，具有滋阴润肺、补血止血功效，非常适合在秋季食用。《神农本草经》称阿胶"主女子下血，安胎"。用菟丝子 12 克、桑寄生 6 克、续断 6 克、阿胶 6 克，加水煎 30 分钟，每日 1 剂，具有固肾安胎功效，可作为先兆流产、习惯性流产等的辅助治疗。

注意事项：本品黏腻，有碍消化，故脾胃虚弱便溏者慎用。

（黄伟玲　王安安）

陈 皮

【本草】

陈皮

【诗】

宋释慧开《政黄牛赞》：

> 资福①从来不识羞②，橘皮熟炙③逞风流④。
> 倚筇⑤懒赴贤侯命⑥，又却骑牛更觅牛⑦。

[注释]

①资福：取福，求福。清金埴《巾箱说》云："相与榷其余财以资福。"

②不识羞：识，知道，懂得。羞，进献。《左传·隐公三年》云："可荐于鬼神，可羞于王公。"《罗湖野录》卷三记载，惟政小时候在钱塘资圣院学习时，有人教他对观音祈祷以求荫护，他拒绝这么做，说道："岂忍独私于己哉?"郡中人朱绍安听到这事以后赞叹不已，要以钱财助他，惟政拒绝接受钱财，并慨叹道："古人度人以清机密旨，今返是，去古亦远矣。"

③橘皮熟炙：是指惟政招待来访的鉴韶禅师之事，《禅林僧宝传》卷十九记载："九峰鉴韶禅师，尝客政……一夕将卧，政使人呼。韶不得已，攀颇而至。政曰：月色如此，劳生扰扰，对之者能几人。韶唯唯而已。呼童子使熟炙，韶方饥，意作药石。久之，乃橘皮汤一杯。韶匿笑去，曰：无乃太清乎。"橘皮，橘子的皮，可入药。熟，烹煮使可食。炙，烤熟的肉食。当前影视剧中所描述的和尚不能吃肉似是现代人的理解，从本诗和当前所能见到的文献记载来看，至少宋代的和尚可以饮酒吃肉，甚至可以娶妻生子，宋庄绰所著一部笔记类图书《鸡肋编》记载："广南风俗，市井坐估，多僧人为之，率皆致富。又例有室家，故其妇女多嫁于僧。"

④风流：风度、标格。元王旭《踏莎行(雪中看梅花)》云："两种风流，一家制作。"

⑤倚筇：筇，一种竹子，实心，节高，可用作拐杖。倚筇，拄着竹杖。

⑥懒赴贤侯命：赴，前往、投向、奔向。贤侯，古代对有德位者的敬称，此处指侍郎蒋堂。蒋堂，字希鲁，常州宜兴（今江苏省宜兴县）人，进士出身，曾任知县、通判、知州、淮南转运使、监察御史、左司郎中等职，因其政绩和名望，死后特赠吏部侍郎。《宋史·蒋堂传》言其"遇事毅然不屈，贫而乐施"，谓其颇能"延誉晚进，至老不倦"。蒋堂出守杭州，与惟政成为好朋友，惟政经常骑一黄牛去拜访蒋堂，"每来谒，必巾持挂角上。市人争观之，政自若也。至郡庭下犊，而谈笑终日而去"。蒋堂曾作《赠惟政禅师》云："禅客寻常入旧都，黄牛角上挂瓶盂。有时带笠穿云去，便好和云作画图。"《禅林僧宝传》云："一日郡有贵客至，蒋公留政曰：'明日府有燕饮，师固奉律，能为我少留一日，因款清话？'政诺之。明日使人要之，留一偈而去矣。曰：'昨日曾将今日期，出门倚杖又思惟。为僧只合居岩谷，国士筵中甚不宜。'""倚筇懒赴贤侯命"句即描述此事。

⑦骑牛更觅牛：骑牛觅牛原系佛教用语，比喻忘其本由而到处寻求。觅，寻找，寻求。如宋李清照《声声慢》云："寻寻觅觅，冷冷清清。"牛，指众生本具有的佛性。《景德传灯录·福州大安禅师》云："师即造于百丈，礼而问曰：'学人欲求识佛，何者即是？'百丈曰：'大似骑牛觅牛。'师曰：'识后如何？'百丈曰：'如人骑牛至家。'师曰：'末审始终如何保任？'百丈曰：'如牧牛人执杖视之，不令犯人苗稼。'师自兹领旨，更不驰求。"可以发现，百丈禅师给大安禅师指出了禅师修行的三重境界：第一重为"骑牛找牛"，指四处访师参禅，却不知道佛原来就在自己心头，是迷的阶段；第二重为"骑牛至家"，指回归到自己的本心，找到了心中的佛性，是悟的阶段；第三重为"牧牛不令犯人庄稼"，指不要让俗念尘虑再污染自己的佛性，是保持的阶段。

[背景与赏析]

释慧开（1183—1260），号无门，俗姓梁，杭州（今属浙江）人，南宋诗人，南岳下十八世，月林师观禅师法嗣，参佛悟道，诗歌往往蕴含很深的禅意，著有《颂古四十八首》《志公和尚赞》《佛头圆相赞》等。

本诗是释慧开为颂扬政黄牛而作的一首赞诗。赞是古代文章的一种体裁，用于颂扬人物，以篇幅短小、语言清典、风格古雅为文体特征，发展至宋代时，取得一定的突破，赞文数量空前且形态多样、异于前代。政黄牛是指释惟政（986—1049），一作惟正，俗姓黄，字焕然，秀州华亭（今属上海）人，幼孤为童子，有卓识，后为大僧，住余杭功臣山净土院，出入常跨黄牛，世称政黄牛。其事《禅林僧宝传》和《罗湖野录》有载。

有多名宋代诗僧为惟政作过赞文，均名《政黄牛赞》。如释心月云："肩耸湖山瘦，眼明湖水秋。往来谁是伴，白鹭与黄牛。"释广闻云："人牛两相忘，又向桥边去。眼明双鹭鹚，无非是熟处。"释智遇云："犊角铜瓶挂晓烟，溪山多是往来篇。不知底事吟情险，吹浇秋风白鸟边。"释绍昙云："一生孤苦窃诗名，沉醉风烟两眼青。黄犊不曾知稼穑，引渠吟得瘦玲珑。"众诗僧大都以黄牛入诗，并从不同侧面对惟政进行了颂扬，而释慧开的诗则将《禅林僧宝传》和《罗湖野录》中所载惟政的几件事进行了高度浓缩，如骑黄牛的爱好，拒绝"使祷观音像以求阴相"和朱绍安钱财，以橘皮汤招待来访禅师，拒绝参加高官举办的宴会等，无不体现其安贫、豁达、豪放、随心、崇尚自然、用心参佛的品性，有值得世人学习的地方。

【话】

陈皮，为芸香科柑橘属植物橘及其栽培变种的干燥成熟果皮，入药以陈久者为佳，故名陈皮，又名橘皮、贵老、红皮等，主要产于广东、福建、四川等地。根据产地不同，陈皮可分为川陈皮、广陈皮等。川陈皮由川红橘制成，广陈皮由茶枝柑制成。

陈皮味辛、苦，性温，归脾、肺经，具有理气健脾、燥湿化痰的功效，主要用于脘腹胀满、恶心呕吐、咳嗽痰多、食少便溏等的治疗。现代药理研究显示，陈皮中主要含有挥发油、陈皮苷和多种微量元素等。陈皮所含的挥发油可促进消化液分泌、排除肠内积气且有祛痰作用；陈皮醇提取物能兴奋心肌；陈皮中的果胶对动脉硬化有一定预防；陈皮苷有显著抗脂化和抗氧化作用。陈皮中多种微量元素能提高人体免疫力，临床被广泛应用于各种消化系统和呼吸系统疾病。

《神农本草经》中将陈皮列为上品，曰"橘柚味辛温，主胸中瘕热逆气，利水谷，久服，去臭下气，通神，一名橘皮"。明李时珍《本草纲目》则谓陈皮"苦能泄，能燥，辛能散，温能和，其治百病"。民间亦有"一两陈皮一两金，百年陈皮胜黄金"的说法，说明陈皮具有很高的药用价值，广受欢迎，且以陈者为佳。同时陈皮也是食疗养生中的常用之物，元代《饮膳正要》中约20%的食疗养生方都使用了陈皮。取陈皮3~6克、普洱茶6克，泡茶饮，每日1剂，有祛除口腔异味、保护牙齿、降脂减肥、防辐射、醒酒等多种功效，故有"益寿茶"的美誉，可延年益寿。取陈皮3~6克、山楂15克，沸水冲泡，作茶饮，每日1剂，能够去食积、降血脂，加强对血管的清洁，适合高脂血症、心脑血管疾病患者的日常保健。

《名医别录》中记载陈皮"下气，止呕咳……主脾不能消谷，气冲胸中，吐逆霍乱，止泄"。陈皮和大枣合用具有益气健脾、健脾消食的功效，取陈皮6~

9克、大枣6克，沸水冲泡，作茶饮，每日1剂，可以促进消化，美容排毒。取陈皮3克、姜丝3克，沸水冲泡，作茶饮，每日1剂，具有宽胸理气、温胃祛寒功效，适合风寒感冒、咳嗽痰少、胃寒腹胀的人群。

陈皮辛香而行，疏理气机、条畅中焦而使之升降有序。用陈皮9克、赤小豆30克、薏苡仁30克、粳米50克熬粥食用可健脾祛湿，利水消肿，用作脘腹胀满、食欲减退、四肢浮肿、小便不利等的辅助治疗。陈皮长于顺气宽膈，行滞去痰。对于湿痰为患、土不生金、肺失宣降而出现的咳嗽痰多、恶心呕吐、肢体困重等症状，可用半夏9克、陈皮15克、茯苓9克、甘草6克燥湿化痰，理气和中，是一切痰饮的通用方。

注意事项：陈皮具有温燥之性，气虚证、阴虚证、吐血证及内有实热者忌服。

（王安安　张天嵩）

鸡内金

鸡内金

【诗】

宋梅尧臣《使者自随州来，知尹师鲁①寓止②僧舍，语其处物景甚详因作诗以寄焉》：

驿使③话汉东，故人④迁谪⑤处。

所居虽非居，有树即嘉树⑥。

日膳或⑦鸡肶⑧，时蔬多茼芋⑨。

夜堂蛇结蟠⑩，昼户鹊噪聚⑪。

著书今未成，爱静已得趣。

予⑫欲访其人，炎蒸⑬未能去。

[注释]

①尹师鲁：尹洙，字师鲁，宋河南(今河南洛阳)人，作者与尹洙创作多首唱和诗。

②寓止：寄宿，留住。宋秦观《书王氏斋壁》云："余先大父赴官南康道，出九江，余实生焉。满岁受代，犹寓止僧舍。"

③驿使：古代驿站传送朝廷文书者。

④故人：旧交，老朋友。

⑤迁谪：贬官。唐白居易《琵琶行》云："始觉有迁谪意。"

⑥嘉树：佳树，美树。

⑦或：表示选择或列举。

⑧鸡肶：鸡杂之一，鸡的胃脏，即鸡郡肝、鸡内金。鸡无牙齿，常吞食小石子，储于鸡肶里帮助消化。杀鸡后，取出鸡肶，立即取下内壁，洗净，晒干，可

以生食或炒用。

⑨荀芋：芋头。

⑩结蟠：同"蟠结"，盘曲纠结，互相勾结，犹聚集。宋苏轼《孙莘老寄墨四首》其三云："晴窗洗砚坐，蛇蚓稍蟠结。"

⑪噪聚：喧嚣群集。

⑫予：同余，我。宋周敦颐《爱莲说》云："予独爱莲之出淤泥而不染。"

⑬炎蒸：暑热熏蒸，指炎热地区。唐杜甫《热三首》其三云："炎羲炎蒸景，飘飘征戍人。"宋柳永《玉山枕》云："当是时，河朔飞觞，避炎蒸，想风流堪继。"

[背景与赏析]

梅尧臣（1002—1060），字圣俞，北宋著名现实主义诗人，宣州宣城（今属安徽）人，宣城古称宛陵，世称其为宛陵先生。梅尧臣曾与欧阳修、苏舜钦等人一起发动了诗文革新运动，打破了西昆体辞藻华丽但内容空虚的诗风，为宋诗开辟出一条新的道路，开启了"唐音"向"宋调"的转变。梅尧臣一生以诗闻名，与苏舜钦合称为"苏梅"，与欧阳修合称为"欧梅"。南宋陆游对梅诗推崇备至，认为梅诗"方落笔时，置字如大禹之铸鼎，练句如后夔之作乐，成篇如周公之致太平，使后之能者欲学而不得，欲赞而不能，况可得而讥评去取哉"。

离开洛阳许久之后，洛阳的许多人与事都让梅尧臣难以忘怀，而尹洙就是其中之一，离开洛阳之后，虽不能相见，但还是以书信保持联系。梅尧臣得知尹洙寄宿在僧舍便执笔写下这首唱和诗：文书使者提起的汉东是老友被贬官的地方，僧舍常规并不是用来居住的，但有树木花草便是宜居的。白天可以食鸡肫，时蔬多为芋头，晚上野蛇纠集盘结，白天喜鹊喧嚣群集，好不热闹！我还没完成书籍写作，却已获得别样的乐趣，我想来拜访，但因天气炎热不便动身。其实梅尧臣所在地与洛阳相距不远，他也时常往来于两地，但还是万分思念友人，表现了其对友人的深沉情感。

【话】

鸡内金，为雉科动物家鸡的干燥砂囊内壁，是鸡胃中一层黄褐色的角质内壁，是鸡的消化器官。鸡内金最早记载于《神农本草经》丹雄鸡项下，书中称其为"鸡肶胵里黄皮"，列为上品。张锡纯曾在《医学衷中参西录》曰："鸡内金，鸡之脾胃也，中有瓷、石、铜、铁，皆能消化。"

鸡内金味甘，性平，归脾、胃、小肠、膀胱经，具有健胃消食、涩精止遗、通淋化石的功效。现代药理研究发现，鸡内金中主要含有蛋白质如胃蛋白酶、淀粉酶、类角蛋白等，多种氨基酸如精氨酸、亮氨酸、酪氨酸、缬氨酸、天冬氨酸、苏氨酸等，微量元素如钾、镁、钙、锰、铜、锌、铁等成分。其具有调节胃肠道运动、调节消化液分泌、保护胃肠道、调节血糖血脂、改善脂代谢紊乱和血液流变学、调节内分泌、抗肾结石、解酒等作用。

鸡内金既可药用又可食用，目前炮制方法主要有生用（原药材，除去杂质，洗净，干燥，捣碎）、砂炒、炒、醋制等四种。如果要取健脾消食之功，则选用生鸡内金。因为未经炮制的鸡内金，能最大限度地保持各种成分的活性，从而发挥健胃消食的作用。生鸡内金质地坚硬，建议研末冲服，每次 3 克，效果最佳。或取鸡内金 9 克、山药 30 克，水煎取汁，调入蜂蜜 15 克搅匀，有益脾胃、消积化滞的功效，适用于食欲缺乏、消化不良。或取鸡内金 6 克、大米 50 克，将鸡内金炒香研末备用，大米淘洗，加适量清水，煮粥，待粥成时加入鸡内金粉再煮片刻即可，适用于急慢性肠炎患者。另可取鸡内金 1 个、薏苡仁 30 克、粳米 50 克洗净同煮成粥，有利湿、健胃消食的功效。

鸡内金可用于胆结石和泌尿系统结石的预防和治疗，可直接研末冲服，每次 1.5~3 克，置于杯中，冲入适量开水，15 分钟后即可饮用。如害怕口服黑枣、柿子等引起的胃石症，在饭前一小时送服适量的鸡内金粉，能起到很好的健胃消食作用。对于患有肾结石的人群，可服用鸡内金后慢跑，有助于利尿通畅，排出结石。早晚空腹时，将鸡内金粉用黄酒或白酒送服，不仅能起到止痛的作用，还能治疗夜梦遗精。

鸡内金还有固精缩尿的功效，此时要用炒鸡内金，炒鸡内金至味焦枯，更能增强补肾作用，可治疗男子遗精、小儿遗尿，如清沈维基《沈氏经验方》中治疗夜梦遗精，就是鸡内金焙干为末，每服 3 克，和酒空腹时服用。因小儿尿床除了肾气不固，往往伴有心火亢盛，鸡内金能够泻心补肾，双管齐下，尤为合适。

鸡内金粉还能治疗口腔溃疡。可用鸡内金粉涂抹于溃疡面，以能盖溃疡面为宜，每日数次，鸡内金粉不必清除，可随唾液咽下。

注意事项：肠胃湿热泄泻、外感发热、脾虚且无积食者禁服。

（王哲睿）

玫瑰花

【本草】

玫瑰花

【诗】

宋张镃《春风》：

> 春风①日日过东墙，睡起人闲②蝶自忙。
>
> 吹尽玫瑰能底③惜④，只缘⑤销⑥去一年香⑦。

[注释]

①春风：春天的风。唐杜牧《赠别》云："春风十里扬州路。"

②闲：空暇、不忙迫。

③能底：亦作能地。犹言这样，如许。宋杨万里《望姑苏》云："最爱河堤能底巧，截他山脚不胜齐。"

④惜：惋惜，感到遗憾，哀痛。汉司马迁《报任安书》云："惜其不成，是以就极刑而无愠色。"

⑤缘：因为，由于。宋苏轼《题西林壁》云："不识庐山真面目，只缘身在此山中。"

⑥销：同"消"，消除，消散，消减，消失。

⑦香：香气，芳香的气味。唐杜甫《绝句二首》其一云："迟日江山丽，春风花草香。"

[背景与赏析]

张镃（1153—1221?），原字时可，因慕郭功甫，故易字功甫，号约斋居士，先世成纪（今甘肃天水）人，南宋文学家，出身显赫，是南宋名将张俊曾孙、刘光世外孙，为张氏家族由武转文过程中的重要人物，能诗善词，又善画竹石古木。张镃先后学诗于杨万里、陆游等，并深得杨万里"诚斋体"的精髓，极富才情，词风清丽和婉，写景咏物，尤为工细。他与尤袤、杨万里、辛弃疾、姜夔等皆交游，多有唱和。

玫瑰如此娇艳，引来蝴蝶翩翩，出于众花之上，可是禁不起春风吹拂，香逝花折，备受冷落，惹人怜惜。通篇意境清幽，展现了诗人对自然界景物敏锐的观察力、感受力及表现力。本诗在意境上以"春愁"统摄全篇，虽不露一"愁"，但"吹尽""销去"等动词，以及玫瑰情态变化，曲折隐晦地反映诗人面对命运艰险的恐惧和对"人无千日好，花无百日红"的感慨。

【话】

玫瑰花原产我国，又名徘徊花、笔头花、湖花，早在秦汉时代就已引入宫苑栽植，在我国主要产于江苏、浙江、山东等地。山东济南平阴县盛产玫瑰花，那里的玫瑰花瓣厚大，颜色鲜艳，有"玫瑰花之乡"美誉。在西方，玫瑰是美神的化身，在浪漫的日子，很多人互送玫瑰表达爱意。在中国，玫瑰是一种集药用、食用、观赏于一身的花卉，备受推崇和喜爱。

入药的玫瑰花，为蔷薇科植物玫瑰的干燥花蕾，味甘、微苦，性温，归肝、脾经，具有行气解郁、和血、止痛功效，主要用于治疗胸腹胀痛、乳房疼痛、月经不调、跌打损伤等。玫瑰花入药有紫、白二种。清赵学敏《本草纲目拾遗》中言玫瑰"有紫、白二种，紫者入血分，白者入气分"。现代药理研究发现，玫瑰花主要含有挥发油、有机酸、β-胡萝卜素等成分。玫瑰花中的β-胡萝卜素可抗氧自由基，抵抗衰老。玫瑰花含有的营养素可促进血液循环，增强机体免疫力。玫瑰花含有芳香类挥发物质，能开窍理气，提神醒脑。玫瑰花香气最浓，清而不浊，和而不猛，可闻、可食、可用于沐浴，已被广泛用于缓和情绪、调节内分泌、美容养颜及防治妇科病的临床治疗。

明姚可成《食物本草》言："食之芳香甘美，令人神爽。"张山雷所著《本草正义》中极赞玫瑰，认为其是气分药中"最有捷效而为最为驯良者，芳香诸品，殆无其匹"。最简单的食用方法：取玫瑰花6~9克，开水冲泡代茶饮，可作为健康人群的保健品，或作为肝气郁结病症患者的辅助治疗。取玫瑰花3克、柠檬2片、菊花6克，沸水冲泡，代茶饮，每日1剂，可提高皮肤新陈代谢能力，改善痘痘肌。取玫瑰花3~6克、大枣9克、枸杞子15克、龙眼肉6克，沸水冲泡，代茶饮，每日1剂，可补益气血，增强免疫力，是适合经常熬夜人群的日常保健茶饮。

明李时珍《本草纲目》云："玫瑰纯露气香而味淡，能和血平肝、养胃宽胸散郁。"玫瑰花、月季花各9克，益母草、丹参各15克，煎30分钟，代茶饮，每日1剂，可用于治疗痛经和经期紊乱。取玫瑰花3克、佛手3克，沸水冲泡，代茶饮,可疏调肝气,治疗肝郁气滞,症见胸腹胀痛、乳房疼痛、恶心呕吐等。

《本草再新》载玫瑰花有"舒肝胆之郁气"。诸郁总以气郁为先,气郁难以通达,则痰、湿、食、血、火郁随之并起,百病诸生。《戴祖铭方》中载一方,取玫瑰花 6 克、绿萼梅 6 克、佛手花 6 克、厚朴花 6 克、姜半夏 5 克、白茯苓 10 克、远志 10 克、白芍 10 克、甘草 3 克,加水煎 30 分钟,每日 1 剂,日服 2 次,可理气开郁,降逆化痰,治疗妇女更年期综合征,症见急躁易怒、潮热汗出、失眠多梦、喉间有痰却不影响吞咽等。

可以利用玫瑰花的芳香特性,或与其他芳香类药物一起泡水代茶饮或漱口,除口中异味,如玫瑰花 3~6 克、陈皮 3~6 克;或玫瑰花 3~6 克、荷叶 3~6 克;或玫瑰花 3~6 克、佩兰 6~9 克等。

注意事项:阴虚有火者忌用玫瑰花。

(王安安)

杏 仁

【本草】

杏仁

【诗】

宋苏轼《次韵田国博①部夫南京见寄二绝》：

岁月翩翩②下坂轮③，归来杏子已生人④。

深红⑤落尽东风⑥恶，柳絮榆钱⑦不当⑧春。

火冷⑨饧稀⑩杏粥稠，青裙⑪缟袂⑫饷⑬田头。

大夫⑭行役⑮家人怨，应羡居乡马少游⑯。

[注释]

①田国博：指田叔通，宋神宗元丰元年（1078）以国子博士为徐州通判，督部夫役。国博，国子博士的简称，官名，晋代始置，其后历代沿置，国子监属官，是国子学授业的最高学官。

②岁月翩翩：一般感慨岁月的流逝，回不到从前。

③下坂轮：坂，山坡、斜坡。南朝宋范晔《后汉书·统传》云："采土筑山，十里九坂。"轮，车轮，引申为车子。南朝梁简文帝《长安道》云："椎轮抵长乐。"下坂轮，比喻岁月快速流逝。唐白居易《春游》云："我今六十五，走若下坂轮。"

④人：果仁。《尔雅·释木》云："核者，人也。古曰核，今曰人。"清段玉裁《说文解字注》云："果人之字，自宋元以前《本草》方书，诗歌记载，无不作人字。自明成化重刊《本草》，乃尽改为仁字，于理不通。"

⑤红：红花，花。唐杜甫《春夜喜雨》云："晓看红湿处，花重锦官城。"

⑥东风：春天的风，亦有用代指春天。如唐罗隐《绵谷回寄蔡氏昆仲》云："前值东风后值秋。"

⑦榆钱：榆荚。榆树未生叶时，先在枝间生荚，荚小如钱，故以"钱"名，荚老呈白色，随风飘落。

⑧不当：不算。

⑨火冷：火，炭火。火冷是指天色已晚，炭火已经熄灭了。

⑩饧稀：饧同糖，故此处即为糖稀，是糖的一种，亦称"饴糖"。饴糖是一种中药，可补脾益气，缓急止痛，润肺止咳，治疗脾胃气虚、中焦虚寒、肺虚久咳等。

⑪青裙：青布裙子，古代平民妇女穿的服装。

⑫缟袂：白衣。

⑬饷：给田里耕作的人送饭食。

⑭大夫：古代官名。西周以后先秦诸侯国中，在国君之下有卿、大夫、士三级。后世遂以大夫为一般任官职。此指田叔通。

⑮行役：旧指因服兵役、劳役或公务而出外跋涉。

⑯马少游：汉将马援从弟，其志向淡泊，知足常乐，无意功名，认为优游乡里即足以了此一生。后世常把马少游作为不求仕进，满足于平常生活的典型。

[背景与赏析]

苏轼是北宋文坛上独领风骚的大文豪，在诗、词、散文、书、画等方面取得了很高成就。苏轼于嘉祐二年（1057）进士及第，宋神宗时曾在凤翔、杭州、密州、徐州、湖州等地任职；熙宁十年（1077）四月至元丰二年（1079）三月，在徐州任知州，该诗即是元丰二年（1079）二三月作于徐州。

次韵，也称为步韵，是古时旧体诗词写作的一种形式，指在赠答诗中，仿他人来诗的韵字次第作诗回赠。田叔通元丰元年（1078）任徐州通判，是苏轼的同事，两人多有唱酬，如苏轼诗有《和田国博喜雪》《留别叔通、元弼、坦夫》等，但《全宋词》未收录田叔通的诗，仅有"铸剑斩佞臣"句。笔者根据苏轼诗推测，应该是田叔通从南京来信，告诉苏轼自己在南京督部服役的情况，苏轼作诗作为回赠。自秦汉至清代，都有各自的徭役制度和名目繁多的徭役，在宋代可分为职役和杂徭，夫役可能是杂徭中的一种，比较辛苦，主要工作是治河、修堤、挖渠、修路、土建、筑城等。宋代夫役还有一个显著的特点是兵夫同役，如宋真宗时，洺州推官祖百世"监督兵夫"塞漳河水口。

苏轼回赠田叔通的诗有两首。第一首是叹息时间飞逝，虽然杏子初成、红花落尽、柳絮飞舞、榆钱万叠等都是春天常见景物，但不同的人可能会因所处环境不同而有不同的心绪，或喜，或悲，皆有可能。第二首通过对妻子给参加夫役的丈夫送午饭的情形，以及官员的家人对行役官员的埋怨的描绘，侧面写出当时夫役之苦。最后一句，似是玩笑话——早知道工作这么辛苦，还不如学学马少游优游乡里，不用出差好呢。

本草诗话

【话】

杏仁，为落叶乔木植物杏或山杏的种子，别名杏子、木落子、杏梅仁等，主要产于我国东北、内蒙古、华北、西北、新疆及长江流域各地。杏仁有南杏仁和北杏仁之分。南杏仁又叫甜杏仁，表皮色浅，体积较大，味道甜美，长于润肺止咳，可以用来治疗肺虚咳喘、肺燥咳嗽等疾病。北杏仁又叫苦杏仁，表皮色深，体积较小，味道苦涩，长于降气止咳化痰，多用于痰壅气逆、咳嗽气喘等。苦杏仁有微毒，临床应用时须经加工炮制才可入药。苦杏仁的药力虽强于甜杏仁，但作为食疗而非入药时，还是以甜杏仁多用。

杏仁味苦，性微温，归肺、大肠经，具有止咳平喘、润肠通便功效，常用于治疗咳嗽气喘、肠燥便秘。现代药理研究发现，杏仁中主要含有脂肪酸、蛋白质、糖类、多种维生素和微量元素。杏仁苷能镇咳平喘，使咳嗽减轻，促进痰液排出；杏仁中的脂肪油脂能提高肠内容物对肠黏膜的润滑，促进排便，且能改善痤疮、皮肤色素沉着；杏仁蛋白能抗炎止痛等。杏仁已被广泛用于肺炎喘嗽、习惯性便秘等的临床治疗。

古人常把杏仁用作美容养颜之品。早在春秋时代，郑穆公的女儿夏姬就喜食杏仁驻颜悦色，她终老的时候，色颜不衰；我们熟悉的唐代大美女杨贵妃就喜欢用杏仁粉外用涂抹在脸上，使其面色润泽，颜如玉。日常用杏仁9克加沸水冲泡20分钟代茶饮，每日1剂，有润肤美肌功效。

明兰茂《滇南本草》言杏仁"止咳嗽，消痰润肺，润肠胃"。杏仁味苦降泄，宣肃肺气而能止咳平喘。取杏仁6~9克、桑叶9克、菊花9克，沸水冲泡20分钟，代茶饮，每日1剂，有疏散风热、止咳平喘的功效，可用于感冒后咳嗽胶固难解。秋季天气干燥，容易滋生燥邪，而燥邪干涩，最容易影响肺的生理功能。取杏仁9克、雪梨1个，放于锅内，隔水炖1个小时食用，适用于秋燥干咳或口干咽燥者的日常保健。取杏仁9克、百合30克、莲子30克、粳米60克，熬粥食用，不仅味道甘甜可口，又有宁心安神、润肺止咳的功效，适合阴虚燥咳、失眠多梦、精神恍惚者。

杏仁可开通阻塞，润肠通便，取杏仁6~9克、黑芝麻10克、大米100克，熬粥食用，有益血、润肠的功效，可用于老年人肠燥精亏便秘的辅助治疗。

杏仁有"宣肺降气"特性，和薏苡仁相配既可宣泄肌表水湿，又能轻清渗利燥热，取杏仁6克、麻黄6克、薏苡仁12克、甘草3克，水煎30分钟，每日1剂，具有发汗解表、祛风除湿的功效，临床可以用于风湿热痹引起的肢体酸痛的治疗。

注意事项：阴虚咳喘及大便溏泄者忌用。

（王安安　张天嵩）

罗汉果

【本草】

罗汉果

【诗】

宋林用中《赋罗汉果》：

团团①硕果②自流黄③，罗汉芳名④托⑤上方⑥。

寄语⑦山僧留待客⑧，多些滋味煮成汤。

[注释]

①团团：凝集或集合的样子。南朝谢惠连《七月七日夜咏牛女》云："团团满叶露。"

②硕果：大的果实。

③流黄：褐黄色。

④芳名：美好的名声。唐薛存诚《御制段太尉碑》云："青史应同久，芳名万古闻。"

⑤托：寄托、依靠。唐王勃《滕王阁序》云："今晨捧袂，喜托龙门。"

⑥上方：住持僧居住的内室。这里借指佛寺。

⑦寄语：寄托希望的话。南朝宋鲍照《代少年时至衰老行》云："寄语后生子，作乐当及春。"

⑧待客：待，招待，照顾。客，来宾，宾客。元关汉卿《谢天香》云："相公前厅待客。"

[背景与赏析]

林用中(生卒年不详)，字择之，一字敬仲，号东屏，又号草堂，宁德古田(今属福建)人，宋代文学家，曾从朱熹学习，立志求"明德、新民、止于至善"之学，终不求仕进，古田设馆授徒，主讲溪山书院，著有《东屏集》《草堂集》等。

罗汉果与佛教渊源颇深。罗汉果的根多年生，肥大、呈纺锤形或近球形，形似佛教中所说的罗汉，故有罗汉之名。

这首诗语言简单朴实，却又执着有力，生动形象地描绘了罗汉果的外形、颜色等，罗汉果是椭圆形的，果皮深褐色，果肉硕大饱满；假托罗汉之名，用"多些滋味"告诉后世如何才能修成佛家至道，理真情切。明冯梦龙《醒世恒言》言"不是一番寒彻骨，怎得梅花扑鼻香"，花要不是经受住一次次风霜摧折，哪会有素馨沁人的花香？浮生若茶，甘苦一念，茶叶因沉浮才释放清香，没有起伏的人生是没有余味的。《西游记》中唐僧师徒历经九九八十一难取得真经。要想获得涅槃（佛家最高境界），绝不是一蹴而就的。"艰难困苦，玉汝于成"，贫穷、低贱、忧伤、灾难等"多些滋味"往往像打磨玉石一样磨砺人的意志，以苦为阶，终有所成。

【话】

罗汉果，葫芦科多年生藤本植物的果实，别名拉汗果、假苦瓜等，主要分布在我国南方的广西、广东、湖南等省。罗汉果分布并不均匀，其中广西桂林市永福县和临桂区为罗汉果栽培起源中心。

罗汉果味甘，性凉，归肺、大肠经，具有清肺利咽、化痰止咳、润肠通便的功效，主要用于治疗咳喘、咽痛、便秘等。现代药理研究发现，罗汉果主要含有三萜苷类、黄酮类、果糖等成分。罗汉果甜苷有化痰镇咳作用；罗汉果中的三萜皂苷有降血糖的作用；罗汉果糖苷能够降低因低密度脂蛋白偏高而引起的动脉粥样硬化的风险。罗汉果果叶和茎的乙醇提取物对龋齿有抑菌作用等。其已被广泛应用于急慢性支气管炎、上呼吸道感染、急性咽炎、习惯性便秘等的临床治疗。罗汉果中含有一种比蔗糖甜 300 倍的甜味素，但它不升高血糖，现在已经成为许多饮料制品的重要甜味素。

罗汉果作为具有药食两用价值的植物资源，是我国著名特产和传统出口商品之一。明崇祯年间的知州马光在《记略》中记述了寺中僧人以"罗汉果茶"待客，并以此果作为常年佛前供果的事。民间也有诗《岭南桂林罗汉果》云："岭南有神果，医食两相宜。"在国外，罗汉果也久负盛名，东南亚和西方国家把罗汉果称作"东方神果"和"长寿之果"。将罗汉果 1/2 个压碎，与粳米 100 克熬粥食用，具有美容养颜、健肠胃的功效。用罗汉果 1/4 个、陈皮 3 克加水煮沸后，代茶饮，每周 1 次，有清热润肺、润肠通便的功效，可将其作为日常保健茶饮。

《中药大辞典》载罗汉果"清肺润肠。治百日咳、痰火咳嗽、血燥便秘"。罗汉果长于利咽止痛，用罗汉果 1 个和金银花 30 克加水煎 30 分钟，代茶饮，每日 1 剂，具有清热解毒、祛火利咽作用，可用来治疗急性咽炎。用罗汉果 1/3 个、石斛 15 克、枸杞子 15 克加水煎 30 分钟，代茶饮，每日 1 剂，具有滋阴明目、益胃生津、养颜护咽的功效，适合长期在电脑旁工作、熬夜、咽痛不适者。用罗汉果 20 克、无花果 20 克，切片，沸水煎煮 15 分钟后代茶饮，对风热袭肺引起的声音嘶哑者也有较好的疗效。用罗汉果 1 个、柿饼 3~5 个加水适量，煎煮代茶饮，每日 1 剂，具有清肺润肺功效，味道香甜可口，适用于小儿百日咳的辅助治疗。

民国时期萧步丹所著《岭南采药录》中称罗汉果"理痰火咳嗽"，罗汉果是天然的"止咳剂"。用罗汉果 1/4~1 个、白前 6 克、百部 6 克、桔梗 6 克、桑白皮 9 克，水煎 30 分钟，每日 1 剂，可用于治疗肺热、肺燥咳嗽。

注意事项：罗汉果性寒，脾胃虚寒者忌服。

（王安安）

佩 兰

【本草】

佩兰

【诗】

唐陆龟蒙《美人》：

美人抱瑶瑟①，哀怨弹别鹤②。雌雄南北飞，一旦异栖托③。

谅非金石④性，安得宛如昨。生为并蒂花⑤，亦有先后落。

秋林对斜日，光景⑥自相薄⑦。犹欲悟君心，朝朝佩兰若。

[注释]

①瑶瑟：用玉装饰的琴瑟。

②别鹤：指《别鹤操》，乐府琴曲名；后用为哀伤夫妻被迫离异的典故，亦用为伤别离之典。

③栖托：栖，鸟在树枝或巢中停息。栖托，寄托、安身。

④金石：金和美石之属，常用以比喻事物的坚固、刚强，心志的坚定、忠贞。

⑤并蒂花：两朵或两朵以上的花并排长在同一根茎上，常见用法为"花开并蒂"，引申意为男女合欢或夫妻恩爱。

⑥光景：光阴、时光，指代生命或生活。

⑦薄：迫近，靠近。

[背景与赏析]

陆龟蒙（？—约881），字鲁望，自号天随子、江湖散人、甫里先生，长洲（今属江苏苏州）人，唐代诗人、农学家。陆龟蒙与皮日休齐名，人称"皮陆"，两人多有诗相互唱和。陆龟蒙生于官僚世家，前半生热衷仕途，在其《别离》诗中说，"所志在功名，离别何足叹"，后半生却以农为业，在乱世之中逐渐形成了一种超越现实的淡泊心态。其诗作以写景咏物为多，小品文写闲情别致，其修身持家、治国平天下的理想每见于笔端，亦有愤慨世事、忧念生民之作，自成一家。

陆龟蒙的这首诗作描绘了一位女子的相思之苦和哀愁之情。一位美人抱着瑶瑟，哀怨地弹唱着一曲《别鹤操》。一天，雌雄鹤南北分飞，各自在两地寄身。料想他并非有金石一样坚固不变的性格，哪里能一直像过去一样爱我呢？就算生来是并蒂的花朵，凋落亦分前后。秋天的树林对着斜阳，时光逐渐向日暮迫近。我仍想要明白你此刻的心，希望每天都能如佩兰一样高洁不变。

【话】

菊科植物佩兰(兰草)为多年生草本，又名鸡骨香、水香、兰草、千金草、醒头草等，分布于河北、山东、江苏、广东、广西、四川、贵州、云南、浙江、福建等省区。佩兰可以说是一味古老的药材，屈原《离骚》中"扈江离与辟芷兮，纫秋兰以为佩"的"纫兰佩芷"，说的就是佩兰和白芷，只是彼时佩兰基本是被人们当作一种能"辟邪"的香草来认知的，而《神农本草经》将佩兰列为上品，认为其"主利水道，杀蛊毒，辟不祥""久服益气，轻身不老，通神明"。

佩兰以全草入药，味辛，性平，归脾、胃、肺经，具有解暑化湿、辟秽和中的功效，可用于暑湿、寒热头痛、湿浊内蕴、脘痞不饥、恶心呕吐、口中甜腻、消渴等的治疗。现代药理研究表明，佩兰含有挥发油、黄酮和生物碱等成分，具有抗炎、祛痰、抗肿瘤、抗菌、增强免疫力、兴奋胃平滑肌等作用。

佩兰具有芳香化湿的功效，可以改善口臭、口苦、口中甜腻等内湿症状，在现存最古老的中医书著作《黄帝内经》中就有用兰草治"脾瘅"口甘的记载。如，佩兰6克或鲜品15克、绿茶3克，用开水200~250毫升冲泡后饮用；或以佩兰3克、藿香3克、绿茶3克，开水250毫升冲泡后饮用，均可防治口臭口腻等。

佩兰可醒脾开胃，有助消化的作用。如，取佩兰6克、荷叶3克、陈皮3克，加水300毫升煮沸后取汁，冲泡绿茶饮用，具有醒脾开胃、消积化浊之功。

佩兰具有发热解暑的功效，可用于暑湿感冒的治疗和预防。如，取佩兰9克、藿香9克，放入清水中洗净，连同茶叶6克放入茶壶内，沸水泡10~20分钟，代茶饮，可以解暑热、止吐泻；或取佩兰叶、藿香叶、枇杷叶、鲜荷叶各9克，薄荷叶6克，冬瓜仁15克，鲜芦根30克，加水500毫升煎10~15分钟，代茶饮，适用于夏秋感受暑湿、脘闷泛恶、体倦纳少、咳嗽痰少、微热无汗、口中黏腻不爽或有甜味、小便黄赤短涩等症。

注意事项：阴虚、气虚者忌用。

（孙靖 张天嵩）

本草诗话

金银花

【本草】

金银花

【诗】

宋范成大《余杭》：

春晚山花各静芳，从教①红紫送韶光②。
忍冬③清④馥⑤蔷薇酽⑥，薰满千村万落⑦香。

[注释]

①从教：听任，任凭。宋韦骧《菩萨蛮》云："白发不须量，从教千丈长。"
②韶光：美好的时光，多指美丽的春光。
③忍冬：金银花的原植物。宋代《苏沈良方》云："春夏新叶梢尖，而色嫩绿柔薄，秋即坚厚，色深而圆，得霜则叶卷而色紫，经冬不凋。四月开花，极芬芳可爱，似茉莉瑞香，初色白，数日变黄。每黄白相间，故一名金银花。"
④清：清香，清馨，清醇。宋周敦颐《爱莲说》云："香远益清。"
⑤馥：香，香气。宋苏轼《千秋岁·湖州暂来徐州重阳作》云："秋露重，真珠落袖沾余馥。"
⑥酽：浓，味厚。
⑦落：居处，人所聚居的地方。唐杜牧《阿房宫赋》云："蠹不知其几千万落。"唐杜甫《兵车行》云："君不闻汉家山东二百州，千村万落生荆杞。"

[背景与赏析]

范成大（1126—1193），字至能，一字幼元，号石湖居士，平江吴县（今属江苏苏州）人，谥"文穆"，南宋名臣、文学家、诗人。其尤工诗，风格平易浅显、清新妩媚，诗题材广泛，以反映农村社会生活内容的作品成就最高，与杨万里、陆游、尤袤合称南宋"中兴四大诗人"。

古时杭州被称为余杭，又叫临安、钱塘，历来是诗人们吟诵的意象，如诗仙李白也曾留下了"诗成傲云月，佳趣满吴洲"的诗句，来赞美杭州美景令人流连忘返；白居易更在其诗中云，"东南山水，余杭郡为最"；杨万里《晓出净慈寺送林子方》云："毕竟西湖六月中，风光不与四时同。接天莲叶无穷碧，映日荷花别样红。"据查，诗人到杭州的时间点可能有两个，一是绍兴三十二年（1162），诗人前往临安监管太平惠民和剂局；二是乾道七年—九年（1171—1173），是诗人"南宅交广"之行的三年，曾途经余杭。范成大有一类诗，涉及行旅、山川和风物等，可以视为田园诗的拓展，主要描写了祖国的壮丽山河和人民的生活面貌。本诗应属于此类，主要描述了杭州附近山野的美丽风光。诗人在暮春时节，看到余杭山野山花烂漫，群花争艳，特别是金银花的清香、蔷薇花的浓香，使整个山野乡村充满着自然的香味。诗人以观、闻两种感官，给读者展现了一派江浙优美的田园风光。

【话】

金银花，又名二花、双花、金银藤、鸳鸯藤等，为忍冬科忍冬属植物忍冬干燥花蕾或待初开的花，其暮春开花，花初开则色白，经一二日则色黄，故名金银花；又因为一蒂二花，两条花蕊探在外，成双成对，形影不离，状如雄雌相伴，又似鸳鸯对舞，故有"鸳鸯藤"之称。全国除黑龙江、内蒙古、宁夏、青海、新疆、海南和西藏无金银花自然生长外，其余各省均有分布。金银花，既是美丽的观赏花木，也是重要的药用植物，全草又均可入药，素有"药铺小神仙"之美名。

金银花味甘，性寒，归肺、胃、大肠经，具有清热解毒、凉散风热的功效，主要用于痈肿疔疮、喉痹、丹毒、热毒血痢、风热感冒、温病发热等病症。现代药理研究表明，金银花富含黄酮类化合物、有机酸类、挥发油类、环烯醚萜类、豆甾醇、苯丙氨酸、胡萝卜苷、微量元素等有效活性成分，其中由木犀草素、苜蓿苷、槲皮素等成分组成的黄酮类化合物多具有抗炎、解热镇痛、抗氧化、调控血糖与血脂、抗肿瘤、增强免疫功能等药理作用；由绿原酸、异绿原酸等成分构成的有机酸类具有解热抗炎、抗菌、抗病毒、护肝利胆等药理作用；挥发油类则具有抗血栓聚集、保护神经、降脂降糖等作用；环烯醚萜类抗流感病毒作用较强。

金银花可清热解毒，且其气芳香，甘寒清热而不伤胃，芳香透达可祛邪，对各种热性病，如身热、发疹、发斑、热毒疮痈、咽喉肿痛等症，均有显著效果。取金银花30克，煎煮30分钟去渣取汁，另加白糖30克，代茶饮，可清热解毒、疏散风热。或取金银花30克、薄荷10克、鲜芦根60克，加水500毫升及适量白糖，共同熬煮成饮料饮用，具有清热凉血解毒，生津止渴的功效，适用于风热感冒、高热烦渴之人。以金银花为主要药物的银翘散，更是治疗急性感染性疾病的良方，而且在抗击新型冠状病毒感染时，指南"三方三药"中金银花不可或缺。

金银花亦是外科要药。宋陈自明《外科精要》记有金银花"治痈疽发背，不问发生在何处……皆有奇效"；金银花也可应用于阑尾炎、菌痢、肺炎等症。金银花煎水内服，并配合局部洗涤，对治疗疖、痈、丹毒和脓疱疮，都有良好疗效。如元罗天益《卫生宝鉴》中治疗发背、恶疮等，用金银花120克、甘草30克，为粗末，每次12克，以水、酒各半，煎至一半时，去渣，服用。

夏季用金银花泡茶饮用，有清凉解暑的作用，其是不可多得的消夏解暑良药，如取金银花50克、冰糖100克，加水1500毫升，浸泡半小时后熬煮成代茶饮，是夏季的上乘保健饮料。或取金银花9克，绿茶适量，以开水冲泡，放温后即可饮用。

注意事项：脾胃虚寒及气虚疮疡脓清者忌服。

（马成勇　张天嵩）

鱼腥草

【本草】

鱼腥草

【诗】

宋王十朋《蕺山》：

> 十九年间胆厌尝①，盘羞野菜当含香②。
> 春风又长新芽甲③，好撷④青青荐越王⑤。

[注释]

①"十九"句：厌，嫌恶。尝，辨别滋味。尝胆，典出汉司马迁《史记·越王勾践世家》云："越王勾践反国，乃苦身焦思，置胆于坐，坐卧即仰胆，饮食亦尝胆也。"

②"盘羞"句：盘羞，玉盘珍馐的缩略语，如唐李白《行路难》云："金樽清酒斗十千，玉盘珍羞直万钱"。羞，通"馐"，美味的食品。含香，带着香气。

③芽甲：草木初生而未放的嫩叶，引申为萌发、萌生。

④撷：摘下，取下。

⑤越王：指勾践，春秋时期越国君主。

[背景与赏析]

王十朋（1112—1171），字龟龄，号梅溪，温州乐清（今浙江省乐清市）人，南宋著名政治家、诗人，官员。宋高宗绍兴二十七年（1157）中状元，历任秘书郎、侍御史等职，数次建议整顿朝政，起用抗金将领；弹劾当朝宰相史浩及其党羽，并使之罢职，震动朝野。王十朋一生清廉，其妻贾氏亦十分贤德，忍贫好施，常以清白相勉。妻死却无钱将灵柩及时运回家乡安葬，他在《乞祠不允》诗中云"臣家素贱贫，仰禄救啼饥……况臣糟糠妻，盖棺将及期。旅榇犹未还，儿女昼夜悲"，不能不令人肃然起敬！

浙江绍兴城区东北面有一座小山，名叫蕺山，山上崖壁上刻有本诗。成书于宋朝的《会稽志》记载："越王嗜蕺，采于此山。"蕺山因为有了越王采食蕺草的故事，有了蕺山公园、蕺山小学、蕺山街道、蕺山亭等。这里的"蕺"，指的是鱼腥草。鱼腥草与勾践有关系，传说在春秋战国时期，吴越两国争霸，越国被吴国打败，越王勾践投降吴王之后，给吴王夫差做仆役。有一次，吴王病了，勾践就尝了夫差的粪便，然后告诉夫差他的病快好了。夫差一高兴，就把他给放回去了。东汉赵晔《吴越春秋》载："越王从尝粪恶之后，遂病口臭。范蠡乃令左右皆食岑草，以乱其气。"岑草就是鱼腥草。

【话】

鱼腥草原名蕺，又名岑草、菹菜、紫蕺、侧耳根、肺形草、臭腥草等。鱼腥草全株可食用，作为药材的是植物蕺菜的干燥地上部分——在夏季茎叶茂盛花穗多时进行采割，除去杂质和残根，洗净切段，晒干。我国食用鱼腥草的历史非常悠久，东汉张衡《南都赋》云："若其园圃，则有蓼蕺蘘荷。"南都即今天的河南南阳，是张衡的故乡。明李时珍将鱼腥草列为菜部，曰："其叶腥气，故俗呼为鱼腥草。"《本草纲目》说鱼腥草"生湿地，山谷阴处亦能蔓生，叶似荞麦而肥，茎紫赤色，山南江左人好生食之，关中谓之菹菜"。

鱼腥草味辛，性微寒，归肺经，具有清热解毒、消痈排脓、利尿通淋的功效。现代药理研究发现，鱼腥草含有挥发油、黄酮类化合物、生物碱、有机酸、脂肪酸、蛋白质、脂肪、碳水化合物、维生素、氨基酸、无机盐及多种微量元素等成分，具有抗炎、抗病毒、抗菌、抗肿瘤、抗氧化、抗血小板聚集、抗放射、抗过敏，以及降血糖、平喘镇咳、解热、镇静抗惊、抗抑郁和增强免疫力等作用。

本品以新鲜者为佳，以生食为好。如取鲜鱼腥草 250 克，洗净切成段，用盐水泡几分钟，沥干，加味精、精盐、花椒粉、辣椒油、白糖等拌匀即成，可佐餐食用。此宜用于各种细菌、病毒感染，如呼吸道感染、乳腺炎、蜂窝织炎、中耳炎、肠炎、痔疮便血及尿路感染等病症者。若不习惯鲜鱼腥草味道也可炒着吃，或与其他食材配合。鱼腥草适合体弱的人日常食用，作煎剂时不宜久煎，亦可外用，如捣敷，或煎汤熏洗等。

鱼腥草可以很好地清肺经热邪，有清热毒、排痈脓之功；可单用，也可与其他药物同用。如取生鱼腥草 60 克，捣汁服，可以用于肺痈(现代医学称肺脓肿)胸痛、咳吐脓血等症的辅助治疗；鱼腥草也可与桔梗、鲜芦根、瓜蒌皮、冬瓜子、生薏苡仁、桃仁、象贝等同用，如鱼腥草 30 克、桔梗 12 克，水煎服或研末冲服，每日 1 剂。将鱼腥草 30~60 克，置于猪肚子(1 个)中，扎定，以小火炖汤服，调味品适量，每日 1 剂，可用于肺结核病症见咳嗽盗汗者的辅助治疗。如要治疗扁桃体炎、咽炎等，可取鲜鱼腥草 250 克，略捣，绞取汁液，一日分 3 次服。

　　鱼腥草上清肺热，下利膀胱湿热，亦利大肠湿热，可用于消化道、泌尿道感染的辅助治疗。如治疗尿路感染，可取鱼腥草 30 克，水煎服，其也可用于妇科盆腔或阴道感染病见白浊、白带者的辅助治疗。取鲜鱼腥草 50~100 克（干品减半），水煎服；或鱼腥草 30 克、山楂炭 12 克，水煎，加蜂蜜适量调服，均可以用于痢疾的辅助治疗。

　　鱼腥草治痈肿疮疖、痔疮时，单味内服，或以鲜品外用，或与其他药物配合使用。如治痔疮、肛痈，鱼腥草 30 克，水煎服，再取渣熏洗；治疗疮作痛，可用鲜鱼腥草 60 克捣烂外敷，疼痛时，不可去草，痛后一二日愈。若疮疖红肿热痛明显，取鲜鱼腥草、鲜蒲公英各 60 克，共捣烂敷患处。鱼腥草适量，煎汤熏洗，可治疗妇女外阴瘙痒、肛痈。

　　鱼腥草还可用于其他炎症性疾病治疗。如，取鱼腥草 30 克、菊花 15 克，水煎 2 次，先熏眼，后服，每日 1 剂，可治疗急性结膜炎；取鱼腥草 180 克、白糖 30 克，水煎服，每日 1 剂，对治疗急性黄疸性肝炎有一定的帮助。

　　鱼腥草还具有通便作用，如取鱼腥草 15~30 克，用白开水浸泡 10~15 分钟后代茶饮，可防治习惯性便秘。

　　注意事项：体质虚寒、疔疮肿疡属阴寒、无红肿热痛的人不宜食用。

（孙靖　张天嵩）

珍　珠

【本草】

珍珠

【诗】

唐白居易《见李苏州示男阿武诗，自感成咏》：

遥①羡②青云③里，祥鸾④正引⑤雏⑥。

自怜沧海⑦伴，老蚌不生珠⑧。

[注释]

①遥：远。《徐霞客游记·后游黄山日记》云："可登而路遥。"

②羡：羡慕，因喜爱而希望得到。《淮南子·说林训》云："临河而羡鱼，不如归家织网。"

③青云：天空。

④祥鸾：凤凰，古代传说中的神鸟。此指李道枢，唐文宗开成二年（837）任苏州刺史，兼御史中丞。

⑤引：领导，带领。《史记·项羽本纪》云："项羽引兵西屠咸阳，杀秦降王子婴。"

⑥雏：幼禽。此指李道枢儿子。

⑦沧海：大海。此似指诗人的妻妾。

⑧珠：珍珠，古亦作真珠，蛤蚌壳内由分泌物结成的有光小圆体，可做装饰品，亦可入药。据民间传说，珠生于蚌，而蚌在海，每当月明夜静时分，蚌向月张开以养其珠，珠得光华而始光莹。老蚌生珠典出《三国志·魏书·荀彧传》裴松之注。东汉末，凉州牧韦端两个儿子韦康（字元将）、韦诞（字仲将）曾先后面见当时名士孔融，深得其赞赏和喜爱，孔融给韦端写信说："前日元将来，渊才亮茂，雅度宏毅，伟世之器也。昨日仲将又来，懿性贞实，文悧笃诚，保家之主也。不意双珠，近出老蚌，甚珍贵之。"老蚌生珠原比喻年老有贤子，后指老

年得子。宋苏轼诗词中多次用到这个典故，如《赠山谷子》诗云"笑君老蚌生明珠，自笑此物吾家无"，《虎儿》诗云"旧闻老蚌生明珠，未省老兔生於菟"。

[背景与赏析]

白居易与元稹共同倡导新乐府运动，世称"元白"，与刘禹锡并称"刘白"，三人多有以诗互赠、寄、唱、和、答。白居易与李道枢亦有交往，如其诗《会昌二年春题池西小楼》"苏李冥蒙随烛灭，陈樊漂泊逐萍流"中的"李"就是指李道枢。白居易结婚晚，因其母一如既往二十年反对他与自己初恋湘灵结婚，白居易发誓要以不与他人结婚来惩罚母亲，在三十六岁左右时才因母亲以死相逼而结婚，先后育四女而夭折三，因此常有老而无子之忧虑，看到好友李道枢炫耀自己儿子的诗，有感而发：一是羡慕好友有子，并以凤凰比拟李氏父子；二是感慨自己老而无子。据载，白居易蓄养的姬妾不少，可谓妻妾成群，据其自称是三年一换，如在《追欢偶作》中云"十载春啼变莺舌，三嫌老丑换蛾眉"，即使是这样也未能有子，其苦闷可知。所幸在公元 829 年，白居易五十八岁时得一子名阿崔，同年五十一岁的元稹也得一子名道保，于是白居易很高兴地给元稹写了首诗，题为《予与微之，老而无子，发于言叹，著在诗篇。今年冬各有一子，戏作二什，一以相贺，一以自嘲》，其诗曰："常忧到老都无子，何况新生又是儿。阴德自然宜有庆，皇天可得道无知。一园水竹今为主，百卷文章更付谁？莫虑鹓雏无浴处，即应重入凤凰池。五十八翁方有后，静思堪喜亦堪嗟。一珠甚小还惭蚌，八子虽多不羡鸦。秋月晚生丹桂实，春风新长紫兰芽。持杯祝愿无他语，慎勿顽愚似汝爷。"此诗表达了其老来得子之喜和对其未来的美好期望，只可惜，阿崔三岁时夭折，事见白居易《阿崔》《哭崔儿》《初丧崔儿报微之晦叔》等诗。

【话】

中国是世界上利用珍珠较早的国家之一，《尚书·禹贡》载"淮夷宾珠"，中国采珠历史早在 4000 年前的夏禹时代就已开始了，一般认为我国珍珠饰用始于东周，秦汉以后珍珠饰用日渐普遍。本品为珍珠贝科动物马氏珍珠贝、蚌科动物三角帆蚌和褶纹冠蚌等双壳类动物受刺激形成的珍珠，一般分为海水、淡水产两类，品质以产于广西合浦的海水珍珠为好。

本品甘、咸、寒、归心、肝经，具有安神定惊、明目消翳、解毒生肌、润肤祛斑的功效。现代药理研究表明，不同来源的珍珠所含化学成分略有差异，一般均含有无机元素，主要为碳酸钙、各种氨基酸等，具有抗衰老、抗氧化、抗肿瘤、促进创面肉芽增生等作用。本品作药用时，一般要照水飞法制成细粉：取净珍珠，加水适量共研细，再加多量水搅拌后，取混悬液，下沉部分再按上法反复操作数次，除去杂质，合并混悬液，静置后，分取沉淀，干燥，制成最细粉。珍珠粉按细度不同，一般可以分为普通珍珠粉（细度200目以上，可以达到国家基本要求）、超细珍珠粉（细度1000目以上或粒径15微米以下）、纳米珍珠粉（细度15万目以上或粒径100纳米以下）三种。如果购买珍珠粉，则要分清真、伪、劣，主要从质地、手感和气味上来辨别：粉末色泽洁白均匀、不含杂质；摸时手感细腻柔滑，易吸附于肌肤上；闻似有淡淡腥味，而绝无其他的异味，则质量比较好。珍珠粉多入丸散用，内服、外用均可，用量一般为0.1～0.3克。

珍珠（粉）自古就是一种天然的美容佳品，明李时珍《本草纲目》云，珍珠"涂面，令人润泽好颜色；涂手足，去皮肤逆胪……除面黚"，明确表明珍珠具有抗衰、美白、润肤、祛斑等功效。"逆胪"是中医的一种皮肤病名，隋巢元方云"手足爪甲际皮剥起谓之逆胪"；"黚"同"奸"，指皮肤黝黑粗糙。用法：以珍珠粉0.3克，直接均匀扑于面部，或分别以日常用护肤品、鸡蛋清、牛奶、浓茶水、润肤水、紧肤水等调和，敷面或轻轻按摩，以达到祛斑、去皱、美白等作用。但建议不要自磨珍珠粉，因为一般机器简单研磨后只能达50目以下，难以吸收其有效成分；而且粗大的颗粒，稍加按摩，会损伤细嫩的皮肤，皮肤敏感出现红血丝，很难恢复。

珍珠能清心、肝二经邪热，有安神定惊功效，口服可以用于心悸、怔忡、失眠等疾病；也能清肝明目，主治"目生云翳"。细度在2000～10000目的高质量珍珠粉才可以直接口服，每天0.3克，温开水送服或蜂蜜调服。正如《海南本草》所言："真珠……为药，须久研如粉面，方堪服饵。研之不细，伤人脏腑。"

以珍珠为主药的中成药如珠黄散、珠黄吹喉散、珍珠冰硼散、咽喉消炎丸等均可用于咽喉肿痛、口舌生疮等，取其解毒化腐作用。

注意事项：病不由火热者勿用，孕妇忌服。

（张天嵩）

茜 草

❦ • ❦

【本草】

茜草

【诗】

宋白玉蟾《春兴七首》其一：

> 茜草叶交萱草①叶，桃花枝映李花枝。
> 馊风馂雨②休相恼③，放我水边林下嬉④。

[注释]

①萱草：多年生宿根草本，又名黄花菜、金针、忘忧草、疗愁、宜男、鹿葱等，可供观赏，根可入药。

②馊风馂雨：馊，饭食经久变味。馂，吃剩下的食物。

③相恼：戏谑，引逗，撩拨。

④嬉：游戏，玩耍。

[背景与赏析]

白玉蟾(生卒年有争议)，原名葛长庚，字白叟、如晦、以阅、众甫，号海琼子、海蟾、云外子、琼山道人、海南翁、武夷翁，世称紫清先生；北宋琼山县(今海南省海口市琼山区)人，著名诗人、画家、书法家、哲学家，精通儒学、道学、佛学，被尊为道教金丹派南宗的创建人，中国文化史上有影响的海南籍第一人；著作有《海琼集》《金华冲碧丹经秘旨》《海琼白真人语录》《罗浮山志》《海琼白玉蟾先生文集》等。

白玉蟾的诗大体脱胎于晋人的游仙诗，故有"清空缥缈""雄博瑰奇""垂露涌泉之笔"等称誉。白玉蟾诗词立意往往高于生活实境，诗境几乎就是道教仙境了。其咏物诗一般有三层结构：以画引出仙，再以仙引出道，把现实景物、诗人意象、道教理念融为一体，艺术化地表达出来。初读此诗觉其过于写实平淡，无甚出彩；多读几遍后，细细品之，乃觉其有出世超脱之感，颇有道门逍遥物外之意味；复读之，竟有老庄"天地与我并生，而万物与我为一"之象，始知诗人确是得道真人矣。

【话】

茜草，又名蒨草、血见愁、地苏木、活血丹、土丹参、红内消、五爪龙等。是茜草科茜草属多年生草质攀缘藤本，常生于疏林、林缘、灌丛或草地上，分布于中国东北、华北、西北等地区，朝鲜、日本和俄罗斯远东地区亦有分布。

茜草是一种历史悠久的植物染料。《诗经》就有记载，如"东门之墠，茹藘在阪"就是描写茜草蔓生在坡上的情况；《国风·郑风》云"出其闉闍，有女如荼。虽则如荼，匪我思且。缟衣茹藘，聊可与娱"，是讲东门外美女如云，而"我"只想要那位衣着朴素、佩戴红巾的女子。"茹藘"本是茜草，这里指代用茜草染过的红色佩巾。《汉官仪》有云"染园出卮茜，供染御服"，可见当时茜草和栀子都是重要的染料植物，而且当时就有栽培；汉司马迁所著《史记·货殖列传》中，就有提到"及名国万家之城，带郭千亩，亩钟之田，若千亩卮茜，千畦姜韭，此其人皆与千户侯等"，这里的"卮茜"，"卮"是指栀子，"茜"指"茜草"，如果能种上千亩的栀子茜草、千畦葱姜韭菜，那么在当时就可以断为富贵人家了。

茜草入药的记录也很早。我国现存最早的医书《黄帝内经》中就载有"四乌贼骨一藘茹丸"的名方，方中藘茹就是茜草，是茜草入药的最早记载。茜草味苦、性寒，归肝经，能凉血止血，且能化瘀，凡血热妄行之出血证均可选用，兼瘀者尤宜。现代药理研究表明，茜草含有水溶性成分环六肽系列物、脂溶性成分蒽醌类、还原萘醌、糖苷、钙离子等成分，有止血、抗血小板聚集、升高白细胞、抗菌、镇咳祛痰、抗癌等作用。

茜草号称止血圣药，有止血而不留瘀、活血而不动血的特长，生用则以活血为主，炒炭则以止血为主，可用于身体不同部位的出血，如上则鼻出血、咯血、中则吐血，下则便血、尿血、妇女崩漏下血等。清李文炳《经验广集》记载，以茜草治疗妇女经水不通，即是取其活血的功效，用茜草30克，加适量黄酒煎，空腹服用。

取茜草10～15克、海螵蛸30克，水煎服，具有凉血止血、活血祛瘀、抗酸止痛的功效，可用于慢性胃炎、胃溃疡、妇女经闭等症的辅助治疗。以茜草9克、白茅根30克，水煎服，可治咯血、尿血。取猪蹄2个，洗净剁成小块，茜草10～15克，用纱布包好，大枣10枚，三者一起放锅中煮至猪蹄熟烂，除去茜草可食，具有滋阴养血、凉血止血功效，适用于鼻衄、便血等症。

茜草还可以用于止痛。如取茜草 30~60 克，加水、酒各半适量煎服，可用于治疗跌打损伤。取鲜茜草 30~60 克，水煎服，可治疗牙痛。

注意事项：脾胃虚寒，以及无瘀滞者慎服。

（陈凯　张天嵩）

❖ 本草诗话

荜 茇

荜茇

【诗】

宋苏轼《寄虎儿》：

> 独倚①桄榔②树，间挑③荜拨根④。
> 谋生看拙否⑤，送老⑥此蛮村⑦。

[注释]

①倚：靠，斜靠。《史记·刺客列传·荆轲》云："轲自知事不就，倚柱而笑。"

②桄榔：亦作"桄桹"，棕榈科桄榔属乔木状植物，俗称砂糖椰子、糖树。

③挑：挖取。唐杜荀鹤《山中寡妇》诗云："时挑野菜和根煮。"

④荜拨：亦名荜茇，多年生藤本植物，干燥果穗可入药。

⑤拙否：谓不善于谋生。拙，笨，不巧。否，不通。

⑥送老：养老，怡老。唐杜甫《秦州杂诗》之十四云："何时一茅屋，送老白云边。"唐李商隐《杜工部蜀中离席》诗云："美酒成都堪送老，当垆仍是卓文君。"

⑦蛮村：蛮人的村庄，亦泛指荒村。此指岭南、惠州，古人称之为蛮荒之地。

[背景与赏析]

苏轼的仕途生涯颇为坎坷。青年苏轼进京应试，得到主考官、文坛领袖欧阳修的赏识，可谓是"出道即巅峰"，20 岁时（嘉祐二年，公元 1057 年）步入仕途，历任凤翔判官，密州、徐州、湖州、登州、杭州、颍州、扬州、定州等地知州，兵部尚书、礼部尚书等职务。他意气风发，胸怀壮志，立志要有所作为，曾在《江城子·密州出猎》中发出"会挽雕弓如满月，西北望，射天狼"的豪言壮语，但因"奋厉有当世志""言必中当时之过"，不能容于新党与旧党，先后数次被贬。北宋元丰二年（1079），苏轼因"乌台诗案"而被逮捕，解往京师，受牵连者达数十人，险遭杀身之祸，时王安石已退休金陵（今江苏南京），上书云："安有圣世而杀才士乎？"诗案因王安石"一言而决"，苏轼得到从轻发落，被贬为黄州（今湖北黄冈）团练副使，被当地官员监视居住。绍圣元年（1094）十月，苏轼被朝廷以"讥斥先朝"罪名贬为宁远军节度副使，安置在惠州。苏轼初到惠州，还是很受惠州人民欢迎的，他在《十月二日初到惠州》诗中说："吏民惊怪坐何事，父老相携迎此翁。"苏轼心性豁达，每贬谪一地，能随遇而安，但不忘关心当地政事与百姓生活，认为自己建功立业的地方是"黄州、惠州、儋州"，如在惠州期间就利用自己最擅长的文学和科学知识为惠州作出自己的贡献，如筑堤建桥、改进劳动工具等，惠及一方百姓。

惠州属岭南，宋代时为蛮荒之地，罪犯多被流放至此。苏轼在寓居惠州不到三年的时间里，回归田园生活，钟情山水，写诗、作画、通信，创作了160首诗篇，留下了"岭南万户皆春色，会有幽人客寓公""日啖荔枝三百颗，不辞长作岭南人"等名句。《寄虎儿》作于绍兴元年（1131），是写给苏辙的第三子苏子远的。诗中诗人自我素描：一位孤独而悠闲的老人，时而斜靠着桄榔树，思考一下过去和未来的人生，时而挖挖荜茇，消磨一下无聊的时光，感慨自己也没什么好的谋生手段，就在荒村里养老度过晚年吧。

【话】

荜茇，亦名毕勃、荜菝、荜拨、荜拨梨等，为多年生草质藤本胡椒科植物，多生于疏林中，分布于我国云南、福建、广东、广西等地，主产于云南、广东、海南等地。药用荜茇为胡椒科植物荜茇的干燥近成熟或成熟果穗，实际上，荜茇的叶子也可以生吃，如宋苏颂《本草图经》中记载："南人爱其辛香，或取叶生茹之。"而入药的果穗，一般是在每年9月由绿变黑时采收，除去杂质，晒干，有特异香气，味辛辣。荜茇以肥大、质坚实、味浓者为佳，应放在干燥的容器内密封保存，置于阴凉通风干燥处。

荜茇味辛性热，归胃、脾、大肠经，具有温中散寒、下气止痛的功效，可用于治疗脘腹冷痛、呕吐、泄泻、鼻渊、胸痹心痛、头痛、牙痛等疾病。现代药理研究表明，荜茇主要含有胡椒碱、四氢胡椒碱、几内亚胡椒碱、胡椒新碱等生物碱类成分，还含挥发油类成分，具有降血脂、降血压、扩张冠状动脉和抗心肌缺血、抗心律失常、镇静和抗惊厥、镇痛、解热、抗菌和抑菌等作用。

荜茇针对不同身体部位的痛症有非常好的效果，单用内服或外用均可，如：

痛在头部者。《经验后方》载有一方治疗偏头痛；以荜茇研末，每次 0.5 克吸鼻，令患者口中含温水，左侧头痛令左鼻孔吸，右侧头痛令右鼻孔吸。《杨氏家藏方》一方治年深头风、痰厥呕吐，恶闻人声，头不能举、目不能开：以荜茇研细末，每服 3 克，食后清茶调下；再用少许荜茇细末吸鼻。头风和痰厥都是中医病证名，前者是指经久难愈之头痛；后者是指因痰盛气闭而引起四肢厥冷，甚至昏厥的病症。

痛在胃脘部者。唐昝殷约《食医心镜》所载荜茇粥，用于治疗心腹刺痛、腹胀，不能下食者：以荜茇、胡椒、桂心按 1∶1∶1 的比例，各研为末，用大米或粳米 75~100 克，洗净煮粥，下荜茇等末各 0.3~0.5 克，搅和，空腹食之。《太平圣惠方》载一方用治痰饮恶心：以一定量荜茇，捣细，罗为散，每次用 1.5 克，在饭前用清粥饮调下。本方也可治疗胃脘痛。

荜茇还具有广谱抗菌作用，对痢疾杆菌有抑制作用。《圣济总录》所载荜茇煎，用于治疗气痢久不瘥及诸痢困弱者：荜茇为末 9 克，牛乳 500 毫升，慢火煎至 250 毫升，空腹顿服。顿服是一种服药方法，指一次性、较快地将药物服完。

明李时珍认为"荜茇，为头痛、鼻渊、牙痛要药"。明胡濙《卫生易简方》认为，针对鼻流清涕不止，"用荜茇末吹鼻内即止"。鼻渊，中医病证名，是指鼻流浊涕，如泉下渗，以量多不止为主要特征的鼻病。

注意事项：不可多食，以免动脾肺之火，若超量或久服，可致目昏、耗气伤阴；实热郁火及阴虚火旺者忌服；孕妇、儿童慎用。

（张天嵩 　孙晓瑞）

茯 苓

【本草】

茯苓

【诗】

宋陆游《纵笔》：

百尺①松根②结茯苓③，千年④长养⑤似人形。

谁知金鼎⑥烹初⑦熟，恰值山翁醉欲醒。

[注释]

①百尺：十丈，比喻很高、很长。

②松根：松树的根。

③茯苓：中药名，寄生在松树根上的一块块状菌，皮黑色，有皱纹，内部白色或粉红色。包含松根的叫茯神，皆可入药。

④千年：形容时间很久远。唐卢照邻《中和乐九章·歌登封第一》诗云："山称万岁，河庆千年。"

⑤长养：长大，生成。

⑥金鼎：鼎类炊具的美称。宋陈师道《满庭芳·咏茶》词云："华堂静，松风竹雪，金鼎沸涣潺。"

⑦初：刚，才。唐杜甫《闻官军收河南河北》诗云："初闻涕泪满衣裳。"

[背景与赏析]

提起陆游，人们率先想到的或许是他的戎马生涯，抑或归隐田园后的悠游，其实仔细留意，便会发现陆游与中草药同样关系密切。他的大量诗作中以药为友，食药为享，施药为善，如"采药今朝偶出游，溪边小立唤渔舟""清芬六出水栀子，坚瘦九节石菖蒲"等诗句。陆游在平均寿命不过 30 岁的古代，活到了 85 岁，堪称长寿仙翁，与他通晓医学知识，以及平时服食草药习惯有关。

陆游这首诗，引药入诗，别具韵味。诗歌前两句中"百尺"就长度而言极高，"千年"就时间而言极久，两者相互呼应，颇有气势，描述了高入云霄之松木翁翁郁郁，茯苓与松根相伴而生，年深岁久，形似人形，点出了茯苓的生长特性和形态。《淮南子》中也曾有"千年之松，下有茯苓"的记载，可见茯苓的生长环境很久以前已经被古人洞悉。诗歌后两句则向我们生动描述了陆游半醉半醒时分，恰巧看到茯苓烹煮快要成熟的场景，让人身临其境，如有闻到茯苓幽淡香味，体会到食茯苓时的舒坦心情。陆游将茯苓写进了诗歌，汲取天地山川草木精华，滋养血肉之躯，陆游活得自在，更激活了他蓬勃的诗情。

【话】

茯苓为多孔菌科真菌茯苓的干燥菌核，别名松苓、玉灵、伏灵等，主要分布在河北、湖北、台湾、贵州、云南等地。其中，要数云南生产的茯苓质量最好，被称为"云苓"。

茯苓味甘、淡，性平，归心、肺、脾、肾经，具有利水渗湿、健脾宁心的功效，主要用来治疗水肿尿少、痰饮眩悸、食少腹泻、心悸失眠等。现代药理研究表明，茯苓含有茯苓多糖、茯苓酸、茯苓素等成分，具有增强免疫功能、抗肿瘤的作用；还有保肝、抗溃疡、防止干细胞坏死、降血糖及减轻卡那霉素中毒性耳损害作用；茯苓素能利尿消肿，减少蛋白尿；茯苓醇有保肝作用等。临床上，茯苓在保肝、抗肿瘤、抗炎、利尿等多方面都有一定应用。

茯苓在古时被称为"四时神药"，意思是无论在春夏秋冬哪个季节都能很好地发挥药性作用。《神农本草经》将其列为上品，有"久服安魂、养神，不饥，延年"的记载。同时，茯苓又是著名的食用菌，如《吴氏中馈录》记载唐宋时集市上有卖茯苓糕；宋代的文学家苏轼就是制作茯苓饼的能手；清朝慈禧太后经常食用茯苓，茯苓自然成了养生要药。

北宋寇宗奭《图经衍义本草》记载茯苓"益心脾不可阙也"。茯苓具有健脾补气、利水渗湿功效，可作气虚、痰湿体质者调理保健之用，或用治泄泻。如，用茯苓30克、大枣20枚、粳米100克熬粥食用，让人气血旺盛，面色红润，适合日常保健；或用茯苓10克、炒白术10克，加水煎30分钟，代茶饮，每日1剂，适合面色暗淡、倦怠乏力、胃纳欠佳人群饮用；或用茯苓15~30克、薏苡仁15~30克、陈皮9~15克，粳米适量，熬粥食用，可治疗脾虚泄泻。

茯苓除了健脾益气外，还有养心安神功效。如用茯苓15克，沸水冲泡，代茶饮，每日1剂，适用于心神不安、心悸、失眠等；或用茯苓9克、浮小麦30克、麦冬9克，沸水冲泡，代茶饮，每日1剂，能改善睡眠，益智安神，适合经常容易潮热盗汗、心烦躁扰、难以入眠者。

清陆懋修《世补斋医书》记载："茯苓一味，为治痰主药。"茯苓淡能利窍，甘以助阳，生津导气，是除湿圣药，能有效排解体内湿气。用茯苓 15 克、荷叶 6 克，沸水冲泡，代茶饮，每日 1 剂，具有清热利湿功效，适用于肥胖、高血压、高血脂、高血糖等人群的辅助治疗。或用茯苓 15 克、陈皮 9 克，沸水冲泡，代茶饮，每日 1 剂，具有健脾利湿化痰的功效，可以促进消化液分泌，增加食欲，适用于食欲不振、脘腹胀满等症。茯苓既能消已聚之痰饮，又能平饮邪之上逆，对于中焦阳气受损、脾失健运、水湿内停而引起的心悸、目眩、气短、咳嗽等情况，可用茯苓 12 克、桂枝 9 克、白术 6 克、炙甘草 6 克，加水煎 30 分钟，每日 1 剂，温服，具有温阳化饮、健脾利湿功效，临床常用于治疗慢性支气管炎、支气管哮喘、心源性水肿等。

注意事项：肾虚多尿、虚寒滑精、津伤口干者慎用。

（黄伟玲　王安安）

栀 子

【本草】

栀子

【诗】

唐王建《雨过山村》：

> 雨里鸡鸣一两家，竹溪①村路板桥斜。
> 妇姑②相唤③浴蚕④去，闲⑤着中庭⑥栀子⑦花。

[注释]

①竹溪：竹林与溪水。溪在竹林中，竹生小溪旁，多指清幽的境地。

②妇姑：指婆媳。妇，儿媳。《尔雅》云："子之妻曰妇。"《玉台新咏·古诗无名人为焦仲卿妻作》云："非为织作迟，君家妇难为。"姑，旧时妻称夫的母亲为姑，如《说文解字》云："姑，夫母也。"也有将"妇姑"解释为"嫂嫂和小姑"者，似非。

③相唤：互相呼唤。相，交互，相互。晋陶渊明《桃花源记》云："鸡犬相闻。"唤，呼也。《乐府诗集·木兰诗》云："不闻爷娘唤女声。"

④浴蚕：古代育蚕选种的方法。中国历来重农桑，浴蚕行为无论是以原始图腾崇拜为目的，还是注重提高蚕种质量的技术，在时间、人物、场所和仪式等方面都有相关的规定。据史料，浴蚕行为从周代到清代发生了明显的变化，特别是在时间和方式上。自周代至唐代，浴蚕时间多为春季，如汉郑玄注《周礼》云"蚕为龙精，月值大火则浴其种"，月值大火即是仲春；唐王周《道中未开木杏花》诗云"村女浴蚕桑柘绿，枉将颜色忍春寒"；唐陈润《东都所居寒食下作》诗云"浴蚕当社日，改火待清明"。

而至宋、明、清时期，浴蚕除了在春季行外，也有提早至腊月者。南宋范成大《衡阳道中》诗云："桑下芜菁晚，高花出短篱。茅檐少春事，惟记浴蚕时。"宋楼璹《织图二十四首·浴蚕》言："轻风归燕日，小雨浴蚕天。"宋秦观

《蚕书·种变》记载："腊之日，聚蚕种沃以牛溲，浴于川。"明宋应星《天工开物》则明确记载浴蚕的方法："凡蚕用浴法，惟嘉、湖两郡。湖多用天露石灰，嘉多用盐卤水。每蚕纸一张，用盐仓走出卤水二升，掺水浸于盂内，纸浮其面（石灰仿此）。逢腊月十二即浸浴，至二十四日，计十二日周，即漉起，用微火烘干。从此珍重箱匣中，半点风湿不受，直待清明抱产。其天露浴者，时日相同。以篾盘盛纸，摊开屋上，四隅小石镇压。任从霜雪、风雨、雷电，满十二日方收。珍重待时如前法。盖低种经浴，则自死不出，不费叶，故且得丝亦多也。晚种不用浴。"

⑤闲：闲暇。唐王维《鸟鸣涧》诗云："人闲桂花落，夜静春山空。"唐白居易《观刈麦》诗云："田家少闲月，五月人倍忙。"

⑥中庭：庭院，庭院之中。

⑦栀子：一种常绿灌木或小乔木，春时开白花，味芳香，果实可入药。

[背景与赏析]

王建（765—830），字仲初，许州颍川（今河南许昌）人，唐朝诗人，曾中进士，一度从军，中年入仕，历任昭应县丞、太府寺丞、秘书郎、太常寺丞、累迁陕州司马，世称"王司马"。王建出身寒微，沉沦下僚，一生贫困潦倒，有机会接触社会现实，写了大量同情百姓疾苦的优秀乐府诗。因擅于乐府诗，王建与张籍齐名，世称"张王乐府"。

这是一首非常优秀的田园诗，完美地将山村的幽静与农事的忙碌融合在一起。潇潇雨中，传来几声鸡鸣，诗人顺鸡鸣而望，依稀看见一两户人家掩映在茂林修竹之中。诗人又继续沿着斗折蛇行的村路行走，看清溪修竹，听潺潺溪声、萧萧竹韵，不觉来到一座斜横的木桥跟前。前两句诗写听雨中几声鸡鸣，看一两家农舍；描写修竹、清溪、村路、板桥，寥寥数笔，便勾画出一幅"雨过山村"的美景，让人感到一种和平、宁静、安逸的生活氛围。接着，诗人笔锋一转，从景写到人，从人写到境：婆媳相互呼唤，一同冒雨去浴蚕，一是体现了两者融洽的关系，二是体现农家倍忙时节的气氛，诗人只看到村妇，可以想象出男人们早已下田耕种了。最后一句真神来之笔，特别是一"闲"字尤妙，以花"闲"衬托人"忙"，意境深远，无怪乎清沈德潜《唐诗别裁集》给予了此诗高度评价："心思之巧，词句之秀，最易启人聪颖。"

【话】

栀子，也称为木丹、越桃、枝子、山栀、黄栀子、黄果树等，为茜草科植物，常绿灌木，全国大部分地区有栽培，南方各地有野生，生于丘陵山地或山坡灌

本草诗话

林中，分布于中南、西南地区及江苏、安徽、浙江、江西、福建、台湾等地。药材栀子以湖南产量大、浙江品质优。栀子是重要的庭院观赏和室内栽培植物，更是非常有药用价值的植物，山栀子的花、叶、果、根均可入药，皆有泻火除烦、清热利尿、凉血解毒之功效，但以果实入药最为常用。

栀子花形状因种类而异，花色洁白淡雅，初白后黄，香气浓烈，美观而有观赏价值；还可以对抗和吸收空气中二氧化碳、硫化氢等多种有害气体，因而具有环保价值；栀子花也具有良好的食疗价值，花香沁人心脾，可以泡茶、做菜食用，也可以提取精油。如：将栀子花500克去杂洗净，入沸水中焯，捞出沥水，置于盘中，撒上葱花、姜丝，浇入香油、老醋，酌放食盐，拌匀即食，具有清热凉血、解毒止痢的功效，适用于肺热咳嗽、痈肿、肠风下血等病症。以栀子花数朵，用沸水浸泡5分钟，调入蜂蜜，代茶饮；或以栀子花15克，用白糖30克腌渍半天，每天取少许，泡茶饮，具有清热凉血、止咳的功效，治肺热咳嗽。

栀子夏秋结果实，生青熟黄，一般在每年10月中下旬当果皮由绿转为黄色时采收。其果实是天然的黄色染料，在秦汉以前应用最广，据《汉官仪》记载，"染园出卮茜，供染御服"，说明其在当时是高级的染料，但因栀子染黄耐日晒能力较差，自宋以后染黄被槐花部分取代。栀子的果实可入药，是重要的药食同源类中药，栀子味苦，性寒，归心、肝、脾、胃、三焦经，具有泻火除烦、清热利湿、凉血解毒之功，清热泻火宜生用，止血宜炒用。现代药理研究表明，其含环烯醚萜类成分如栀子苷、羟异栀子苷、山栀苷、栀子新苷，酸类成分如绿原酸、栀子苷酸、栀子黄素、藏红花素、藏红花酸、鸡屎藤苷甲酯，黄酮类成分如芸香苷、D-甘露醇、β-谷甾醇、胆碱、叶黄素等，具有保肝、利胆和促胆汁分泌、利胰和降胰蛋白酶分泌、抑制胃酸分泌、镇静、镇惊，降压、降脂，抗菌、抗炎等作用。

栀子可以"泻三焦火"，所以心、肝、脾、肺、肾、胆、胰、膀胱、胃、大肠等脏腑有火者，均可使用栀子入药治疗，或以食疗方式辅助治疗。如：以栀子仁3~6克，研细末备用，以粳米或大米75~100克，加适量水煮成稀粥，待熟时调入栀子仁末，再煮片刻即成，每日早晚各服1剂，3天为1个疗程，有清热泻火之功，可治疗目赤肿痛、咽喉红肿、鼻衄尿血等症。或以栀子10克，香附6克，加水煎煮，去渣取汁，药汁再和粳米100克一起煮粥，具有疏肝理气、健脾和胃、除烦止泻的作用。或以栀子3克，莲子心3克，加入沸水浸泡5分钟后服用，可加适量蜂蜜。用于口舌生疮、口苦等症。或栀子、绿茶各30克，加水适量(600毫升)，煎浓至一半，每日1剂，分上、下午2次温服，适用于高血压头痛、头晕等症。或以栀子30克、黄柏90克、黄连15克，药研成粗末，置锅中，加米酒1000克煎煮数沸，过滤去渣，装瓶备用，酌情服用，具有清热、解毒、止血之功，适用于口舌生疮，牙龈出血等症。

栀子既能清气分热，又能清血分热，治热淋尿血和止霍乱转筋赤痢。如《闽东本草》载一方治尿淋、血淋；用鲜栀子60克、冰糖1两，煎服。《普济方》载一方治小便不通；用栀子仁二七枚，盐花少许，独颗蒜一枚，上捣烂，摊纸花上贴脐，或涂阴囊上，良久即通。《圣济总录》载栀子仁汤可治赤白痢并血痢：以山栀子仁四七枚，锉，以浆水一升半，煎至五合，去滓，空心食前分温二服。用栀子仁烧灰，水送服一匙，可治下泻鲜血。

栀子内服，研末掺或调敷，可以用于治疗软组织感染或皮肤溃疡。如隋梅文梅《梅师集验方》载一方治火丹毒：栀子，捣和水调敷之。《广西中草药》载一方治疮疡肿痛：山栀、蒲公英、银花各120克，水煎，日分三次服，另取生银花藤适量，捣烂，敷患处；或以栀子10克，研细末；鸡蛋1只取蛋清和药末调成稀膏状，敷于患处，每日换药1次，具有清热解毒、活血消肿、通络止痛之功，用于四肢、关节软组织损伤、扭挫伤等疾病的治疗。

另有简便验方：明卢和所编辑的《丹溪纂要》书中记载一方治胃脘火痛，以"大山栀子七枚或九枚，炒焦，水一盏，煎七分，入生姜汁饮之"；南宋黎民寿《黎居士简易方论》载一方治鼻中衄血，"山栀子烧灰吹之"，用栀子末和蜜浓敷舌上，可治风痰头痛，得吐痛即止。

注意事项：栀子苦寒，孕妇及脾虚泄泻、胃寒作痛者慎用。

（张天嵩　王裕欣）

枸杞子

【本草】

枸杞子

【诗】

宋赵蕃《食枸杞》：

> 谁道春风①未发生，杞苗试摘已堪②羹。
> 莫将口腹为人累③，竹瘦④殊⑤胜⑥豕腹亨⑦。

[注释]

①春风：春天和煦的风。唐岑参《白雪歌送武判官归京》诗云："忽如一夜春风来，千树万树梨花开。"

②堪：可以，能够。唐杜甫《房兵曹胡马诗》云："所向无空阔，真堪托死生。"

③口腹为人累：饮食而受到牵累。"口腹之累"典出汉班固等《东观汉记》，讲的是东汉高士闵贡不愿以口腹之需接受安邑县令的照顾。

④竹瘦：清瘦的竹子，本诗可代指枸杞子苗。

⑤殊：很，甚。宋沈括《梦溪笔谈》云："古法采草药多用二月、八月，此殊未当。"

⑥胜：胜过，超过。唐白居易《忆江南》词云："日出江花红胜火，春来江水绿如蓝。"

⑦豕腹亨：猪的腹部，可引申为荤食类。清周亮工《哭许有介》诗云："蝇头诘曲怀人札，豕腹彭亨傲客诗。"亨，烹的本字，煮也。

[背景与赏析]

赵蕃（1143—1229），字昌父，号章泉，祖籍河南郑州，南渡后居住在南宋时的信州（今江西上饶），是南宋中期著名诗人、学者、理学家，是江西诗派的代表人物之一，与当时的韩淲并称"上饶二泉"，时称"二泉先生"。

赵蕃为何为食枸杞子这一中药赋诗一首呢？这要追溯到当时宋朝的社会现象。据史书记载，宋元时期，枸杞子实行园圃栽培制，精耕细作。北宋都城开封就有皇家园林"艮岳"，专门种植枸杞子等药用植物；北宋苏轼曾写过一篇《小圃五咏·枸杞》，其中的"小圃"就是专门用于种植枸杞子的园子。种植的枸杞子，除了食枸杞子果实、根茎外，还将枸杞子嫩芽、嫩叶作为名茗佳肴食用。由于枸杞子养生疗效好，所以宋代许多文学家以自身体验，撰写了许多赞颂枸杞子增寿延年的诗文，例如苏轼的"神药不自閟，罗生满山泽"，梅尧臣的"野岸竟多杞，小实霜且丹"，蒲寿宬的"神草如蓬世不知，壁间墙角自离离"，等等。

本诗应是赵蕃食枸杞子苗有感所写。诗歌不尚华丽，务求朴实，前两句写了春才刚至，枸杞子树发芽了，绿绿嫩嫩的，甚是可爱，迫不及待地采摘些枸杞子苗做成羹汤。诗人虽不用感情色彩强烈的语言，却将对枸杞子的喜爱蕴藏在平淡诗句中，看似平淡简易，品则有滋有味。诗的后两句则告诉我们勿以口腹为心性累，枸杞子苗比其他荤食更加美味。赵蕃重视日常生活中的体验，道法自然，方能见真淳。

【话】

枸杞子为茄科植物宁夏枸杞的干燥成熟果实，别名甜菜子、狗奶子、地骨子等。本品主要产于宁夏、甘肃、新疆等地。在我国，枸杞子品种多，品质佳，有宁夏枸杞子、黑果枸杞子、中宁枸杞子、新疆枸杞子、红枝枸杞子等。其中宁夏枸杞子领先于全国各地，成为枸杞子代表。

枸杞子味甘，性平，归肝、肾、肺经，具有滋补肝肾、益精明目的功效，主要用于治疗虚劳精亏、腰膝酸痛、眩晕耳鸣、内热消渴、目昏不明等。现代药理研究发现，枸杞子含枸杞多糖、甜菜碱、粗脂肪、粗蛋白、β-谷甾醇等成分。枸杞子鲜果含有丰富的枸杞多糖、脂肪、牛磺酸、甜菜碱等生物元素，可以抗衰老；枸杞多糖能抑制肝中过氧化脂质形成，保护肝功能。枸杞子中含有胡萝卜素、维生素D、维生素E等健康眼睛的必需营养，所以俗称"明眼子"。目前，其在降脂减肥、治慢性肝炎、降低血压、降低血糖、治视神经萎缩等方面有一定应用。

枸杞子之名最早见于《神农本草经》，并被列为上品，是强身健体、延年益寿的佳品。唐朝文学家刘禹锡曾赞美枸杞子："上品功能甘露味，还知一勺可延龄。"《本草汇言》记载："枸杞有十全之妙焉。"世传东南镇江涧州开元寺大井旁有一棵枸杞子树，《本草纲目》载："饮其水，甚益人也。"枸杞子是一味家喻户晓、药食皆宜的营养滋补佳品，具有较好的保健作用。

《本草纲目》言其可"补精气诸不足，易颜色，变白，明目安神，令人长寿"。枸杞子补阴壮水、滋木清风、润肺生津。日常食用枸杞子，可以在煲汤或煮粥时加入，或作茶饮用。将枸杞子 10 克、菊花 10 克，一起放入杯中，用沸水冲泡，每日 1 剂，适合长时间劳累、熬夜所致眼睛疲劳者。或用枸杞子 10 克、决明子 10~30 克，加水浓煎，每日 1 剂，代茶饮，具有清肝明目、降血压、降血脂功效，可用于高脂血症、高血压人群的日常保健。

枸杞子润而滋补，壮精益神，使气可充、血可补，阳可生、阴可长。用枸杞子 15 克、大枣 60 克、大米 100 克，加适量红糖熬成粥，具有交通心肾、宁心安神功效，适合失眠、头晕、心悸等人群食用。或用枸杞子 15 克、龙眼肉 15 枚，沸水冲泡，每日 1 剂，也具有益精养血、滋补明目功效，能增强机体免疫力，改善气血不足症状。或用枸杞子、淫羊藿各 15 克，沸水冲泡 2 小时，或水煮 30 分钟，每日 1 剂，代茶频饮，具有填精生髓、壮阳补肾功效，可以缓解容易疲劳、腰酸骨痛、阳痿早泄等肾虚症状。

明缪希雍《神农本草经疏》言枸杞子能"润肺、生津、益气"。将枸杞子 15 克、银耳 30 克一同入锅，加适量水，小火熬煮约 1 小时至银耳熟，加入适量冰糖，具有滋补肝肾、养阴润肺功效，适用于干咳无痰、失眠、健忘人群。另外，民间相传外用枸杞子还有疗疮痈功效。将枸杞子 15 克、白芷 6 克、吴茱萸 3 克研末，加香脂适量调成膏状，涂抹于患处，每隔 4~6 小时一次，可在一定程度上缓解冻疮。

注意事项：患老年性白内障之人可用，脾胃虚弱兼有寒湿或腹泻之人忌服，正感冒、体内有炎症之人慎用，气滞痰多者不宜服用。

（黄伟玲　王安安）

砂 仁

砂仁

【诗】

宋姜夔《有送》:

> 怜君归橐①路迢迢②,到得茅斋③转寂寥④。
> 应叹药栏⑤经⑥雨烂,土肥抽⑦尽⑧缩砂⑨苗。

[注释]

①归橐:指珠玉之类的宝物。典出《汉书·陆贾传》:"高祖使贾赐佗印,为南越王。……(南越王)赐贾橐中装,直千金。它送亦千金。"橐,袋子。

②路迢迢:形容路途遥远。

③茅斋:用茅草盖的屋舍。斋,多指书房、学舍。

④寂寥:无人陪伴,独自一人,寂寞空虚。唐柳宗元《至小丘西小石潭记》云:"寂寥无人。"

⑤药栏:泛指花栏。

⑥经:禁受,承受。

⑦抽:发芽,长出。唐韩愈《苦寒》诗云:"草木不复抽,百味失苦甜。"

⑧尽:全部,都。《资治通鉴·唐纪》云"虚实尽知"。

⑨缩砂:姜科多年生草本植物,其果实入药,称为砂仁。

[背景与赏析]

姜夔,字尧章,号白石道人,南宋饶州鄱阳(今江西省鄱阳县)人,著名文学家、音乐家。姜夔精通诗词、散文、书法、音乐等,是继苏东坡之后出现的艺术全才。姜夔精通音律,能自度曲,格律谨严,词风清空峭拔,词境虚灵幽冷,语言瘦劲疏淡,开创格律词派(亦称骚雅派),与婉约、豪放两派共立,对南宋后期词人乃至清代浙西词派都有极大的影响，与张炎并称"姜张"。

姜夔屡试不第，终生未仕。他一生穷困潦倒，名声却震耀一世。其少随父宦游，曾居湖北汉阳，父亲去世后，依姊居于汉川，生活范围大约在湖北、湖南、江西一带。他与萧德藻、杨万里、范成大、辛弃疾、尤袤以及张俊之后人张鉴、张镃等名流交游，特别是与"二张""十年相处，情甚骨肉"，先后寄食于萧德藻、范成大、张鉴等友人家中，生活范围为浙江湖州、杭州、苏州等地，曾长住杭州。萧、范、张等人谢世后，姜夔又旅食于浙东、嘉兴、金陵间，晚年生活极为贫困，后卒于杭州时贫不能殡，靠吴潜等友人资助才得以安葬。

姜夔是浪迹江湖、寄食诸侯的游士，因而其词题材广泛，涉及感时抒怀、咏物记游、交游酬赠等。笔者推测这首诗是为感谢友人所作。可能姜夔某次访友或旅行到某地后，没有回家的路费了，幸亏有好友出了旁缠，才得以从遥远的地方回到了家；回到自己的茅屋后，感觉到一个人空虚寂寞，不如与朋友共聚时快乐啊。虽然花栏经过风雨之后已经腐烂，但可喜的是，土地肥沃，长满了缩砂的嫩苗。一翁、一茅屋、一围栏、一圃缩砂苗，正是凄清如许，才促发了诗人对朋友的思念和感恩之情吧！

【话】

砂仁，又名缩砂仁、缩砂蜜、缩砂密等，是姜科豆蔻属多年生草本植物阳春砂、绿壳砂和海南砂的成熟果实或种子，正种为春砂、阳春砂等，药用价值比较高，多年生直立草本，分布于中国福建、广东、广西和云南；栽培或野生于气候温暖、潮湿、富含腐殖质的山沟林下等阴湿之处。诗中的缩砂是指绿壳砂，主要分布于云南南部，多生于山沟林下阴湿处，或栽培。阳春砂和绿壳砂不分级，海南砂分为统货和一等、二等货。

砂仁味辛，性温，归脾、胃、肾经，具有化湿开胃、温脾止泻、理气安胎的功效，可用于湿浊中阻、脘痞不饥、脾胃虚寒、呕吐泄泻、妊娠恶阻、胎动不安等病症。现代药理研究表明，砂仁含有各种挥发油（如乙酸龙脑酯、柠檬烯、芳樟醇等）、黄酮类成分、多种微量元素（如锌、铜、铁、锰、钼、铬等），具有抗溃疡、增进胃肠蠕动、镇痛、抗血小板聚集等作用。

砂仁具有非常高的食用价值。各地菜系都有用到砂仁调味的名菜和小吃，如鲁菜九转大肠、砂仁肘子，粤菜砂仁瘦肉汤，川菜砂仁肚条，等等。砂仁也是制作卤菜、酱货、香肠等的常用香料之一，山东德州扒鸡、安徽符离集烧鸡、广式春砂仁腊肠、山东博山香肠等都用到了砂仁和其他香料。砂仁也可用于做家常保健食品，一般将砂仁用纱布包好，用锤子砸成碎末，或研成细末，即可用作调味料。砂仁的保健和食疗作用，主要和它归脾、胃经，具有芳香行散、降中有升的特性有关。它平常可以制成茶、粥，也可以和鱼肉类食材一起烹制。砂仁由于还具有安胎作用，所以也适用于孕妇。

将砂仁1.5~3克，放入茶杯中，用沸水冲泡，代茶饮，可连续冲泡3~5次，具有行气消胀之功，适合腹胀、胃脘胀闷伴有食欲不佳或不思饮食的人群饮用。据《事林广记》载，砂仁可"治一切食毒"。南宋严用和《济生方》所载"缩砂散"一方，"治妊娠胃虚气逆，呕吐不食"，就是用缩砂仁，研为细末，每次服6克，入生姜汁少许，沸汤点服，不拘时候。据笔者观察，沸汤点服是宋代方书中中药散剂常用服法，沸汤是指滚开的水，沸汤点服就是用滚开的水冲泡中药散剂，然后等降到合适的温度再饮用。

明李时珍《本草纲目》所载"缩砂酒"一方颇妙，即"砂仁炒研，袋盛浸酒，煮饮"，可"消食和中，下气止心腹痛"。砂仁药酒的具体制作方法：用砂仁30克、黄酒500毫升，略炒，捣研成粗末，用绢布袋盛，浸于酒中，密封瓶口，一周后即可服用，每日1~2次，每次15毫升，具有行气和中、开胃消食之功，适用于湿滞中焦，症见胃脘胀满胀痛、食欲不振、恶心呕吐等。

用砂仁3克，研末备用；粳米100克，淘净，放入砂锅，加入适量清水，大火煮沸，小火熬至粥烂粥稠；再放入砂仁末，煮1~2沸即成。此方具有温胃化湿、行气消胀之功，适用于脾胃虚弱、食欲不振、上腹胀闷、恶心欲呕、口中黏腻、大便溏稀或者妊娠呕吐的人群。

砂仁(去壳)3克，研末备用，鲫鱼1条，将砂仁末放入鱼肚内，蒸熟，吃鱼，日1~2次。此方具有醒胃健运、化湿止呕之功，适用于妊娠早期恶心呕吐、择食或食入即吐等症因脾胃虚弱所致者。亦可将鲫鱼放入砂锅内，加清水，煮至鱼熟时，再加入砂仁末、葱花、油、盐即成，饮汤食鱼，每日1~3次。此方具有补脾利湿、利水消肿的功效，适合脾虚气滞之妊娠水肿者；也可以和猪肚、母鸡等一起烹饪。

注意事项：砂仁宜贮存于干燥容器内，密封，置阴凉干燥处；阴虚血燥有热者慎用。

（张天嵩）

香　橼

香橼

【诗】

明程本立《江头绝句》其十：

> 小树香橼子，疏篱①匾豆花②。
> 人情③悲异土④，物色⑤似吾家。

[注释]

①疏篱：疏落的篱笆栅格间。
②匾豆花：指扁豆花，为豆科植物扁豆的花。
③人情：情面，人与人之间的社会关系。
④异土：他乡，别处。
⑤物色：形貌，指风物、景色等。

[背景与赏析]

程本立(？—1402)，字原道，号巽隐，明初嘉兴崇德(今浙江桐乡)人，先儒程颐之后。据《明史》载，程本立年少有大志，读书从不拘泥于章句，后受太祖皇帝朱元璋勉励，更加努力学习。程本立为明朝官员，历任秦王府引礼舍人、周王府礼官、云南马龙他郎甸长官司吏目、右佥都御史等职，参与《明太祖实录》编纂工作。书成后，程本立出任江西副使，还未出发，燕王朱棣兵进入南京城，遂自尽。

这首五言绝句描绘了诗人思乡之情。路边一棵小小的香橼树，在农家篱笆间伸出盛开扁豆花的树枝，他乡的人事都与以往不同，而这景致却像是回到了故乡。

香橼又名枸橼、枸橼子、西柠檬、西柠、香泡树等，在我国栽种历史已有2000余年，福建、广东、广西、云南等省区南部较多栽种。香橼用途广泛，浑身是宝，多被用作药材、绿化植物或作为柑橘和金橘的砧木使用；也可以以粥羹、烹炒、卤烧、泡酒、茶饮、糖点等不同方式入膳。

入药香橼是芸香科柑橘属小乔木植物枸橼或香圆的成熟果实，味辛、苦、酸，性温，归肝、肺、脾经，具有理气降逆、宽胸化痰的功效，可用于治疗胸腹满闷、胁肋胀痛、咳嗽痰多等症。现代药理研究表明，香橼含有挥发油、黄酮、果胶、二萜内酯、有机酸、维生素等成分，具有促进肠胃蠕动和消化液分泌、祛痰、抗氧化、抗炎、抗菌、抗病毒等作用。

香橼气清香，有疏肝理气、调中行滞的功效，故凡肝气不舒、脾气壅滞所致的胸闷胁痛、脘腹胀痛、恶心呕吐、食欲不振等症，均可使用。如明李中梓《本草通玄》云："理上焦之气，止呕逆，进食，健脾。"清汪绂《医林纂要》云："治胃脘痛，宽中顺气，开郁。"取香橼10克，开水冲泡，代茶饮，可用于治疗食滞胃痛。或取香橼10克、陈皮9克，水煎服，可治疗胃脘胀痛、纳差。香橼也可与瓜蒌、郁金、枳壳等疏肝理气、宽胸止痛药同用，治疗胸闷胁痛；与木香、砂仁、藿香等同用，治疗气滞脘腹胀痛之嗳气吞酸，呕恶食少；和黄连配合使用可治口苦吞酸呕吐。香橼具有促消化的作用。选取香橼10~15克、砂仁6~10克，将两者一同研成细粉末；白砂糖2500克，放入铝锅中，加水适量，以小火慢慢煎熬至稠厚；加入香橼、砂仁粉，一边搅拌调和均匀，一边继续以小火煎熬，熬到挑起糖成丝状时，离火趁热倒入已涂过菜油的搪瓷盘中，稍冷后按压平整，再切成小糖块即可。每日2~3次，每次1~2块，当糖果食用，具有开胃、健脾、行气的功效，可用于食欲不振或食后腹胀等症的治疗。

香橼有燥湿化痰之功，可用于痰多气逆咳嗽之症。取鲜香橼1~2支，洗净切碎；和同等量的麦芽糖一起放入带盖的小碗中，水蒸数小时，以香橼稀烂为度。此方具有理气宽胸的功效，用于痰浊咳嗽、哮喘等的治疗。香橼也可和川贝同用，治疗咳嗽痰多、咳痰不爽等症。

注意事项：凡阴虚血燥及怀孕气虚者慎服。

（孙靖）

香薷

【本草】

香薷

【诗】

明钟芳《晚天露坐》：

火龙①嘘焰②逼窗纱，细瀹③香薷④当啜茶。
倚遍玉楼⑤凉入座，晴空落日看归鸦。

[注释]

①火龙：谓夏天的太阳。

②嘘焰：嘘，吹。焰，辉光，光亮。

③瀹：煮。唐李洞《和曹监春晴见寄》诗云："兰台架列排书目，顾渚香浮瀹茗花。"

④香薷：唇形科香薷属草本植物，可入药，是古人在夏天常用的解暑佳品。古代有在立秋日饮用香薷饮的习俗，如清潘荣陛《帝京岁时纪胜》载："立秋预日，陈冰瓜，蒸茄脯，煎香薷饮，院中露一宿，新秋日阖家食饮之，谓秋后无余暑疟痢之疾。"现在常用的香薷饮方来源于《太平惠民和剂局方》，由香薷、厚朴、白扁豆组成。

⑤玉楼：借指华丽的建筑，传说是天帝或仙人的居所。唐李商隐《汉南书事》诗云："陛下好生千万寿，玉楼长御白云林。"

[背景与赏析]

钟芳（1476—1544），字仲实，号筼溪，原籍琼山（今海南海口）人，明朝正德三年（1508）进士，嘉靖中累官至户部右侍郎，卒赠都察院右副都御史。钟芳著作涉及政治、经济、文化、医学、军事等领域，其哲学著作《春秋集要》《学易疑义》两书，提出"知行本自合一，知以利行，行以践知"的哲学观点。《广东通志》尊称钟芳为"岭南巨儒"。

这首诗描绘的场景：夏天傍晚时分，太阳发出的光辉和热浪逼近屋子的窗纱，诗人一边煎煮香薷当作茶饮，一边惬意地倚靠在清凉的座位上，看晴空万里，日落余晖，鸦雀归巢。

【话】

香薷为唇形科香薷属植物石香薷或江香薷的干燥地上部分。前者习称"青香薷"，为野生品种；后者习称"江香薷"，为栽培品种，是石香薷栽培变种。香薷多栽培于江西新余等地。

香薷味辛，性微温，归肺、胃经，具有发汗解表、化湿和中、行水消肿的功效。香薷中富含挥发油类、黄酮类及香豆素类。青香薷中挥发油较多，包括百里香酚、香荆芥酚和对伞花烃等，具有广谱抗菌作用，对流感病毒有一定的抑制作用。江香薷挥发油同样具有一定的抗菌、抗病毒、抗炎作用，有较强的体外抗菌活性；能抑制中枢神经系统，有镇静、镇痛之效；能增强机体免疫功能，降血压、降血脂。

江香薷是药材香薷的基源植物之一。香薷普遍存在，历代本草对此早有记载，人们将其作为蔬菜生食。南朝陶弘景《本草经集注》将香薷列为菜部药物之中品，谓"家家有此，惟供生食"。香薷作为蔬菜又曾被称为香菜，李时珍说："香薷有野生，有家莳。中州人三月种之，呼为香菜，以充蔬品。"

明姚可成《食物本草》记载香薷："夏月代茶，可无热病，调中温胃；含汁漱口，去臭气。"因此其可制成香薷薄荷茶：用香薷、薄荷各9克，水煎代茶饮，可用于夏季防暑、防腹泻、防感冒等，还可清热利尿、清心除烦，亦可治一般的咽喉部炎症；如果将两者煎汤含漱，可除口中异味。

香薷是夏月辛温解表之要药，素有"夏月麻黄"之称，治疗夏季乘凉饮冷、外感风寒、内伤暑湿所致的阴暑证。《中华食疗本草》介绍香薷食疗方1个：取香薷10克放入锅中，加入适量清水，煎煮取汁，再加入适量大米煮粥，米熟后加入适量白糖，继续煮片刻即可食用，每日1~2剂，连续食用3~5天。现代病"空调病"逐渐增多，在夏季发病率越来越高，人们因长期处于空调环境中而出现一种以头晕头痛、上呼吸道感染、关节酸痛、食欲下降等为主要症状的疾病。对此，可以用香薷12克、石菖蒲10克，清暑解表，化湿和中。

注意事项：内服宜凉饮，热饮易致呕吐；火盛气虚、阴虚有热的人禁服，表虚者禁服。

（潘纬榕）

本草诗话

莱菔子

莱菔子

【诗】

宋释居简《蘋洲莱菔脆甚》：

> 藕生玉井①何曾见，梨属张公②不见分。
> 安得③脆琼④莱菔子⑤，蘋洲⑥南畔⑦种残云⑧。

[注释]

①藕生玉井：玉井，井的美称。玉井莲，古代传说中华山峰顶玉井所产之莲，所结之藕食之可以成仙。唐韩愈《古意》诗云："太华峰头玉井莲，开花十丈藕如船。"

②梨属张公：张公梨，一种品质优良的梨。典出《昭明文选·闲居赋》："张公大谷之梨，梁侯乌椑之柿，周文弱枝之枣，房陵朱仲之李，靡不毕殖。"唐李贤注引《广志》曰："洛阳北芒山有张公夏梨，甚甘，海内惟有一树。"唐杜甫《题张氏隐居二首》云："杜酒偏劳劝，张梨不外求。"

③安得：怎么才能求得，哪里能够得到。唐杜甫《茅屋为秋风所破歌》："安得广厦千万间，大庇天下寒士俱欢颜。"

④琼：美好的。宋苏轼《水调头歌(明月几时有)》词云："我欲乘风归去，又恐琼楼玉宇，高处不胜寒。"

⑤莱菔子：莱菔俗名萝卜，一年生或二年生草本植物，叶呈羽状分裂，花白色或淡紫色，主根肥大，圆柱形或球形，是普通蔬菜之一。其种子可供药用，叫莱菔子。

⑥蘋洲：蘋，一种蕨类隐花植物，生在浅水表。当前"苹"与"蘋"虽同为"蘋"的简体字，但在《诗经》里"蘋"与"苹"是两种不同的植物，如有云"呦呦鹿鸣，食野之苹""于以采蘋？南涧之滨"。经考证，蘋为蕨类植物，苹为蒿属植

物。洲，水中的陆地。《诗经·周南·关雎》诗云："关关雎鸠，在河之洲。"

⑦畔：旁边，附近，也指田界，即田地的界线。

⑧残云：零散稀疏的云。此处比喻地里种的萝卜像残云一样。

[背景与赏析]

释居简(1164—1246)，字敬叟，号北涧，南宋潼川(今四川三台县)人，著有《北涧文集》《北涧诗集》等。《补续高僧传》《灵隐寺志》《新续高僧传》等为其立传。

本诗是诗人对萝卜的赞誉。诗人不曾见过玉井藕，也从未分得过张公梨，但肯定吃过又脆爽又美味的莱菔。诗人还想着，哪里能够得到莱菔的种子，种在沙洲南边。诗人以玉井藕和张公梨作为对比，更加反衬出蓣洲萝卜的美味。

【话】

明李时珍《本草纲目》说："莱菔，今天下通有之……大抵生沙壤者脆而甘，生瘠地者坚而辣。根、叶皆可生可熟，可菹可酱，可豉可醋，可糖可腊，可饭，乃蔬中之最有利益者。"莱菔全国各地均产，以砂质壤土栽培为宜。

莱菔子为十字花科植物萝卜的干燥成熟种子。莱菔子味辛、甘，性平，归肺、脾、胃经，具有消食除胀、降气化痰的功效，主治饮食停滞、脘腹胀痛、大便秘结、积滞泻痢、痰壅喘咳。现代研究提示其主要成分包括硫苷类、水溶性生物碱类、挥发油及脂肪酸类、黄酮及多糖类等，除了用于便秘、术后腹胀、肠梗阻、胃炎等消化道疾病，现代临床还用其治疗高血压、高血脂、胰腺炎、排尿功能障碍、黄褐斑、崩漏等。

莱菔子可消食导滞。清末民国时期著名医家张锡纯《医学衷中参西录》认为，莱菔子无论生用还是炒用，均有"顺气开郁，消胀除满"之效。如取适量莱菔子炒黄研末，每次取 6 克，用水调服，可治疗饮食积滞引起的胃脘胀满疼痛、嗳腐吞酸、恶心呕吐等症。或用莱菔子 12 克，先把莱菔子炒至香熟，然后研成细末，粳米 30 克，加入适量水煮，待粳米煮熟时，每次调入炒莱菔子末 6 克，稍煮即可，趁热吃粥，每日 2 次，连用 3 天，有行气、消积的功效，可用于小儿厌食症。

莱菔子还具有通便的作用。将莱菔子用小火炒黄，研末，每天晚上以开水冲服 9~30 克，可治疗老年性便秘、习惯性便秘、顽固性便秘等，也可用于原发性高血压的辅助治疗。

莱菔子还可以外用。取生莱菔子 60 克，研烂，用热酒调，外敷于患处，可以治疗跌打损伤、瘀血胀痛。

注意事项：莱菔子辛散耗气，故气虚而无食积、痰滞者慎服；不宜与人参同服。

(张苏贤　张天嵩)

莲 子

❀

【本草】

莲子

【诗】

唐皇甫松《采莲子》：

> 船动湖光滟滟①秋，贪看年少②信船流。
> 无端③隔水抛莲子，遥④被人知半日羞。

[注释]

①滟滟：水光貌，水面闪光的样子。唐赵嘏《献淮南李仆射》诗云："马嘶红叶萧萧晚，日照长江滟滟秋。"

②年少：指少年男子。唐白居易《琵琶行(并序)》诗云："五陵年少争缠头，一曲红绡不知数。"

③无端：无故，没来由。唐李商隐《为有》诗云："无端嫁得金龟婿，辜负香衾事早朝。"

④遥：远。明徐宏祖《徐霞客游记》云："天都虽近而无路，莲花可登而路遥。"

[背景与赏析]

皇甫松，字子奇，自号檀栾子，晚唐睦州新安(今浙江淳安)人，生卒年不详，代表作有《采莲子》二首、《浪淘沙》二首等，其中以《采莲子》二首的艺术成就最高。其诗笔致清灵，情境优美，王国维《人间词话》赞其"情味深长，在乐天、梦得上"。乐天是唐代诗人白居易的字，梦得是唐代诗人刘禹锡的字。

这首清新隽永的《采莲子》描绘了一幅江南水乡的风物人情画：秋天，湖水荡漾，一位采莲女出神地凝视着岸边的英俊小伙，让小船任意地随水漂流。突然她抓起一把莲子，无缘无故地向那岸边的小伙子抛掷过去，但猛然发现自己

大胆的行为被远处的人看见了，害羞了大半天。多么大胆热情、纯真可爱的一位江南水乡小姑娘啊。

【话】

莲子谐音"怜子"，就是"爱你"意思，在古代小说或戏曲中，相爱男女常用此谐音双关的隐语，含蓄地表露自己的情思。如果你有意中人但不敢直接表达爱意，不妨送一颗莲子试探一下对方的心意。

莲子更是一味中药，又称莲实、莲米、水之丹，是莲的副产品，湖南出产的湘莲、江西出产的大白莲、福建出产的建莲，称为全国三大名莲。

莲子味清香，营养丰富，含钙、磷、钾及多种维生素、微量元素等。其味涩，归脾、肾、胃经，具有止泻、固精作用，因此可以用来治疗具有"滑"性特点的疾病，如长久腹泻、遗精、遗尿、带下等疾病，而对腹胀、大便燥结的人群就不适用了。食疗方：

粳米 100 克、莲子 30 克，煮粥服用，每日 1 剂，可以补中强志、益耳目。

百合 30 克、莲子 30 克，加冰糖适量，炖水饮，每日 1 剂，可养心安神，对脑力劳动者适用。

莲子种仁内的绿色胚芽称为莲子心，以个大色青绿、未经煮者为佳；其味苦，性寒，归心、肺、肾三经，具有清心火、安心神、止遗精之功效。食疗方：用莲子心 10 克，每天代茶饮用，可以降血脂、清热、安神、降血压，体质壮实者适用。

（张天嵩）

荷　叶

【本草】

荷叶

【诗】

宋杨万里《小池》：

泉眼①无声惜②细流，树阴照③水爱④晴柔⑤。

小荷才⑥露尖尖角⑦，早有蜻蜓立上头⑧。

［注释］

①泉眼：泉水的出口。

②惜：吝惜，舍不得。唐白居易《卖炭翁》云：“一车炭，千余斤，宫使驱将惜不得。”

③照：映照，反射影像。唐王涯《琴曲歌辞·蔡氏五弄·游春曲二首》云：“满园深浅色，照在绿波中。”

④爱：喜欢。宋周敦颐《爱莲说》云：“晋陶渊明独爱菊。”

⑤晴柔：晴天里柔和的风光。晴，晴朗无云的天气。柔，柔和，温和。

⑥才：方，始，刚刚。宋沈括《梦溪笔谈》云：“此印者才毕，则第二板已具。”

⑦尖尖角：指初出水端还没有舒展的荷叶尖端。尖尖，末端细小尖锐貌。角，形状像角的东西。

⑧上头：上面，顶端。

［背景与赏析］

杨万里（1127—1206），字廷秀，号诚斋，自号诚斋野客，南宋吉州吉水（今江西省吉水县黄桥镇湴塘村）人。在南宋朝廷中，杨万里历任国子监博士、漳州知州、吏部员外郎、秘书监等职，为官清正廉洁，不扰百姓，不贪钱物。在政治上，他力主抗金，反对屈膝议和。在中国文学史上，杨万里为著名文学家、诗人，与陆游、范成大、尤袤并称"南宋四大家""中兴四大诗人"。在文学方面，他广师博学，在诗、词、散文等方面颇有佳作，特别是在诗歌方面，创"活泼自然，饶有谐趣"的诚斋体，为当时诗坛巨擘，引领风骚，如南宋姜特立称赞说"今日诗坛谁是主，诚斋诗律正施行"，南宋陆游也心悦诚服地说，"诚斋老子主诗盟，片言许可天下服""文章有定价，议论有至公。我不如诚斋，此评天下同"，诗人间惺惺相惜之情溢于言表。

　　春草、夏荷、秋菊、冬梅等是一年四季中各具特色的自然景物，历来是文人墨客喜爱的歌咏绘画的题材。荷花，又名莲花、水芙蓉等，因其"出淤泥而不染，濯清涟而不妖"的品性而多被吟咏，如汉乐府《江南》"江南可采莲，莲叶何田田"，唐王昌龄《采莲曲》"荷叶罗裙一色裁，芙蓉向脸两边开"，杨万里《晓出净慈寺送林子方》"接天莲叶无穷碧，映日荷花别样红"等均描写了盛夏荷叶茂盛的样子，而唐李商隐《宿骆氏亭寄怀崔雍崔衮》"秋阴不散霜飞晚，留得枯荷听雨声"则描写了晚秋荷叶枯败的样子，均不如本诗"小荷才露尖尖角，早有蜻蜓立上头"之妙也。蜻蜓落荷，稍纵即逝，杨万里却用诗的语言取得了照相机的功效，快照将其定格，难怪钱锺书教授评价说"放翁善写景，而诚斋善写生。放翁如图画之工笔；诚斋则如摄影之快镜，兔起鹘落，鸢飞鱼跃，稍纵即逝而及其未逝，转瞬即改而当其未改，眼明手捷，踪矢蹑风，此诚斋之所独也"，真可谓要言不烦。

本诗是杨万里最经典的一首绝句，据诗中所述可知，小池的源泉中，一股细流从洞口无声地流出，树影婆娑，倒映在水里，树阴喜欢晴天里柔和的风光，尖尖的荷叶才伸出水面，却吸引了一只调皮的蜻蜓飞来停落在上面，平静的池塘显出了一片生机勃勃的景象。本诗通过描写一个泉眼、一股细流、一池树阴、一枝初荷、一只蜻蜓，均紧扣一"小"字，构成一幅生动的小池风物图，以静写动，充满诗情画意，饱含哲理，表现了大自然中万物之间亲密和谐的关系，以及诗人对大自然景物的热爱之情和对初夏的喜爱与赞美之情。

【话】

莲，又称为荷、芙蕖、泽芝、水芝，为多年生水生草本植物，生于水泽、池塘、湖沼或水田内，野生或栽培，分布于我国南北各地。莲，全身都是宝，莲子、莲藕、荷花、荷叶等均可入药。荷叶为睡莲科植物莲的干燥叶，夏、秋二季采收，晒至七八成干时，除去叶柄，折成半圆形或折扇形，干燥。荷叶味苦，性平，归肝、脾、胃经，具有清暑化湿、升发清阳、凉血止血的功效。现代药理研究表明，荷叶含有荷叶碱、去甲基荷叶碱、亚美罂粟碱、番荔枝碱、莲苷、苹果酸、酒石酸、草酸、葡萄糖酸、琥珀酸、鞣酸、挥发油等成分，具有扩张冠状动脉、降血压、降血脂、抑菌、抗氧化、延缓衰老等作用。

因具有药食同源的双重身份，荷叶在民间作为一味食材被非常广泛地使用，各大菜系不少名菜均用到荷叶，是取其清香升散之性、祛湿降血脂之功。如粤菜中利用荷叶包裹制作的糯米鸡和荷叶饭，达到了"饭包荷叶比花香"的效果，荷叶米沙肉、荷香蒸鸡、荔荷炖大鸭等都是粤菜传统的夏令佳肴；鲁菜中有名的荷叶叫花鸡、荷叶酥鱼、荷香肘子等，都是取荷叶的清气来化解肉类食物的滋腻之气。鲁菜的发源地、具有"四面荷花三面柳，一城山色半城湖"美誉的济南市，就有一道名为草包包子的传统名吃（创始于 1937 年），可谓是就地取材。它以荷叶为笼布，蒸好的包子就带有一股荷叶的清香之气。据说，目前草包包子铺总店生意依然非常红火，可提供新鲜的荷叶，方便顾客外带或打包吃不完的包子。荷叶蒸鱼、荷叶蒸排骨、荷叶蒸鸡、荷叶酿糯米鸡、荷叶饭、荷叶香饼等也都是容易制作的家常菜。

荷叶有鲜品荷叶、干燥荷叶，另有荷叶粉、荷叶炭等新开发的产品。荷叶粉是将荷叶磨成粉，便于携带和食用，也可作为固体饮料、代餐粉冲泡饮用。荷叶经高温碳化，粉碎成颗粒，物理特性和功效也发生改变，更不容易发霉变质，且具有收涩化瘀止血的功效。这些不同的产品均可用于食疗，可以根据不同情况合理选择使用。

荷叶最常见的食用方法是做成荷叶茶饮服用，一般取料时以 7—9 月荷叶的品质为佳。

根据个人体质和养生目的，每次取品质佳干荷叶 10~15 克或鲜荷叶 30~60 克，剪碎，放到茶壶或大茶杯里，开水冲泡，焖 5~6 分钟后即可饮用，饮第一泡即可。每天 3~4 次，一般空腹时饮用。此茶适用于有减肥降脂、利尿通便、静心安神、美容养颜、夏天防暑等目的的人群。

干荷叶 10~15 克或新鲜荷叶 1 张（剪碎）、山楂 15~30 克、决明子 10 克，沸水冲泡饮用，或水煎 5~15 分钟服用。此茶具有降血压、通便、降脂减肥的作用，适用于高血压、动脉硬化、高脂血症、肥胖症、便秘等疾病的辅助治疗。

荷叶可单用，也可和薏苡仁、白扁豆等其他健脾化湿类药食同源药物一起煮粥，可用于高脂血症、肥胖症等的治疗，并可用于防暑消暑。

取鲜荷叶 60 克或干荷叶 30 克、鲜冬瓜 250~500 克，盐适量。荷叶洗净，剪碎；冬瓜洗净，去瓤，切成片。将两者一起放入锅中，加水适量煮成汤，煮沸后拣去荷叶，加盐调味即可。

取鲜荷叶 60 克、大米 60 克，将鲜荷叶洗净、切丝，大米淘净。将荷叶加水煎 30 分钟左右，去渣取汁，加大米煮为稀粥服食，每日 1 剂。

取鲜荷叶 60 克或干荷叶 30 克，粳米 100 克，莲子 30 克，枸杞子、冰糖各适量。莲子、枸杞子先用水泡发；锅内倒入水，放入荷叶加水大火煮 30 分钟左右，去渣取汁，放入粳米，煮至半熟时放入莲子、枸杞子，煮至粥稠，放冰糖调味即成。

取鲜荷叶 60 克或干荷叶 30 克、白扁豆 30~60 克、大米 60 克。将白扁豆、大米淘洗干净，荷叶洗净切丝，冰糖研细。先取扁豆，煮沸后，下大米煮至扁豆黏软时，再下荷叶、冰糖，煮 15 分钟即成。每日 1 剂。

注意事项：脾胃虚寒、气血虚弱人群慎用；孕妇、哺乳期妇女不宜食用荷叶茶，更不宜用荷叶茶来减肥瘦身。

（张天嵩　张怀艺）

桔　梗

【本草】

桔梗

【诗】

宋王安石《北窗》：

病与衰期每①强扶②，鸡壅③桔梗亦时④须。

空花⑤根蒂⑥难寻摘⑦，梦境烟尘费扫除。

耆域⑧药囊真妄⑨有，轩辕⑩经匮⑪或元⑫无。

北窗枕上春风暖⑬，漫⑭读毗耶⑮数卷书。

[注释]

①每：常，往往。《晋书·祖逖传》云："祖逖……年十四五犹未知书，诸兄每忧之。"

②强扶：勉强扶持，勉强撑持，勉强支撑。

③鸡壅：鸡头草，一名芡。《庄子·徐无鬼》云："药也，其实堇也，桔梗也，鸡壅也，豕零也，是时为帝者也，何可胜言！"堇（即乌头）、桔梗、豕零（即猪苓根）、鸡壅（即鸡头草、芡）都是贱药，但药无贵贱，愈病则良，药病相当，故便为主药。该典多被后人化裁使用，如宋郑清之《旧冬得蒌蒿数十根，植之舍旁，今春遂可采撷辄持饷黄堂，拙语先之，聊发一笑》诗云："物有贵贱所遇然，鸡壅豕苓以帝言。"宋苏轼《周教授索枸杞因以诗赠录呈广倅萧大夫》诗云："鸡壅桔梗一称帝，堇也虽尊等臣仆。"宋陈造《买薤》诗云："鸡壅谢称帝，杞菊第宾从。"

④时：常常，经常。晋陶潜《归去来兮辞（并序）》云："策扶老以流憩，时矫首而遐观。"

⑤空花：亦作空华，佛教用语，隐现于病眼者视觉中的繁花状虚影，比喻

纷繁的妄想和假象。

⑥根蒂：根由。

⑦摘：除去，去掉。

⑧耆域：天竺名医，据传曾为佛陀治疗外伤。据《佛说奈女耆域因缘经》记载，有维耶梨国，国王苑中自然生一奈树，树生一女，名曰奈女，甚为端正，七国王争之，被瓶沙王所得，遂生儿耆域，耆域出生时就手持针药囊，生而善医。

⑨妄：虚妄，极不真实。汉王充《论衡·订鬼篇》："妄见之也。"

⑩轩辕：传说中的古代帝王黄帝的名字，姓公孙，居于轩辕之丘，故名轩辕。黄帝和伏羲、神农历来被尊为医药之始祖。相传黄帝曾与其臣岐伯、伯高、少俞等谈论医道，故后世把中医称为岐黄之术。《汉书·艺文志》载："黄帝有内外经。"

⑪匮：古同"柜"。

⑫元：犹"原"，本来，向来，原来。《潜夫论·本训》云："必先原元而本本。"

⑬春风暖：双关语，一是指春风温暖，二是指万物复苏的春天到了，诗人希望自己的疾病好转起来。宋王安石《元日》诗云："爆竹声中一岁除，春风送暖入屠苏。"春风，春天的风。暖，温暖，暖和。

⑭漫：随便，随意。唐杜甫《闻官军收河南河北》云："漫卷诗书喜欲狂。"

⑮毗耶：指维摩诘，诗文中常用以比喻精通佛法、善说佛理之人，此指《维摩诘经》，又称《净名经》，全称为《维摩诘所说经》。

[背景与赏析]

王安石（1021—1086），字介甫，号半山，封荆国公，故人称"王荆公"，谥号"文"，故世人又称其为"王文公"，抚州临川（今江西省抚州市）人，北宋时期政治家、文学家、思想家、改革家。虽然人们对王安石的政治改革措施和成果褒贬不一，但对其文学成就高度肯定都是一致的。其诗体被称为王荆公体或半山体；其散文简洁峻切，论点鲜明，逻辑严密，说服力强，故其名列"唐宋八大家"，有《临川集》等著作存世。

王安石"不好声色，不爱官职，不殖货利"，但他有着富国强兵的政治抱负。北宋立国后，将行政权、财权、军权收归中央，政治上实行文人治国，军事上奉行守内虚外，逐渐出现了冗员、冗兵、冗费等问题，形成了积贫积弱的局面，加之外敌侵扰，在庆历三年（1043），以范仲淹为首推行了"庆历新政"，但未经一年即告失败，并未缓和宋朝严重的阶级矛盾和民族矛盾，朝廷内外危机四伏。为了改变积贫积弱的局面（王安石认为主要是经济困窘、社会风气败坏、国防安全堪忧等问题），励精图治的宋神宗和王安石策划并实施了变法。变法自熙宁二年（1069）开始，至元丰八年（1085）宋神宗去世结束，史称王安石变法、熙宁变法、熙丰变法。新法主要包括富国之法（如青苗法、免役法、方田均税法、农田水利法、市易法、均输法等）、强兵之法（如保甲法、裁兵法、置将法、保马法、军器监法等）、取士之法（如贡举法、太学三舍法等）。王安石变法的目的在于富国强兵，借以扭转北宋积贫积弱的局势。然而，变法却触犯了保守派的利益，遭到保守派的反对。围绕变法，拥护与反对两派展开了激烈的论辩及斗争，史称"新旧党争"，拥护变法者被称为"元丰党人"，反对变法者被称为"元祐党人"。

在变法期间，王安石于熙宁三年（1070）和熙宁八年（1075）两次拜相，熙宁七年（1074）和熙宁九年（1076）两次罢相。从第二次罢相到其去世，王安石一直居住在金陵（今江苏南京），过着退隐的生活。因脱离了繁重的政治事务，他的处世风格和生活方式发生了显著的变化，常与友人游览山水、赋诗唱和，寻寺访僧、诵诗谈佛，似与唐代王维、白居易等人相似，但又与王、白趋于消极、颓唐而欲从佛教中寻求解脱不同，王安石还是时刻关注政局的变化，他在《杖藜》中说，"尧桀是非时入梦，固知余习未全忘"。王安石生命中最后的十年，虽然是政治失意的十年，却是文学创作生涯最辉煌的时期，特别是诗歌方面，内容和风格均为之一变，少了些政治诗而多了些写景咏物诗；少了些"不畏浮云遮望眼，自缘身在最高层"的豪迈气概和"千门万户曈曈日，总把新桃换旧符"的改革精神，多了些"茅檐相对坐终日，一鸟不鸣山更幽"的淡远心境和"俯窥怜绿净，小立伫幽香"的闲时情趣。其诗遒劲清新，诗艺达到了高峰，又以绝句为最高。宋陈师道《后山诗话》谓王安石"平生文体数变，暮年诗益工，用意益苦"。

元丰六年（1083）冬，王安石得了一场重病，直到第二年春天才有好转，政治上的失意与身体上的病衰使他对佛教由爱好转为信仰，思想也由"以佛济儒"变为从佛教中寻求解脱。他对佛学也进行了深入的研究，注解了多部佛经，如著有《维摩诘经注》《金刚经注》等。笔者推测本诗作于元丰七年（1084）春天，反映出了他既信医又不信医、欲从佛教中求解脱的彷徨心理状态，但从诗中一"暖"字和一"漫"字看出，其总体风格还是积极向上的：作者晚年患病，常常是勉强活动，还需要经常服药治疗和调理。心中纷繁妄想的根由无法找到并去除，梦中所见的烟雾和尘土也不能扫除。天生神医和传世医书可能本来就是不存在的，还不如北窗高卧，随意翻翻《维摩诘经》，沐浴在这温暖的春风里吧！闲适之情，跃然纸上。

桔梗为桔梗科桔梗属多年生草本植物，又名铃铛花、包袱花、僧帽花，生于山地草坡、林边，或栽培。桔梗分布于全国各地。桔梗的根入药，又称为白药、利如、苦梗、苦桔梗，全国大部分地区均产，东北和华北的产量大，称为北桔梗，华东产的质量较好，称为南桔梗。

桔梗味苦、辛，性平，归肺、胃经，具有宣肺、祛痰、利咽、排脓的功效。现代药理研究表明，桔梗的根含有多种皂苷、氨基酸、多糖外，还富含矿物质锌、铁、镁、钠、钙等，具有祛痰与镇咳、抗炎、抑制胃液分泌和抗溃疡、降血糖、降血压、镇痛镇静、降温、抗水肿及利尿、杀虫等作用。

桔梗的根呈圆柱形或纺锤形，可作为食用蔬菜，我国东北地区及日韩等国常将桔梗作为拌菜、腌制咸菜或泡菜的极佳食材。桔梗还能单用或与其他药物及黄瓜、冬瓜、萝卜、猪肺等食材制成茶、汤、粥、菜肴等。

取桔梗 6~9 克，放入茶杯中，放入适量蜂蜜，冲入沸水适量，盖上盖子，焖泡 5~10 分钟，即可饮用。每日 1 剂。其具有化痰利咽之功，适用于慢性咽炎症见咽痒不适、干咳等症者。

取桔梗 6~9 克，加清水浸泡 30 分钟；与大米 100 克共煮成粥食用。每日 1 次。其具有润肺化痰止咳之功，适用于肺热咳嗽见痰黄黏稠或干咳难咯等症者。如果用于脘腹部胀满者，可以再加陈皮 6~9 克。

取鲜蒲公英 60 克，洗净切碎，连同桔梗 9 克，共入锅中，水煎去渣取汁半碗，加入白糖少许稍炖即成。其具有清热消痈、消炎镇痛的功效，适用于肺痈咳唾脓痰、肠炎等疾病的辅助治疗。

《简要济众方》载一方，治疗痰嗽喘急不定，用桔梗 45 克，捣罗为散，以水500 毫升煎取 400 毫升，去渣，温服。《苏沈良方》载枳壳汤治疗伤寒痞气，胸满欲死，用桔梗、枳壳各 30 克，锉如米豆大，用水 750 毫升，煎减半，去渣，分两次服。从临床症状分析来看，这两张方子治疗的病症类似于现代的哮喘，要注意桔梗的用量比较大，有可能会引起患者恶心呕吐。

唐孙思邈《千金要方》载一方，单用桔梗为末，水冲服，每次 1.5 克，每日4~5 次，用治鼻衄。

注意事项：阴虚久咳以及咯血者禁用；胃溃疡者慎用。

（张天嵩）

桃　仁

桃仁

【诗】

宋真德秀《咏仁》：

程子①精微②谈谷种，谢公③近似④喻桃仁。

要须精⑤别⑥性情异，方识其言亲⑦未亲。

[注释]

①程子：对宋代理学家程颢、程颐的尊称。程颐与其兄程颢，并称“二程”，绝大部分时间在洛阳讲学，创立了“洛学”。他把“理”作为最高本体范畴而建立了一个哲学体系，促进了儒学复兴，为理学奠定了基础。

②精微：精深微妙。儒家经典《礼记·中庸》云：“致广大而尽精微，极高明而道中庸。”

③谢公：指谢伋，为宋代理学家、政治家、文学家、药学家等。师从“二程”，继承“二程”的“格物致知论”，开朱熹“穷理说”先河。官至太常少卿，晚年辞官隐居黄岩，开辟药园，自号“药寮居士”。

④近似：和而不同，相像却不完全相同。

⑤精：精心，专一。汉范晔《后汉方·张衡传》：“精思傅会，十年乃成。”

⑥别：区别，分别。

⑦亲：正确，准确。

[背景与赏析]

真德秀（1178—1235），本姓慎，字实夫，因避孝宗讳改姓真，先后更字景元、希元，号西山，故又称为西山先生，建宁府浦城（今福建省浦城县）人，是宋代理学家朱熹的传人，南宋后期理学家、官员。他发扬朱熹理学思想，创立了西山真氏学派，著有《读书记》《四书集编》《大学衍义》《西山文集》等。

程子和谢公都是理学大家。程子曾经以谷物种子为话题畅谈自己的学术精微，谢公以同样入药的桃仁作比喻发表看法。但必须要亲自了解各种种仁之间的具体差异，才能知道他们的言论正确与否。本诗借种仁辨识来谈治学的方法。

【话】

桃仁为蔷薇科植物桃或山桃的干燥成熟种子，别名脱桃仁、大桃仁、桃核仁等。桃全国各地普遍栽培，山桃主要分布于河北、山西、山东、河南等地。

桃仁味苦、甘，性平，归心、肝、大肠经，具有活血祛瘀、润肠通便、止咳平喘的功效，主要用来治疗经闭痛经、肺痈肠痈、跌打损伤、咳嗽气喘、肠燥便秘等。现代药理研究表明桃仁中含脂肪油类、苷类、蛋白质、挥发油、糖苷等物质。桃仁中丰富的油脂成分可对胃肠道黏膜起润滑作用，促进排便；桃仁水提物有保护神经、改善记忆作用；桃仁醇提物、桃仁水提物、桃仁总蛋白等对免疫系统具有双向调节作用等，在肝硬化、急/慢性扭挫伤、痛经、肺炎等临床治疗中有一定应用。

桃仁是药食同源之品，具有很高的食用价值和广阔的药理用途，能够治疗和预防多种疾病。桃仁入药最早见于《神农本草经》，在历代药材类古籍中均有记载。桃仁虽好，但其水解后能形成含氰苷类物质，如果过量使用，则易引起中毒，故无论是药用还是作为食材，均不可过量，一般 5~10 克为宜。

桃仁滑润多脂，能润肠而除肠燥，通腑气而利大便。把桃仁 10 克打烂煮汤，调以蜂蜜饮，具有滋阴润肠功效，可用于治疗肠燥便秘。或用桃仁 10 克、杏仁 10 克、芝麻 10 克、松子仁 10 克、粳米 200 克，共熬粥食用，具有滋补肝肾、润燥滑肠功效，适合治疗老年人习惯性便秘。或取桃仁 6~9 克、芝麻 15 克、松子仁 9 克，一起焙干研粉备用；粳米 150 克，洗净，放入锅中，加入适量水熬粥；粥成时，加入三仁粉，搅拌均匀，加适量冰糖调味即可，具有益精健脑、润肠通便的功效，适用于肾精不足所致失眠、健忘、习惯性便秘等中老年人群。

《名医别录》谓桃仁可治"咳逆上气"。桃仁具有止咳平喘的作用，用枇杷叶 9 克、桃仁 6 克，水煎后去渣，代茶饮，具有清肺止咳、化痰降逆功效，适用于百日咳痉咳期伴痰盛、呕吐者。或用桃仁 10 克、梨 150 克、冰糖 30 克，清水适量，加入砂锅中煲煮半小时，放入冰糖，炖至冰糖融化，具有止咳平喘功效，适合秋季肺燥人群食用。

清张璐《本经逢原》言桃仁"为血瘀血闭之专药，苦以泄滞血，甘以生新

本草诗话

血"。用桃仁6克、山楂12克、陈皮3克，开水冲泡代茶饮，每日1剂，具有活血化瘀、行气导滞功效，适合痰瘀互结的冠心病、高脂血症人群饮用。或用桃仁3克、冬瓜仁3克、陈皮3克、绿茶3克、冰糖适量，250毫升沸水冲泡，每日1剂，可亮肤祛斑。或用桃仁10克加清水研磨取汁，加粳米100克，煮粥食用，用于心腹疼痛。或用桃仁9克、桂枝9克、茯苓9克、芍药9克、牡丹皮9克，加水煎30分钟，每日1剂，能活血、化瘀、消症，主要用于治疗子宫内膜炎、子宫肌瘤、痛经、月经不调等妇科疾病。或用桃仁6克，浸泡后去皮尖，玫瑰花3克，将两药放入锅中，加适量水一起煎煮，去渣取汁，再加粳米150克，熬煮成粥，粥成时加红糖搅拌均匀即可，具有活血、化瘀、止痛的功效，适合血瘀所致月经不畅、痛经者食用。

注意事项：桃仁有小毒，不可过量服用；因其有活血化瘀、促进子宫收缩作用，孕妇忌服；因其有润肠通便作用，便溏者慎服。

（黄伟玲　王安安）

夏枯草

【本草】

夏枯草

【诗】

明胡俨《戏作次药名十首》其六：
蚯蚓结^①来成百合，海羊斗^②处^③即蜗牛。
莫认夏枯为益母，须知萱草^④解忘忧。

[注释]

①结：聚，合。
②斗：像斗的东西。
③处：居住，生活。
④萱草：百合科萱草属植物，代表性种类是黄花菜，根、叶可入药，具有安神解忧的功效。西晋博物学家张华所著《博物志》中云："中药养性，合欢蠲忿，萱草忘忧。"唐白居易《酬梦得比萱草见赠》："杜康能散闷，萱草解忘忧。"

[背景与赏析]

胡俨（1360—1443），字若思，南昌人，从小十分好学，天文、地理、律历、医卜无不究览，擅长书画；历任华亭县教谕、桐城县知县、翰林检讨、侍讲、左庶子、国子祭酒、太子宾客等职，充《明太祖实录》《永乐大典》等官方书总裁官，著有《颐庵文选》《胡氏杂说》。

诗中列举了蚯蚓、百合、海羊、蜗牛、夏枯、益母、萱草等药物，有些长得相似，但功效不同，不能错认。胡俨虽不是医生，但提出了一个非常重要的问题，即在古代搞混药物品种的问题确实存在。如夏枯草与益母草，两者都是唇形科植物，都是至夏天而枯，因此古人容易混淆。如夏至草，又名小益母草、假茺蔚、假益母草等，在《滇南本草》中称为夏枯草，并言"夏枯草有白草夏枯，有益母夏枯"。关于益母草，明李时珍《本草纲目》描述道："其茎方类麻，故谓之野天麻。俗呼为猪麻，猪喜食之也。夏至后即枯，故亦有夏枯之名。"这说明几种药物有可能是在不同地区的异物同名品。

【话】

入药的夏枯草为唇形科夏枯草属多年生草本植物，又名麦穗夏枯草、铁线夏枯草、麦夏枯、铁线夏枯、夕句、乃东等，多生长在山沟水边湿地或河岸两旁湿草丛、荒地、路旁；全国各地均产，主产于江苏、浙江、安徽、河南等地。

夏枯草味辛、苦，性寒，归肝、胆经，具有清火、明目、散结、消肿等功效，常用于目赤肿痛、目珠夜痛、头痛眩晕、瘰疬、瘿瘤、乳痈肿痛、甲状腺肿大、淋巴结结核、乳腺增生、高血压等病症。现代药理研究表明，其含有苷类物质（如三萜皂苷、芸香苷、金丝桃苷）、有机酸（如乌苏酸、咖啡酸、游离齐墩果酸等）、挥发油、生物碱、各种维生素等成分，具有降血压、利尿、抗炎、抗菌、抗肿瘤等作用。

夏枯草可以清痰火，散郁结，舒畅气机。清王学权《重庆堂随笔》："夏枯草，微辛而甘，故散结之中，兼有和阳养阴之功，失血后不寐者服之即寐，其性可见矣。陈久者其味尤甘，入药为胜。"取夏枯草 60 克，以沸水 300 毫升冲泡 15 分钟，代茶饮用，每日 1 剂，具有清肝散结的功效，可以作为肝气胀痛、瘰疬、瘿瘤、乳痈、乳癌等的辅助治疗。

夏枯草具有清热平肝之性，可用于高血压属肝火、肝阳上亢症见之头痛、目眩者。取夏枯草（鲜）60~90 克、蜂蜜 30 克，开水冲服。也可取夏枯草 30 克，浸泡、洗净，用纱布或煲汤袋装好；黑豆 50 克，浸软、洗净；两者置瓦煲内，加水 1000 毫升，冰糖适量，大火煎开后再小火煲约 30 分钟即可。每日分 3 次服用。其具滋阴润燥、清热解毒的功效，可作为高血压者常用饮料，也可用于风火牙痛。

夏枯草有清火明目之功效，能治目赤肿痛、头痛等。取夏枯草 9~12 克、白菊花 6~9 克，开水冲泡约 15 分钟，滤渣，蜂蜜适量，当茶饮用。

注意事项：脾胃虚弱者慎服。

（陈凯　张天嵩）

党 参

【本草】

党参

【诗】

宋苏轼《小圃五咏·人参》：

上党天下脊^①，辽东真井底^②。
玄泉倾海腴^③，白露洒天醴^④。
灵苗此孕毓^⑤，肩肢或具体^⑥。
移根到罗浮^⑦，越水灌清泚^⑧。
地殊风雨隔^⑨，臭味终祖祢^⑩。
青桠缀紫萼，圆实堕红米。
穷年生意足^⑪，黄土手自启^⑫。
上药无炮炙^⑬，齕啮尽根柢^⑭。
开心定魂魄，忧恚^⑮何足洗。
糜身^⑯辅吾生，既食首重稽^⑰。

[注释]

①"上党"句：上党居太行之巅，据天下之脊，自河内观之，则山高万仞；自朝歌望之，则如黑云在半天。

②"辽东"句：辽东如同在井下。此为诗人的想象。

③"玄泉"句：意为幽深的泉水浇灌着人参。玄泉，幽深的泉水。倾，倾倒。海腴，人参别名。

④"白露"句：秋天的甘露洒下来，如同大自然的甜酒。洒，东西分散地落下。醴，甜酒。

⑤孕毓：即孕育，生育，养育。

⑥"肩肢"句：肩膀、四肢，有的具有人形。

⑦罗浮：山名，在广东省增城区、博罗县、河源市等之间，长百余公里。

⑧清沚：清澈而明净。

⑨"地殊"句：地域不同，风雨相隔。

⑩"臭味"句：臭味，气味。终，始终，总。祖祢，本原，起始。

⑪"穷年"句：穷年，荒乱的年头，此指苏轼被贬，是倒霉的年头。生意，生计。

⑫"黄土"句：意为小圃的黄土由自己亲手疏松。栽培人参不仅需要松土，还需要除草等田间管理。

⑬炮炙：同"炮制"，中药材加工处理方法的总称。

⑭龁啮：咬。

⑮忧恚：忧愁怨恨。

⑯糜身：同"糜躯"，谓献出生命。

⑰"既食"句：意为食用人参后，再给人参三叩头表示感谢。稽首，旧时所行跪拜之礼。

[背景与赏析]

苏轼不仅是大文学家，对中医药也有深入研究，平素也亲自种植和服食一些常用的补益类中药如党参、地黄等。在明代以前，太行山区上党一带的人参十分名贵，长白山人参尚无大名，所以苏轼说"上党天下脊，辽东真井底"。在唐代和北宋，上党都向朝廷进贡人参，但这造成了太行山植被遭到严重破坏，人参失去了赖以生存的条件。到了明朝中后期，上党人参已经绝迹，而长白山区人参名气日高。这首诗给我们提供了一些非常有用的信息。它详细地描述上党人参的产地、种植方法、外貌、性味、功效、服食方法等，同时也表达了诗人对人参的感激之情。

需要注意的是，古代上党人参是五加科植物，而如今我们使用的党参是桔梗科植物，两者不是同一个科属，所以苏东坡描绘的上党人参并不是我们今天所说的党参。现用的党参之名始见于清代《本草从新》，谓："按古本草云：参须上党者佳。今真党参久已难得，肆中所卖党参，种类甚多，皆不堪用。唯防风党参，性味和平足贵。根有狮子盘头者真，硬纹者伪也。"

【话】

党参为桔梗科多年生草本植物党参或川党参的根。党参药材由于产地不同，有西党参、东党参、潞党参等三种。西党参主产陕西、甘肃；东党参主产东北等地；潞党参主产山西，多为栽培品。野生于山西五台山等地者称野台党参。党参经晒干、切片或切段后，生用或炒用。

党参甘平和缓，归脾、肺二经，具有补中益气、健脾益肺、养血生津之功。现代药理研究显示，党参中含有皂苷、挥发油、酚类、肽类、多糖、维生素、脂肪油、甾醇、微量元素等多种成分，其中主要有效成分为人参皂苷和人参多糖。与党参补中益气、健脾功效相关的药理作用为调整胃肠运动功能、抗溃疡。党参具有增强机体免疫功能、增强造血功能、抗应激、强心、抗休克、调节血压、抗心肌缺血和抑制血小板聚集等作用。党参还具有益智、镇静、催眠、抗惊厥等作用。党参对治疗心血管疾病、胃和肝脏疾病、糖尿病、不同类型的神经衰弱症等均有较好疗效，还有抗辐射损伤和抑制肿瘤生长等作用，可提高生物机体免疫力。

党参为常用补中益气药，善补脾养胃、健运中气，具有补脾不燥、养胃不腻的优点。党参既有补益脾肺之力，又有益气生血之功，故凡气虚神疲、食少倦怠、肺气不足、气短咳喘及血虚津伤等脾胃虚弱、气血两亏之症，用之最宜。其尤可贵者，则健脾运而不燥，滋胃阴而不湿，润肺而不犯寒凉，养血而不偏滋腻，鼓舞清阳，振动中气，而无刚燥之弊。本品补气作用与人参相似，一般补气血、健脾胃、扶正祛邪的方剂中，多以党参代替人参，但补力薄弱缓慢，因此重症、急症仍以人参为宜。

平时服用党参可以选择熬汤，也可入粥、饭、菜肴等。《圣济总录》记载参苓粥的做法如下：党参、茯苓、生姜各10克，三味煎水去渣取汁，再入粳米100克煮成粥，可加盐调味，用于脾胃虚弱，少食欲呕，消瘦乏力。

清李化楠《醒园录》记载，参枣米饭可用于治疗脾虚气弱之症。取党参10克、大枣10个，洗净，煎水取汁备用；糯米150克，隔水蒸熟后反扣于碗中，上浇参、枣及其汁液，放入适量白糖，每日可食2次，具有健脾益肺的作用。

明张介宾《景岳全书》所载两仪膏，用于治疗气血两虚、体倦乏力、头晕目眩。取党参、熟地黄各等份，加水煎取浓汁，另加等量白糖再煎至浓稠，每次吃1~2匙，或以温水冲化饮。

还有一道党参北杏煲猪肺汤可用于治疗肺脾气虚型慢性支气管炎，症见咳嗽痰白而稀或泡沫，气短、纳减、便溏、神疲乏力、声低懒言，每遇风寒咳痰或喘息发作加重，舌质淡，苔白，脉虚者。选取猪肺250克、党参30克、杏仁9克，共同煲汤，加调味品适量，饮汤食猪肺。

注意事项：本草"十八反"里面就有"诸参辛芍叛藜芦"，所以党参不建议和藜芦合用，合用有可能产生不良反应。过度体虚的人不宜食用党参，可能会出现口干、溃疡等情况。党参具有补益的功效，体质实热的人食用党参会加重体内实热，导致症状加重，故不宜食用。

（孙靖）

高良姜

高良姜

【诗】

元黄玠《与戴彦季张和伦游南山玲珑洞》：

放舟①出清苕②，鸣橹声了牙。

历历览胜绝，行行入幽遐。

玲珑洞穴古，疑有仙人家。

清风石上起，吹老良姜③花。

[注释]

①放舟：开船，行船。

②苕：原指苇子花，此处为水名，苕溪的简称。其在浙江省境，有二源：出浙江天目山之南者为东苕，出天目山之北者为西苕。夹岸多苕花，每秋风飘散水上如飞雪。两溪流至吴兴汇合，称为霅溪，往北注入太湖，又为吴兴县的别名。

③良姜：即高良姜，多年生草本植物，其根可入药。清屈大均《广东新语·草语·高良姜》："高良姜，种自高凉，故名。不曰'凉'者，言为姜之良也。其根为姜。"

[背景与赏析]

黄玠，生卒年不详，元庆元定海（今浙江省宁波市镇海区）人，字伯成，人称弁山小隐；幼励志操，不随世俗，躬行力践，以圣贤自期；孝养双亲，晚年乐吴兴山水，卜居弁山，卒年八十；有《弁山集》《知非稿》等。

本诗描述了作者与友人一块游览宁波南山玲珑洞的情景。全诗表现了诗人游览时内心的愉悦、放松。行船在清澈的苕溪上，听着吱呀的摇橹声，两岸绝美的胜景在眼前展现。船行进到了更加僻静的地方，就能看到古老的玲珑洞穴了，在洞外看，它就像仙人住的地方。清风从石头上刮过，把洞外高良姜的花都吹老了。

【话】

高良姜为姜科植物高良姜的干燥根茎，主产于广东、广西、海南等地。

高良姜辛热，归脾、胃经，具有温胃止呕、散寒止痛的功效，主治脘腹冷痛、胃寒呕吐、嗳气吞酸。现代药理研究发现高良姜的主要化学成分为挥发油、黄酮类、二芳基庚烷类、糖苷类和酚酸类等，具有抗菌、抗病毒、抗肿瘤、抗氧化、抗胃肠道出血、抗溃疡和保护胃黏膜等作用。

高良姜始载于《名医别录》："大温。主暴冷，胃中冷逆，霍乱腹痛。"可取高良姜3克、干姜3克，共水煎后去渣取汁；再取粳米60克，加水适量，同煮成粥服用，可治疗寒邪犯胃导致的胃脘疼痛暴作。或用高良姜10克（切细片）、胡椒粉10克、猪肚一个（约500克），将高良姜、胡椒粉放入猪肚内，扎紧两端，加适量清水，武火煮沸后再用文火慢炖至熟烂，加盐调味，饮汤吃猪肚，可辅助治疗胃癌痰食交阻引起的胃脘部闷胀、隐痛，吞咽困难，口吐黏痰，呕吐宿食、气味酸腐，食欲不振等症。

注意事项：阴虚有热者忌服。

（张苏贤）

益智仁

益智仁

【诗】

明王佐《益智子》其一：

花开三节①去年丰②，今岁无花苦岁凶③。

益智不如多益④饱，免⑤教⑥饥馁⑦怨春丛⑧。

[注释]

①节：泛指植物的茎节，植物枝干交接之处。元仇远《和蒋全愚韵》："昔为坚多节，今为科上槁。"

②丰：茂盛，繁茂。东汉曹操《观沧海》："树木丛生，百草丰茂。"

③岁凶：凶年，荒年。

④益：增加，与"损"相对。

⑤免：免除，避免。

⑥教：使，令，让。唐王昌龄《出塞二首》其一："但使龙城飞将在，不教胡马度阴山。"

⑦馁：饥饿。明马中锡《中山狼传》："我馁甚，馁不得食，亦终必亡而已。"

⑧春丛：春日丛生的花木。宋欧阳修《和原父扬州六题·蒙谷》："一径崎岖入谷中，翠条红刺胃春丛。"

[背景与赏析]

王佐（1428—1512），字汝学，号桐乡，琼州府临高（今海南省临高县）人，明代海南著名诗人。其与丘濬、海瑞、张岳崧一起并称"海南四大才子"，尤以诗文见长，世称"吟绝"，著有《鸡肋集》《琼台外纪》等。

王佐是海南人，海南的自然风物和中原地区大不相同，其独具地方特色的动植物景观，迥异于中原地区。比如菠萝蜜、鸭脚粟、刺桐等，王佐都吟咏过。益智仁在海南也是非常常见之物，生长采集、形态色味、食药功用也有其独到之处。王佐的诗充满对家乡景物风情的喜爱，更体现了知乡爱乡的深情。正因为如此，看到当地百姓食不果腹，社会现实的不平与差异，王佐同情人民的疾苦，才会拿起笔杆，用犀利的话语，责问朝廷是否知百姓之疾苦，并希望自己的文字对社会有教化意义，正风气，清民风。本诗所写之物形象生动，所叙之事清晰明了，所抒之情率直深厚，让人更加深刻地了解当时阶级对立的现实，激发强烈的爱憎感情。

【话】

益智仁，为姜科植物益智的果实，别名益智子、摘芋子，生长于阴湿林下，主要分布在广东和海南，福建、广西、云南亦有栽培。现在，益智仁有野生和栽培两种来源。野生的益智仁主要产于海南及广东湛江一带，益智仁也与槟榔、砂仁、巴戟天并称为"四大南药"。

益智仁味辛，性温，归脾、肾经，具有温脾止泻摄涎、暖肾缩尿固精的功效，主要用于治疗脾胃虚寒，症见呕吐、泄泻、腹中冷痛、口多唾涎；肾虚遗尿、尿频、遗精、白浊等。现代药理研究发现益智仁主要含有二苯庚体类、倍半萜类及挥发油等成分。益智仁中含有的石油醚提取物、醋酸乙酯萃取物可调节排尿；益智仁中的原儿茶酸、杨芽黄素、白杨素、圆柚酮能抗氧化，可起保护神经作用；益智仁中的甲醇提取物能增强心脏收缩等。目前，其已广泛应用于健忘、免疫功能低下、排尿障碍、心肌缺血等。

益智仁，顾名思义，是一种具有健脑益智的药食同源之品。民间曾传，有一自小羸弱多病、常多涎、资质平庸的孩童因机缘巧合得到"益智仁"治病，从而禀赋异常，高中状元。人们为纪念这等仙果，取名"益智"。用益智仁 9 克、枸杞子 15 克、远志 6 克，泡水代茶饮，每日 1 剂，具有滋补肝肾、安神定志的功效，适合于工作与学习用脑量大的年轻人、记忆力退化的老人。用益智仁 15 克、山药 30 克、粳米 100 克熬粥食用，具有健脾温肾功效，适用于脾肾两虚引起的失眠、健忘、乏力、腰膝酸软者食用。

益智仁可不止"提高智力"一种功效。《本草备要》谓益智仁："能涩精固气……温中进食，摄涎唾，缩小便。"益智仁治脾胃中受寒邪，和中益气，又可治多唾。用益智仁 15 克、白术 9 克、茯苓 15 克加水煮沸 30 分钟，代茶饮，每日 1 剂，具有健脾、祛湿、止泻功效，适用于腹泻、大便溏薄、小儿流涎不止或女子带下清稀等症状者。益智仁另可敛脾肾气逆，藏纳归源。将益智仁 15 克、绿茶 3 克，沸水冲泡，代茶饮，每日 1 剂，具有温肾止遗功效，可用于下焦肾元不足所致遗精早泄、阳痿不举等。

《本草纲目》谓益智仁："大辛，行阳退阴之药也，三焦、命门气弱者宜之。"益智仁暖肾缩尿、补脾益气功效卓越。用益智仁6克、草薢6克、石菖蒲6克、乌药6克，加水煎30分钟，每日1剂，可用于治疗肾不化气、清浊不分引起的小便频数、浑浊不清、白如米泔、凝如膏糊等。

注意事项：凡呕吐由于热、气逆由于怒、小便余沥由于水涸精亏内热、泄泻由于湿火暴注、因热则崩、血燥有火、阴虚火旺者忌服。

（王安安）

桑 叶

【本草】

桑叶

【诗】

唐张仲素《春闺思》:

> 袅袅①城边柳，青青②陌上③桑。
> 提笼忘采叶，昨夜梦渔阳④。

[注释]

①袅袅:形容细长柔软的东西随风摆动。唐杜甫《绝句漫兴九首》其八:"隔户杨柳弱袅袅，恰似十五女儿腰。"

②青青:形容茂盛的样子。宋曾巩《城南二首》其一:"一番桃李花开尽，惟有青青草色齐。"

③陌上:田间小路旁。宋苏轼《陌上花三首(并引)》其一:"陌上花开蝴蝶飞，江山犹是昔人非。"陌是指田间东西方向的小路，也泛指田间小路。

④渔阳:古代地名，唐玄宗天宝元年改蓟州为渔阳郡，治所在渔阳(今天津市蓟州区)，为唐朝边陲征戍之地。唐李昂《从军行》:"稽洛川边胡骑来，渔阳戍里烽烟起。"

[背景与赏析]

张仲素(769—819)，字绘之，符离(今属安徽宿州)人，唐代著名诗人，擅长乐府诗，以写闺情见称。

桑为桑科桑属落叶乔木，是原产于我国古老的树种之一。而与它有关的桑文化是中华优秀传统文化的重要组成部分。它始终以桑为载体，与政治、经济、贸易、医药紧密相连，已渗透至中华儿女衣食住行和思想形态的方方面面。桑作为一种意象，也大量出现在诗文之中，如《诗经》中有大量描写桑或以桑起兴的诗句，"期我乎桑中，要我乎上官，送我乎淇之上矣"写青年男女在桑林中约会；"十亩之间兮，桑者闲闲兮，行与子还兮"写采桑女劳动结束后相约回家的场景；"桑之未落，其叶沃若"则是以桑叶之润泽有光比喻青年女子的容颜靓丽。后世以桑为题材的诗作不可胜数，本诗即是其中一篇。

这首诗描述的场景如下：城墙边杨柳依依，细长柔软的柳枝随风舒展；田间小路旁的嫩桑长得郁郁葱葱。采桑人提着笼子看到城外这一幅柳色怡人、桑叶正茂的春景图，倚树凝思，回想起昨夜梦见从军的丈夫正在渔阳戍边的场景，不由得满怀惆怅，对丈夫的思念之情竟使得自己提着空笼子一时间忘记了要去采桑。

【话】

桑树在我国分布广泛，但其产地随桑蚕业的发展而变迁：我国从宋代起广泛种植桑树，明清时期以江浙等地居多，近代桑树主要种植于江苏、浙江、安徽、湖南等地。近些年，在"东蚕西移"等相关政策的影响下，桑蚕养殖业的中心逐渐向西部转移。桑叶为桑科植物桑的干燥叶。药用桑叶多经霜后采摘，除去杂质晒干备用，称为"霜桑叶"。桑叶多以叶大而厚、黄绿色、握之刺手且经霜者为佳。

桑叶味甘、苦，性寒，归肺、肝经，具有疏散风热、清肺润燥、清肝明目的功效。现代药理研究表明，桑叶含有多种甾醇类、苷类、生物碱类、挥发油和氨基酸类物质。桑叶总提取物具有明显的降血糖、降血脂、抗氧化、抗菌活性和对超氧阴离子自由基的清除作用。其中，黄酮类、生物碱类物质有明显的抗肿瘤活性，对人早幼粒细胞白血病细胞系 HL-60 的生长有显著的抑制效应；黄酮类化合物还能延缓衰老，调节人体免疫力、神经系统和内分泌系统；甾醇类成分具有降血压、降血脂等心血管保护作用。

桑叶常被用来治疗风热感冒和肺热燥咳。清沈文彬《药论》言其"祛风发汗，喘嗽可痊；逐水宽胸，烦痰并治。养肝以明目，调血而发长"。取桑叶 9～15 克，加水适量煎 10 分钟左右，取汁服用，或可加少量蜂蜜调服，每日 1～2 剂，代茶频服，适用于感冒初起见头痛、咳嗽少痰、咽痛等。或取干桑叶、干菊花各 15 克，水煎当茶频服，对温邪、热邪所引起的发热有退热作用。或以桑叶 10 克、杏仁 6 克、沙参 6 克、川贝母 3 克、梨皮 15 克、冰糖 10 克共煎代茶饮，适用于患有急性支气管炎的老年人群及病后余热未清、干咳无痰等情况。将桑叶、菊花、淡竹叶、白茅根和薄荷各 9 克洗净，用沸水泡煮 10 分钟，代茶饮，适宜风热感冒患者。桑叶和黑芝麻等份搓成的蜜丸，服之可祛风除湿、乌须明目。

清吴仪洛《本草从新》言干桑叶"代茶止消渴，末服止盗汗"。将霜桑叶30克浓煎代茶饮，可用作高血压病、高脂血症、糖尿病等病症的辅助治疗。现代药理研究也证实了桑叶提取物含有多种葡糖酶抑制剂，能够有效降低糖尿病患者的胰岛素抵抗并对降低体重有帮助。清吴仪洛《本草从新》记载："严州有僧，每就枕汗出遍身，比旦衣被皆透，二十年不能疗，监寺教采带露桑叶，焙干为末，空心米饮下二钱，数日遂愈。"可见以米汤送服霜桑叶末，对有夜间盗汗症状的人来说大有裨益。

注意事项：脾胃虚寒者及生理期女性慎用。

（周先强）

本草诗话

桑椹

【本草】

桑椹

【诗】

元艾性夫《清趣》其一：

鸦丛①桑椹紫，蝶穴②菜花③黄。

水鸭④眠依石，竹鸡⑤啼过墙。

[注释]

①鸦丛：指水鸟们休息的地方。鸦，鸟类的一属，全身多为黑色，嘴大翼长，叫声"丫丫"。丛，丛林，丛生的树木。《史记·陈涉世家》云："又间令吴广之次所旁丛祠中。"

②穴：动物的巢穴。荀子《劝学》云："蟹六跪而二螯，非蛇鳝之穴，无所寄托者。"

③菜花：指油菜所开的黄色花。唐刘禹锡《再游玄都观》云："百亩庭中半是苔，桃花净尽菜花开。"

④水鸭：水鸟名，凫的俗称。西汉史游《急就篇》卷二云"春草鸡翘凫翁濯"，唐颜师古注"凫者，水中之鸟，今所谓水鸭也"。

⑤竹鸡：动物名，鸟纲鸡形目雉科，体形粗短圆胖，似鹑而稍大，尾短而圆，羽毛呈褐色，腹部为乳白色，因喜居竹林间而得名。

[背景与赏析]

艾性夫(1279 年前后在世)，字天谓，临川(今属江西)人，元朝讲学家、诗人，与其叔艾可叔、艾可翁齐名，人称"临川三艾先生"。尤擅五、七言古体诗，其诗气势清拔，以妍雅为宗，其诗有《客归》《渊明采菊图》《杂兴五首》等。

这是一首由五言绝句构成的田园诗，描写作者居于乡村与大自然亲近的乐趣。诗的前两句展现了一幅生机盎然的野趣图：成丛的桑椹树，成了水鸟们休息的地方，而树上紫色的桑椹在枝叶间晃动，景色极美；朵朵娇小而醒目的黄色菜花在蝶穴翩翩起舞，送来缕缕清香。在中华传统文化中，紫色和黄色都是高贵的颜色。很多帝王居住的宫殿以紫色命名；有吉祥之兆称为紫气东来。黄色历来作为皇家象征，代表权力与尊贵。黄紫相配，色彩和谐，令人陶醉。

后两句中，"水鸭眠依石"，意境在"静"上，"竹鸡啼过墙"，意境在"动"上，动静相宜；且水鸭、竹鸡之声相闻，富有乡村环境特征，恰当表现了乡村生活气息。语言清新妍丽，层次分明。鸦丛、桑椹、蝶穴、菜花、水鸭、竹鸡，这些平平常常的景物，一经诗人点化，便增添无穷乐趣。最令艾性夫愉快的，不在于这种悠闲，而在于可以按照自己的意愿生活。

【话】

桑椹，为桑科植物桑树的成熟果穗，又名桑果、桑枣、椹子等。其在我国的种植地很广，主要产地为河北、四川、山西等，其中种植在黄河故道和新疆南疆两个地区的桑椹，无论是果实大小、口感还是营养价值等均为优质。

桑椹，味甘、酸，性寒，归心、肝、肾经。清陈士铎《本草新编》中关于桑椹，有"紫者为第一，红者次之，青则不可用"的记载。桑椹未成熟时为绿色，成熟后为紫红色或紫黑色，味酸甜，具有滋养补血、生津润肠功效，主要用于治疗眩晕耳鸣、须发早白、血虚经闭、津伤口渴、内热消渴、肠燥便秘等。现代药理研究发现：桑椹主要含有酚类化合物、生物碱化合物、多糖化合物等。桑椹总黄酮具有抗氧化、降血压、预防动脉硬化、延缓衰老等作用；桑椹多糖可以改善免疫功能、抗突变、降血糖等，已被广泛应用于防止血管硬化，增强机体免疫功能，以及美白、乌发、延缓衰老等。

桑椹，气清香，味酸甜，天然生长，无污染，被称为"民间圣果"，并有"四月桑椹赛人参"的说法。南朝宋范晔《后汉书》中曾记载"蔡顺拾椹供亲，事母孝"的典故。桑椹也是御用圣品，相传汉高祖刘邦因战事被困，担惊受怕过度而头晕头痛，腰酸腿软，痛苦不堪。他便饥时食桑椹，不久精神焕发，身体强健。后令御医加蜜熬桑椹膏，常年养生服用。

桑椹既可入食，又可入药，无论是传统医学还是现代医学，均为防病保健之佳品。唐孟诜《食疗本草》言桑椹："食之补五脏，耳目聪明，利关节，和经脉，通血气，益精神。"桑椹甘寒质润，长于滋补肝肾阴血，自古就是乌发、养发的圣品。用桑椹 10~15 克、枸杞子 15 克，水煎服，每日 1 剂，可治疗须发早白、脱发、眼目昏花等。明缪希雍《本草经疏》载桑椹："甘寒益血而除热，为凉血补血益阴之药。"桑椹同时兼有滋阴生津润燥之功，用桑椹 10 克，地黄 6~

9克，水煎30分钟，每日1剂，可清热生津，适用于各种原因的津伤口渴和内热消渴。

桑椹具有滋阴养血的功效，用桑椹15克、粳米100克熬粥食用，适用于调治肝肾阴虚引起的腰酸腰软、听力下降、头晕目眩等。用桑椹30克、酸枣仁9克，加水煎30分钟，每日1剂，可治疗阴虚血少引起的失眠健忘。桑椹还可以解酒毒。明李时珍《本草纲目》载桑椹"捣汁饮，解酒中毒"。喝酒前20～30分钟，取桑椹干10～15克，加入沸水冲泡，可以增强肝脏代谢，加速酒精分解。

妇科病，如月经失调，主要是冲任气血不调、血海蓄溢失常所致，多与肾气不足、脾虚不运、肝郁不舒、寒凝气滞等有关。桑椹益肾脏而固精，益阴血而利五脏，血生津满，血气自通。用桑椹15克、茯苓15克、熟地黄15克、桂枝6克、川芎6克，加水煎30分钟，每日1剂，可调补冲任、温养胞宫、行气活血，对于妇女月经不调、脐下疼痛有缓解作用。

注意事项：大便稀溏、脾虚腹泻者忌服。另外，大量服用桑椹容易引起溶血性肠炎，所以桑椹虽好，也要浅尝辄止。

（王安安）

海 藻

【本草】

海藻

【诗】

明杨慎《滇海曲十二首》其八：

> 昆明池①水三百里，汀花②海藻十洲③连。
> 使者乘槎④曾不到，空劳⑤武帝⑥御⑦楼船。

[注释]

①昆明池：湖泊名，泛指以滇池和洱海为代表的云南湖泊。

②汀花：指长在水边平滩上的花。唐钱起《送欧阳子还江华郡》："才子思归催去棹，汀花且为驻残春。"汀，水边平滩。

③洲：水中陆地。

④使者乘槎：使者，指汉使张骞。槎，木筏、竹筏。典出张骞浮槎、张骞乘槎等。张骞出使西域，建立旷世奇功，以至于后人将其神化。南朝梁宗懔《荆楚岁时记》载："汉武帝令张骞使大夏，寻河源，乘槎经月，而至一处，见城郭如州府，室内有一女织，又见一丈夫牵牛饮河，骞问曰：'此是何处？'答曰：'可问严君平。'织女取支机石与骞而还。后至蜀问君平，君平曰：'某年某月客星犯牛女。'支机石，为东方朔所识。"明程嘉燧《送李中翰还朝》："汉家宫阙枕燕关，使者乘槎八月还。"清赵执信《清江浦书事》之二："似闻汉帝乘槎使，翻托微波近洛神。"

⑤空劳：徒劳，白费。明王九思《咏华山陈图南》："玉峰临路空劳望，铁索悬崖不可探。"

⑥武帝：传说汉武帝为征讨南越国和昆明国，凿昆明池、修楼船、习水战。但历史上汉武帝为操练水军而开凿的昆明池位于长安西南郊，非云南昆明池。

⑦御：对帝王所用之物的尊称，又作"驭"，泛指驾驭运动的物体。宋苏轼

《前赤壁赋》："浩浩乎如冯虚御风，而不知其所止；飘飘乎如遗世独立，羽化而登仙。"

[背景与赏析]

杨慎（1488—1559），字用修，号月溪、升庵、逸史氏、博南山人、洞天真逸、滇南戍史、金马碧鸡老兵等，四川新都（今属成都市）人，明代文学家。杨慎博览群书，对文学（诗、词、赋、曲、杂剧）、儒学、经学、书法、绘画等均有涉猎，著述颇丰。《明史》云"明世记诵之博，著作之富，推慎为第一"。明陈文烛说："公孝友性植，颖敏过人，家学相承，益以该博，凡宇宙名物、经史百家，下至稗官小说、医卜技能、草木虫鱼，靡不究心多识，阐其理，博其趣，而订其讹谬焉。"明王世贞说："明兴，称博学、饶著述者，盖无如杨用修。"现代国学大家陈寅恪先生评价说："杨用修为人，才高学博，有明一代，罕有其匹。"

杨慎被誉为大明第一才子，于正德六年中状元。杨慎有古士大夫之风，为官正直，不畏权势，敢于直谏皇帝，得罪了明武宗、世宗两位皇帝，政途坎坷；后因屡争"大礼"，入诏狱，加廷杖，然后被谪戍到云南永昌卫（今云南保山市）。明世宗十分厌恶杨廷和、杨慎父子，"每问慎作何状，阁臣以老病对，乃稍解"。世宗朝一共有六次大赦，杨慎从未获赦。杨慎在发配云南的三十多年里，并未消极颓废，反而奋发有为，成为中国历史上赫赫有名的文坛巨匠。元末明初小说家罗贯中所著《三国演义》开篇语就是引用杨慎的《临江仙（滚滚长江东逝水）》词："滚滚长江东逝水，浪花淘尽英雄。是非成败转头空。青山依旧在，几度夕阳红。　白发渔樵江渚上，惯看秋月春风。一壶浊酒喜相逢。古今多少事，都付笑谈中。"

《滇海曲》是杨慎贬谪云南后创作的七绝组诗，深情婉转、别具风调，为称赞云南独特景致、历史和民俗文化而歌。杨慎谪滇，在游历云南期间，见到昆明池水（一说为洱海）浩浩荡荡，无边无际，池中沙洲小岛通过浮萍、海藻与池边连在一起。诗人感叹，这样的滇池美景，就是张骞、汉武帝也不能看到啊。

【话】

海藻为马尾藻科植物海蒿子或羊栖菜的干燥藻体。南朝陶弘景所著《名医别录》云"海藻生东海池泽"，北宋苏颂《本草图经》云"海藻生东海池泽，今出登、莱诸州海中，凡水中皆有藻"，明李时珍《本草纲目》记载："海藻近海诸地采取，亦作海菜，乃立名目，货之四方云"，表明从宋以前的东海沿岸到如今的沿海诸地皆产海藻。我国目前海藻的主要产地是辽宁、山东、福建、浙江、广东等沿海地区。

海藻味苦、咸，性寒，归肝、胃、肾经，具有消痰软坚散结、利水消肿的功效。现代药理研究表明，海藻含有丰富的糖类、脂肪酸、维生素、光合色素和无机成分等物质。海藻提取物具有明显的抗病毒活性和心血管保护作用；其中多糖类物质具有抗肿瘤活性、免疫调节活性、肾脏保护作用和肝脏保护作用；蛋白质成分能够对抗肝纤维化和氧化应激损伤；而光合色素中含量最多的虾青素不仅具有极强的抗氧化能力，能有效抑制自由基引起的脂质过氧化作用，还具有抗肿瘤、抗衰老、预防心脑血管疾病等活性。

《神农本草经》言海藻"主瘿瘤气、颈下核，破散结气、痈肿、症瘕坚气、腹中上下鸣、下十二水肿"。海藻可以凉拌，或煮汤，或煮粥，或泡酒，可单用或配合其他疗效食品等。海藻 300 克泡洗干净，沥干水分，置盆内；香菜梗 30 克，洗净，切段置盆内；青红椒 30 克去蒂、去籽，切丝，葱白切成丝，置盆内；加入精盐、味精、白糖、醋、蒜泥、香油等适量，拌匀装盘即可上桌。或取海藻 300 克泡发后洗净沥干；海蜇头 250 克，清水中浸泡并洗净，沸水氽透，海蜇头捞出过凉水、沥干；香菜 30 克，洗净切段；三种材料置于盆中，加调味品适量即可。或取海藻 500 克洗净，用酒 1000 毫升渍数日，即可服用，一服二合（40 毫升），稍稍含咽之，每日 3 次；药渣晒干，研末，服方寸匕，每日 3 次；可治甲状腺功能亢进。或取猪瘦肉 150 克切丝，海藻、夏枯草各 30 克，共煮汤，调味即可服食，可作为淋巴结结核、淋巴结肿大等病症的辅助治疗。

海藻 30 克，煎水服，可防治高血压、动脉硬化。

海藻 30 克、橘核 12 克、小茴香 9 克，水煎服，可治疝气、睾丸肿大。

注意事项：脾胃虚寒，有低血压或出血性疾病患者慎用海藻。孕妇忌用海藻。禁止将甘草与海藻一同使用。

（周先强　张天嵩）

黄 芪

黄芪

【诗】

宋苏轼《立春日，病中邀安国，仍请率禹功同来。仆虽不能饮，当请成伯主会，某当杖策倚几于其间，观诸公醉笑，以拨滞闷也》其一：

　　　　孤灯照影夜漫漫，拈得花枝不忍看。
　　　　白发敧①簪②羞③彩胜④，黄耆⑤煮粥荐春盘⑥。
　　　　东方烹狗⑦阳初动，南陌争牛⑧卧作团。
　　　　老子⑨从来⑩来兴不浅，向隅⑪谁有满堂欢。

［注释］

①敧：倾斜，不端正。宋苏轼《西江月·顷在黄州》："解鞍敧枕绿杨桥，杜宇一声春晓。"

②簪，插，戴，插戴在头上。宋苏轼《答陈述古二首》："城西亦有红千叶，人老簪花却自羞。"

③羞：难为情，害臊。唐李白《长干行》："十四为君妇，羞颜未尝开。"宋苏轼《吉祥寺赏牡丹》："人老簪花不自羞，花应羞上老人头。"

④彩胜：唐宋风俗，于立春之日将纸、缯、金箔等剪作幡戴在头上，或系在花下，或悬挂于树梢，称为彩胜、春幡、春胜，以庆祝春日来临。宋辛弃疾《蝶恋花·戊申元日立春席间作》："谁向椒盘簪彩胜？整整韶华，争上春风鬓。"

⑤黄耆：即黄芪。

⑥春盘：唐宋风俗，于立春时将韭黄、果品、饼饵等簇盘，称为春盘。或食之或馈赠亲友，以庆祝春日来临。清曹贞吉《蝶恋花》其一："正月春盘初献岁。帽影鞭丝，罗拜人如市。"

⑦东方烹狗：古人认为立春为阳气初动，东方属木，则东方应春。而狗属阳，故春天烹狗以顺应阳气。《礼记·乡饮酒义》中有"亨狗于东方，祖阳气之发于东方也"。

⑧南陌争牛：立春迎春的风俗自周始，周天子亲自率领官员进行迎春活动。《礼记》记载："立春之日，天子亲帅三公九卿诸侯大夫以迎春于东郊。"据传，鞭春牛习俗起源于西周，如"周公始制立春土牛，盖出土牛以示农耕早晚"，即鞭春牛以劝农耕，士、民都出城围观。该习俗到了汉代已相当流行，至唐宋时期更盛，已由皇宫、官署而遍及乡里，成为民俗文化的重要内容，如宋杨万里《观小儿戏打春牛》："小儿着鞭鞭土牛，学翁打春先打头。"宋时鞭春用的是彩牛，在所造土牛身不同部位按规定涂上不同颜色，如"春牛之制，以太岁所属彩绘颜色，干神绘头，支神绘身，纳音绘尾足"。而鞭牛主要过程为先"鞭"后"争"，由当地官员或由装扮成句芒神（主管草木生长）的人鞭打春牛；鞭春之后，百姓便会一拥而上争抢土牛块，时人认为，"得牛肉者，其家宜蚕，亦治病"。每年都会出现不少因争抢土牛而受伤的事件。唐宋时期有不少诗作写鞭春牛风俗，描述先鞭后争的过程，如唐元稹《生春》"鞭牛县门外，争土盖春蚕"和宋韩维《立春观杖牛》"伐鼓众乐兴，剡剡彩杖加。盛仪适未已，观者何纷拿"。

⑨老子：即老夫，老年男子的自称。宋陆游《夜泊水村》："老子犹堪绝大漠，诸君何至泣新亭。"

⑩从来：自古以来，从过去至今一直如此。清屈大均《鲁连台》："从来天下士，只在布衣中。"

⑪向隅：面向某个角落，比喻孤独失意。典出汉刘向《说苑·贵德》："圣人之于天下也，譬犹一堂之上也，今有满堂饮酒者，有一人独索然向隅而泣，则一堂之人皆不乐矣。"向，对着。隅，角落。

[背景与赏析]

立春是二十四节气之始，"立，建始也，五行之气，往者过，来者续。于此而春木之气始至，故谓之立也"。立春代表着新一年耕作的开始，我国历来重视农耕，认为立春是重要的节气之一，也是重要的节日之一，其相应的礼仪习俗历代沿袭。这首诗提到了宋时立春日的不少风俗习惯，如迎春、咬春、打春等。立春日，病中苏轼邀请文勋、乔禹功等同僚好友饮宴，但因自己生病，他让成伯主持宴会；自己不能喝酒，只能拄着拐杖、倚着桌子，看老友们醉笑解闷。本诗为苏轼知密州时所作，描述的是宴会后诗人所思所想：热闹的宴会后，同僚朋友散去，诗人形单影只，长夜漫漫，手拈折来的花枝也不忍心观看；想到自己满头白发还头戴彩胜，有点不好意思；晚了想吃点东西，发现春盘里还有黄芪粥；因自己生病和举办家宴，没能参加迎春祭祀和鞭春牛等活动；但是自己一直兴致很高，即使自己不能饮酒，大家还是尽兴而归了。

宴会中涉及人物主要有：文勋，字安国，宋庐江（今属安徽）人，官至太府寺丞、福建路转运判官、广南东路转运判官等；乔禹功，曾任太常博士，为官正直，后因受到排挤而罢官回乡，苏轼得知后即向朝廷奏报荐举乔禹功；成伯是苏轼邻居，有一次成伯举办宴会，没有邀请苏轼，苏轼赋诗《成伯家宴，造坐无由，辄欲效颦而酒已尽，入夜，不欲烦扰，戏作小诗，求数酌而已》，批评和威胁成伯说："道士令严难继和，僧伽帽小却空回。隔篱不唤邻翁饮，抱瓮须防吏部来。"

【话】

黄芪，原名黄耆，是豆科植物蒙古黄芪或膜荚黄芪的干燥根。黄芪为多年生草本，主要分布在我国内蒙古、吉林、陕西、甘肃、河北和山西等地，其中以内蒙古固阳县和山西省浑源县产的黄芪为道地药材，优质黄芪拥有形"直如箭杆"，质"柔软如绵"，色"金井玉栏"，味甘，有豆腥气等特征。

黄芪味甘、性微温，归肺、脾经，具有补气升阳、固表止汗、利水消肿、生津养血、行滞通痹、托毒排脓、敛疮生肌等诸多功效。现代药理研究表明，黄芪含有包括皂苷类、多糖类、黄酮类、氨基酸类和生物碱类在内的多种生物活性物质。其中，皂苷类和多糖类具有抗肿瘤活性且与浓度成正相关。黄芪甲苷具有抗氧化、抗心肌纤维化、保护肝肾、提高免疫力、改善心脑缺血再灌注损伤和降低血脑屏障通透性的作用；黄芪多糖具有抗炎和促进哮喘患者免疫恢复的功能。

黄芪是一味补虚要药和药膳原料，服用方便，可煎汤、煎膏、浸酒、入菜肴等；可单用，也可联合其他药食同源类物质使用。取黄芪30克，水煎服，或水煎好后代茶饮用。或以黄芪15~30克、粳米100克，共煮粥。或以黄芪30~60克、党参30克，水煎汁，拌入粥中。或取黄芪30克、大枣15克，水煎代茶饮。或取黄芪30克、枸杞子15克，水煎服。或取黄芪60克、当归10克，水煎取汁，加适量蜂蜜调匀服用。或取黄芪15~30克、砂仁6克，猪肚1个洗净，将两药纳入猪肚内，加水炖熟，加调味品适量食用。以上药膳均有补气血的功效，适用于脾肺气虚，病见倦怠乏力、咳喘气促、食少便溏等症；或中气下陷而致脱肛、子宫脱垂等；正常人服用可以增强体质。

黄芪具有利水消肿之功，可用于水肿。如取黄芪30克，沸水冲泡当茶饮，可用于急性肾炎的辅助治疗。或以黄芪15~30克、茯苓30克，水煎服。或取黄芪30~60克、茯苓30克，两者纱布包扎；鲤鱼1条（洗净），三者同煮，加生姜、盐调味，饮汤吃鱼，不但可治水肿，亦能治小便不通。

现代药理研究发现黄芪能够用于糖尿病及其并发症的治疗。如取黄芪30克、麦冬30克，水煎代茶饮。或黄芪30克、生地黄15克，水煎去渣取汁，山药100克研末，加入药汁中，再煮成粥即可食用。或取黄芪15~30克，水煎去渣留汁，再入玉米渣150克、粳米50克、枸杞子15克，共煮至汤汁浓稠，每日一服，可作为糖尿病患者的辅助治疗。

取黄芪15~30克、陈皮9克，适量蜂蜜，共同煎煮15分钟，去渣后温服，可增强心肌收缩力，并能促进排便。

注意事项：实热证、阴虚火旺者及经期女性慎用。

（周先强　张天嵩）

黄　精

黄精

【诗】

宋苏轼《书艾宣画四首·黄精鹿》：

太华①西南第几峰，落花流水②自重重。
幽人③只采黄精去，不见春山④鹿养茸。

[注释]

①太华：山名。西岳华山的雅称，在陕西省华阴县(今华阴市)南，因其西有少华山，故称太华。《山海经·西山经》云："又西六十里，曰太华之山，削成而四方，其高五千仞，其广十里，鸟兽莫居。"西岳华山坐落在秦岭东段，主峰叫太华山，周围有莲花、落雁、朝阳、玉女、云台等峰。

②落花流水：形容残春的景象。宋欧阳修《夜行船(满眼东风飞絮)》云："催行色、短亭春暮。落花流水草连云，看看是、断肠南浦。"

③幽人：幽隐山林的人。唐韦应物《秋夜寄丘员外》云："空山松子落，幽人应未眠。"

④春山：春日的山，也指春日山中。唐王维《鸟鸣涧》云："人闲桂花落，夜静春山空。"

[背景与赏析]

这首诗是一首题画诗，为苏轼《书艾宣画四首》(《竹鹤》《黄精鹿》《杏花白鹇》《莲龟》)中第二首。艾宣是宋代金陵(今江苏南京)人，是宋神宗时期的一位画家，工翎毛花竹，苏轼赞他说："画翎毛花竹，为近岁之冠，既老，笔迹尤奇，虽不精匀，而气格不凡。"

本诗题名虽曰黄精鹿，非指鹿也，从诗的内容来看，实乃言黄精和鹿，两者有密切的关系，鹿以黄精为食。明李时珍在《本草纲目》中说黄精又名"鹿竹、菟竹，因叶似竹，而鹿兔食之也"。诗中的梅花鹿每年到4月左右，旧角脱落，随后又长出新角，新角质地松脆，外面似蒙着一层棕黄色天鹅绒状的皮，如果割取入药，则称为鹿茸；如不割取，任其继续生长，到8月就已骨化成鹿角。黄精和鹿茸都是名贵的中药。本诗可以和宋李之仪（字端叔）《次韵黄精鹿》"绿遍前峰到后峰，灵苗压地几千重。匀斑养就无人见，多少狂心欲采茸"、宋李纲《次韵艾宣画四首》其二"黄精苗盛雪初融，叠叠峰峦紫翠重。岩前双鹿卧底事，只应春日长新茸"等相互参看。

苏轼诗描述的是这样一幅场景：华山西南山峰林立，重峦叠嶂，数不清共有多少个；暮春时节，落花流水，黄精漫山遍野，匝匝丛生，群鹿则悠然地生活在青山绿水之间；隐居在太华山的人们眼中只有黄精，仅仅采黄精而归，而忽视了山中鹿头顶上有比黄精更贵重的鹿茸。这首题画诗，以诗言画意，是说隐居之人与宋人卖不龟手之药、郑人买椟还珠相似？还是说隐居之人善待动物，与自然和谐统一？不同的人自然有不同的解读。清纪昀曾点评曰："跳出题外烘染，用笔灵妙，画意于言外见之。"

【话】

本节只讨论黄精。黄精取名源于仙家，认为其得土地之精华，黄乃是土地之正色，故明李时珍在《本草纲目》曰"仙家以为芝草之类，以其得坤土之精粹，故谓之黄精"；《五符经》云"黄精获天地之淳精，故名为戊己芝"，戊和己都是天干名称，和五行中的"土"相配，可以用来表示土，芝在古代一般指"神草"。黄精经过加工后还可以作为食物，如明兰茂《滇南本草》云"洗净，九蒸九晒，服之甘美。俗亦能救荒，故名救穷草"；明陈嘉谟《本草蒙筌》云"洗净，九蒸九曝，代粮，可过凶年。因味甘甜，又名米铺"。从这些名称就可以看出，黄精既可以充饥，又可以延年益寿和治病强身，是一种著名的药食同源植物，广泛应用于临床、保健食品、美容等领域。

黄精在我国分布广泛，古时药用黄精多出产于茅山、嵩山等地，以江苏、河南生长的为佳，如宋苏颂《本草图经》云"黄精旧不载所出州郡，但云生山谷。今南北皆有之，嵩山、茅山者为佳"。《中国药典》规定药用黄精有三种原生药，分别为百合科黄精属植物黄精、滇黄精、多花黄精的干燥根茎；按形状不同，习称"大黄精""鸡头黄精""姜形黄精"等。通常在春、秋二季采挖，除去须根，洗净，置沸水中略烫或蒸至透心，干燥。因为生黄精具麻味，易刺激人的咽喉，所以在临床应用前要对黄精进行炮制，如古时的"九蒸九晒"法，不仅可以改善口感和易于消化吸收，适合长期服用，更能发挥其延缓衰老、强身健体的功效。唐韦应物《饵黄精》："灵药出西山，服食采其根。九蒸换凡骨，经著上世言。"

中医药学认为黄精味甘性平，归脾、肺、肾经，具有补气养阴、健脾、润肺、益肾之功效。现代药理研究表明，黄精主要成分有多糖、低聚糖、黄酮、皂苷、生物碱、挥发油等，具有降血糖、降血脂、抗动脉粥样硬化、抗氧化、抗衰老、提高和改善记忆力、抗疲劳、抗肿瘤、抗肾脏损伤、抗骨质疏松、抗菌、抗病毒、抗炎、抗过敏、提高免疫力等作用，而且服用黄精后无大补温燥之品可能带来的不良反应，因此是老年人较理想的补养之品。一般而言，干品黄精用量在每天 30 克左右，鲜品每天 100 克左右，可以单用，也可用其他药食同源药物、猪肉、蜂蜜等合用。

针对平常保健、久病、大病后体虚调理：取黄精 15～30 克、瘦猪肉 30 克、粳米 50 克，加水熬煮成粥，每日早晚两次食用，可以补脾益肺，延年益寿。或取黄精 15～30 克，水煎服或炖猪肉食用，每日 1 剂，用于治疗病后体虚、肺结核等证属脾肾亏虚者，如疲劳乏力、食欲不振、头晕目眩、咳嗽少痰等症。或黄精 15 克、枸杞子各 15 克，水煎服，每日 1 剂，用于治疗病后和术后体虚、贫血、神经衰弱等；还可用于乌发明目美颜，正如唐杜甫在《丈人山》中的描述"扫除白发黄精在，君看他年冰雪客"。

针对心血管疾病：取黄精 15～30 克，每日服食，用于治疗低血压。或取黄精 15～30 克、山楂 15～30 克，水煎服，每日 1 剂，用于治疗高脂血症、抗动脉硬化。

针对肺病：可取黄精 30～60 克，洗净，用冷水泡发 3 小时左右，放入锅内，加冰糖 50 克、适量清水，用大火煮沸后，改用文火熬至黄精熟烂，吃黄精、喝汤，每日 1 剂，用于治疗肺结核证属肺阴不足者，如咳嗽痰少或无痰，以及赤白带下等症。或黄精 30 克、蜂蜜 30 克，先将黄精放入药锅中煎煮半小时，取药液冲化蜂蜜，搅拌均匀后即可代茶饮用，用于治疗肺燥咳嗽、肠燥便秘等。

取黄精适量捣碎，以 95% 酒精浸 1～2 天，蒸馏去大部分酒精，使浓缩，加 3 倍水，沉淀，取其滤液，蒸去其余酒精，浓缩至稀糊状，即为黄精粗制液。直接搽涂患处，每日 2 次，对足癣、腰癣有一定疗效，对水疱型及糜烂型足癣疗效最佳，对角化型足癣疗效较差。

（张天嵩）

菊　花

【本草】

菊花

【诗】

宋郑思肖《寒菊》：

> 花开不并^①百花丛，独立疏篱趣^②未穷。
> 宁可枝头抱香死^③，何曾吹落北风^④中。

[注释]

①并：一起，一齐，同时。《战国策·燕策二》："（蚌、鹬）两者不肯相舍，渔者得而并禽之。"

②趣：志趣，行动或意志的倾向。

③抱香死：指菊花凋谢后不落于地，仍系枝头而枯萎。宋代诗人/词人对菊花枯死枝头多有咏叹，如陆游《枯菊》有云"翠羽金钱梦已阑，空余残蕊抱枝干"、朱淑真《黄花》有云"宁可抱香枝上老，不随黄叶舞秋风"，但从意境而言，以郑诗为上。

④北风：双关语，一指寒风，一指元朝的残暴势力。

[背景与赏析]

郑思肖（1241—1318），宋末诗人、画家，连江（今福建省连江县）人，原名之因，宋亡后改名思肖，字忆翁，号所南。当时元兵南下，郑思肖忧国忧民，上书直谏，陈述抗敌之策，被拒不纳；宋亡后隐居吴下，终身不仕，日常坐卧，均向南背北，表示不忘南宋王朝。

这首咏物诗是在南宋灭亡以后所写，以寒菊表达了作者忠于故国而不向新朝俯首的民族气节。菊自古以来与"梅、兰、竹"被中国人并称为"四君子"。诗中的菊花，展示了清雅洁身、高风亮节、傲骨精神的形象：她在秋天盛开，不与百花为丛，独立在稀疏的篱笆旁边，但是志趣并不衰穷，宁可在枝头上抱着清香而死，也决不会被北风吹落在地上。

【话】

中国栽培菊花已有数千年的历史，如《礼记·月令篇》"季秋之月……鞠有黄华"，表明当时的菊花是野生种，秋月开花，花是黄色；至唐代，菊花的栽培已很普遍，采用嫁接法等栽培技术繁殖菊花，出现了紫色和白色的品种；宋朝栽培菊花更盛，培养、选择技术提高，菊花品种大增，并从药用转为园林观赏；明清时期栽培菊花技术更进一步，并出现大量关于菊花的专著。据不完全统计，目前菊花有7000个品种以上。

菊花有食用、药用、观赏之分。药菊者，头状花序皆可入药，味甘苦，微寒，能散风清热、平肝明目。根据药菊的性状，可分为白菊花、雏菊花、贡菊花、杭菊花四类。在白菊花类里，以安徽亳州的亳菊品质最佳，其次为河南武陟的怀菊、四川中江的川菊、河北安国的祁菊、浙江德清的德菊、山东嘉祥的济菊(亦称嘉菊)等。黄、白两菊，都有疏散风热、平肝明目、清热解毒的功效，但白菊花味甘，清热力稍弱，长于平肝明目；黄菊花味苦，清热力较强，常用于疏散风热。另外，还有一种野菊花味甚苦，清热解毒的功能很强。本节主要讨论白菊花。现代药理研究表明，菊花含有挥发油类(如单萜烯类、倍半萜烯类及其含氧衍生物等)、黄酮类(如黄酮及其苷类、黄酮醇及其苷类等)、苯丙素类(如绿原酸等)、蒽醌类(如大黄素、大黄酚、大黄素甲醚等)等成分，具有抗病原微生物(细菌、病毒、真菌、寄生虫等)、抗炎、抗氧化、抗衰老、耐疲劳、抗肿瘤、抗溃疡、抗过敏、保护心血管(如舒张血管、改善心肌缺血及心肌缺血再灌注、抗心律失常、降血压、降血脂等)、护肝、调节中枢神经功能(如镇静、镇定、抗抑郁、认知保护等)、驱铅等作用。我们平常可以用白菊花单用或配合其他药物来治疗疾病。

白菊花与枸杞子各等份(3~6克)泡茶，常服，可以作为滋阴补肾、养肝明目之用，谚曰"菊花逢枸杞，养肝又明目"，能够缓解眼睛疲劳、眼睛干涩等症；可选用为亳菊(明目)、滁菊(护肝明目)、济菊(清肝明目)、祁菊(滋肾养肝明目)等。

菊花10~15克、生山楂10~15克，沸滚开水冲泡10~15分钟后，当茶饮，每日1剂，可以作为治疗高血压、高脂血症、肥胖症的辅助方法；可选用贡菊(降血压)、怀菊(治疗头痛眩晕疗效好)等。

菊花10~15克、决明子10~15克，水煎15~30分钟，取汁做茶饮，每日1剂，可以用来治疗高血压、高脂血症、习惯性便秘等症。

菊花能入药治病，更有养生作用，如《神农本草经》有云久服菊花能"轻身耐劳延年"、苏轼《赵昌寒菊》有云"欲知却老延龄药，百草摧时始起花"。平素饮用以贡菊为主。泡饮菊花茶法：最好用透明的玻璃杯，量自身体质之强弱，放3~5粒菊花，用沸水冲泡2~3分钟即可。等水至七八成热时，茶水逐渐呈微黄色，每次喝时，喝至三分之一杯，加上新水泡片刻后再喝；也可以和茶叶一起冲泡。

　　中国古人有服食菊花和酿制菊花酒的习惯，如战国时期楚人屈原在《离骚》中有"朝饮木兰之坠露兮，夕餐秋菊之落英"的诗句，说的就是服食菊花的事情；菊花酒早在汉魏时期就已盛行，饮菊花酒更是中国民间的传统风俗，尤其是在重阳时节，南朝梁宗懔《荆楚岁时记》中就有"九月九日……佩茱萸，食饵，饮菊花酒，云令人长寿"的记载。如将药用干菊花适量泡于低度粮食酒中（比例不定，可以按10~15克菊花兑500克酒的比例，可自行调整），一两天后即可饮用，可以抗衰老、延年益寿等；亦可再加枸杞子、当归等药。

　　在服用菊花时，孕妇、老人、虚寒体质者（如大便泄泻者）、过敏体质者等特殊人群要忌用或慎用。平常人在服用菊花茶饮时，注意大便的情况，以大便质软通畅、不超过每天两次为度。

　　菊花可以观赏，中国人素有重阳节赏菊和饮菊花酒的习俗，如东晋陶渊明《饮酒》其五"采菊东篱下，悠然见南山"、唐孟浩然《过故人庄》"待到重阳日，还来就菊花"等名句。当前，面临各种压力的我们，如果能像古人一样，在繁忙的工作之余种菊、赏菊、饮菊花酒，也可以舒缓情绪、陶冶情操，从而达到祛病延年的目的。

（张天嵩　张怀艺）

鹿 茸

【本草】

鹿茸

【诗】

唐蜀酒阁道人《歌》：

尾闾①不禁沧海②竭，九转灵丹③都谩④说。

惟有斑龙⑤顶上珠，能补玉堂⑥关下⑦穴。

[注释]

①尾闾：古代传说中泄海水之处。《庄子·秋水》："天下之水，莫大于海，万川归之，不知何时止而不盈；尾闾泄之，不知何时已而不虚。"现泛指事物趋归或倾泻之所。

②沧海：大海，以其一望无际、水深呈青苍色，故名。唐李白《行路难》："长风破浪会有时，直挂云帆济沧海。"

③九转灵丹：转，循环变化。九转，九次提炼。道教中，丹药的炼制有一至九转之别，以九转为贵。灵丹，具神奇疗效的丹药，现多比喻有效验的方法。唐杜荀鹤《白发吟》："九转灵丹那胜酒，五音清乐未如诗。"

④谩：欺骗。

⑤斑龙：鹿的别名。《乾宁记》中说"鹿与游龙相戏，必生异角，故得称龙；鹿有纹，故称斑"，所以称鹿为斑龙。唐沈佺期《幸白鹿观应制》："紫凤真人府，斑龙太上家。"

⑥玉堂：别称玉英，属任脉。任脉气血在玉堂穴化为凉性水汽。

⑦关下：疑指关元穴。关元穴属任脉，具有培元固本、补益下焦之功。

[背景与赏析]

蜀酒阁道人，生平不详，唐代诗人。《全唐诗》第 862 卷第 11 首即为该诗。

该诗还被元僧人继洪所辑医方著作《澹寮集验方》收录。《澹寮集验方》云："昔西蜀药市中，尝有一道人售斑龙丸，一名茸珠丹。每大醉高歌曰：'尾闾不禁沧海竭，九转灵丹都谩说。惟有斑龙顶上珠，能补玉堂关下穴。'朝野遍传之。"

本诗带有道教色彩，意思是说：即使是大海，如果泄水之处不紧闭也会枯竭，如果男子纵欲过度，同样会出现肾精亏虚衰竭，这时候，什么九转灵丹都是骗人的，只有鹿茸才能补精益髓，大补元气。

【话】

诗中"斑龙顶上珠"指的是一味重要的温补中药——鹿茸。鹿茸主要为鹿科动物梅花鹿或马鹿的雄鹿尚未骨化的幼角的部位，按部位可分为蜡片、粉片、纱片、骨片四个等级，以蜡片为最佳。鹿茸市面上有真假之分，以体轻、表面密生红黄或棕黄色细茸毛，皮茸紧贴，不易剥离者为真；以粗壮、挺圆，顶端丰满，毛细柔软，色红黄，皮色红棕，有油润光泽者为佳；鹿茸切成片后以圆形或椭圆形，外皮红棕色，断面蜂窝状，组织致密者为佳。

中医学认为，如果人体机能不足、气血阴精亏耗，以及在阴阳互损的虚惫状态下，需以有血、有肉、有骨、有髓、有类似于人体脏腑组织结构相同（相似、相近）等动物之品（传统动物类补益药）来填精益血，鹿茸即为典型的代表。鹿茸质硬而脆，气微腥，味咸，归肝、肾经，《本草纲目》中明确指出它"善于补肾壮阳，生精益血，补髓健骨"，具有很强的温补作用。现代药理研究表明，鹿茸除了含有大量的骨胶质，还含有人类不能合成的必需氨基酸，糖类，生物胺，激素样物质，核酸，蛋白质，多肽，钙、磷、镁等无机元素，能增强免疫力，抗疾病，抗衰老，提高性机能，抗氧化，抗肿瘤，保护心血管，促进创伤愈合、骨质生长等。

久病之后的患者、体质虚弱者，尤其是阳虚体质者，在冬天适当服用鹿茸可增强体质。服用方法：一般每次1~2克，将鹿茸原药材或鹿茸片粉碎为末，然后冲服；或者将鹿茸片置于口中含服，或泡药酒后服用。鹿茸含活性成分，不耐高温，故一般不入汤煎。虽然鹿茸性柔润，无刚燥之弊，但终究是温阳之药，一些五心烦热等阴虚病人、阳气亢盛病人、感冒病人，不要轻易服用鹿茸。

和鹿茸相似的药物有：梅花鹿等雄鹿已骨化的角入药则称为鹿角，味咸，性温，归肝、肾经，能补肾助阳、活血消肿；鹿角煎熬浓缩而成的胶状物称为鹿角胶，味甘、咸，性温，归肝、肾经，能补肾阳、益精血；在鹿角煎制鹿角胶时残存的角块称为鹿角霜，功同鹿角而力稍逊。

（张天嵩）

淡竹叶

淡竹叶

【诗】

唐代元稹《雨声》：

> 风吹①竹叶②休③还动，雨点④荷心暗复明。
> 曾⑤向西江船上宿，惯⑥闻寒夜滴篷声。

[注释]

①吹：气流顺着某方向流动，刮风。宋陆游《十一月四日风雨大作》云："夜阑卧听风吹雨，铁马冰河入梦来。"

②竹叶：为禾本科刚竹属植物淡竹等的叶，可随时采鲜品入药，具有清热除烦、生津利尿的作用。竹有多种，入药以淡竹为上，唐孟诜《食疗本草》云："淡竹上，甘竹次。"

③休：停止，中止。《史记·货殖列传》云："日夜无休时。"

④点：使一点一滴地落下或发出；掉下，漏出。

⑤曾：尝，曾经。表示行为、动作已经发生。宋辛弃疾《永遇乐·京口北固亭怀古》云："斜阳草树，寻常巷陌，人道寄奴曾住。"

⑥惯：习也，习以为常。《宋书·宗悫传》云："宗军人，惯啖粗食。"

[背景与赏析]

元稹（779—831），字微之，别字威明，河南洛阳（今属河南）人，唐朝诗人、文学家。在政治方面，元稹曾任左拾遗、校书郎、监察御史、武昌军节度使等，逝后被追赠尚书右仆射。他虽然官职有升有降、多次被贬，但其在整顿法度和肃清吏治方面做出了显著成绩；任地方官时，情系百姓，政绩累累。在文学方面，元稹在诗歌、小说、散文等方面都卓有成就，尤以诗歌成就最突出。元稹与白居易同科及第，结为终生诗友，世称"元白"。他们同倡新乐府运动，共创"元和体"，在唐诗史上两人居重要地位，论唐诗者经常说前有"李杜"、后有"元白"。元稹创作的《莺莺传》为唐传奇中之名篇，实为元代王实甫创作《西厢记》的基础。

这是一首非常有意境的借景抒情诗。某夜，风吹竹林，竹叶随风时动时止；淅淅沥沥的雨水滴落在荷叶上，声音时大时小。听着这雨声，诗人的思绪回到了颠沛的过去、十年的流放生涯，想起了曾经在西江的船上住宿过，经常在寒冷的夜里听那雨敲打船篷的声音。在诗人孤独的时候，陪伴他的是这雨声吧！

【话】

目前临床上处方用的淡竹叶不是淡竹的叶子，而是另一种被称为淡竹叶的植物。明、清以前的药物学、方剂学专著中，如用竹叶、鲜竹叶、竹叶心、竹叶卷心者，可以断定为禾本植物竹的叶，如汉张仲景《金匮要略》中的竹叶石膏汤、宋钱乙《小儿药证直诀》中的导赤散、清吴鞠通《温病条辨》中的银翘散等。若用淡竹叶者，则有两种可能：一是竹中之上品淡竹的叶，如宋严用和《济生方》中的小蓟饮子；二是禾本植物淡竹叶。淡竹叶始载于明兰茂所著的《滇南本草》，后被明李时珍收载于《本草纲目》。淡竹叶与竹叶功用相近，都能泻心火、清胃热、利小便，但竹叶清心胃、除烦热作用较强，而淡竹叶则以清热利尿见长。近代实际用药情况是以淡竹叶为主，包括含竹叶的方剂，因此在此主要讨论淡竹叶。

淡竹叶，禾本科植物淡竹叶的干燥茎叶，别名金鸡米、竹叶卷心等。淡竹叶在我国分布广泛，但主要集中在南方地区，主产于浙江、江苏、江西、福建等地。其以叶多、色青绿者为佳。

淡竹叶味甘、淡，性寒，归心、胃、小肠经，具有清热泻火、除烦止渴、利尿通淋的功效。它用于热病烦渴、小便短赤涩痛、口舌生疮等。现代药理研究发现，淡竹叶的化学成分主要有三萜类、甾类、黄酮类、多糖、氨基酸等，竹叶黄酮和竹叶多糖有抗肿瘤作用；淡竹叶水煎剂对金黄色葡萄球菌有一定的抑菌作用；淡竹叶中的芦竹萜、白茅萜等物质都有一定的解热利尿作用。临床上其在口腔溃疡、尿路感染、痛风等多方面均有一定应用。

淡竹叶，《本草纲目》言其能"去烦热，利小便"，是一味兼具药用、食疗价值的佳品。相传三国时期蜀国大将张飞与魏国张郃胶着对峙，难分上下，麾下将士身心俱疲、又热又渴。蜀国军师诸葛亮令张飞阵前痛饮，诱敌上当，破敌之道便为"淡竹叶汤"。在两广一带，常把淡竹叶作为凉茶原料，一些当地人也会在夏季去山里采淡竹叶煮水消暑等。

《现代实用中药》言淡竹叶"清凉解热，利尿"。淡竹叶可在炎炎夏日清解暑热。取淡竹叶 9~12 克、金银花 9~12 克、绿豆 100 克，武火煮沸后，改用文火煮约 30 分钟，每日 1 剂，代茶饮，具有清热解毒、消暑利尿功效，是老少皆宜的夏季清暑饮品。用淡竹叶 6 克、生地黄 6 克、绿茶 3 克沸水冲泡，代茶饮，每日 1 剂，具有生津止渴、除烦解毒的功效，是一款适合在夏天饮用的清凉饮品。另外，暑易伤津耗气，暑天我们常有倦怠乏力、心烦口渴的感觉，可用淡竹叶 9 克、太子参 9 克、扁豆花 6 克、荷叶 6 克，加水煎 30 分钟，代茶饮，每日 1 剂来调理身体。

淡竹叶甘、淡，性寒，轻浮上达，能清心肺之火热，导小肠膀胱湿热下行，清上导下，可升可降。取淡竹叶 30 克，洗净加清水煎 30 分钟，去渣取汁，加入粳米 50~100 克煮成粥，再加冰糖适量，具有清热降烦的功效，也能预防口舌生疮。或用淡竹叶 9 克、栀子 6 克，加水煎 30 分钟，代茶饮，每日 1 剂，适用于火热上炎所导致的口腔溃疡。或用淡竹叶 6 克、凤尾草 30 克，加水煎 30 分钟，代茶饮，每日 1 剂，具有清热利尿功效，适用于湿热证型的泌尿道感染辅助治疗。或用淡竹叶 15 克、粳米 100 克熬粥食用，具有清心火、除烦热、利小便功效，适用于心火上炎所致的烦热口渴、口舌生疮、牙龈肿痛等。

医圣张仲景所制的名方竹叶石膏汤，就是用淡竹叶和石膏作为方中的主药，适用于大病后余热未尽、气津两伤、体虚汗多、心烦、口干喜饮、气逆呕吐者服用。请注意，本方需要医生开处方或在医生指导下服用。

值得注意的是，虚寒证者、阴虚火旺者、骨蒸潮热者禁用。有脾胃虚寒等症状者不宜单味药大量长期服用。

（李燕兰　王安安　张天嵩）

葛　根

【本草】

葛根

【诗】

唐白居易《招韬光禅师》：

白屋炊香饭，荤膻不入家。

滤①泉②澄③葛粉，洗手摘藤花④。

青芥除黄叶，红姜带紫芽。

命师相伴食，斋罢一瓯⑤茶。

[注释]

①滤：过滤。

②泉：泉水。

③澄：使沉淀、清澈。

④藤花：蝶形花科紫藤属下的一种大型落叶木质藤本植物，具有很高的观赏价值，古代女子常作为发饰使用。

⑤瓯：杯。《南齐书·谢超宗传》云："超宗既坐，饮酒数瓯。"

[背景与赏析]

白居易（772—846），字乐天，晚年又号香山居士，唐代伟大的现实主义诗人，文学家，官至翰林学士、左赞善大夫。其诗歌题材广泛，语言平易通俗，有"诗魔"和"诗王"之称，有《白氏长庆集》传世。

白居易任杭州刺史时，与灵隐山韬光寺的高僧韬光禅师过从甚密，曾作《寄韬光禅师》："一山门作两山门，两寺原从一寺分。东涧水流西涧水，南山云起北山云。前台花发后台见，上界钟声下界闻。遥想吾师行道处，天香桂子落纷纷。"一次，白居易精心备下素斋，并写下此诗《招韬光禅师》，派人送给韬光禅师，邀他进城共同进餐。韬光禅师也回诗一首，名为《谢白乐天招》，婉辞谢宴。诗云："山僧野性好林泉，每向岩阿倚石眠。不解栽松陪玉勒，唯能引水种金莲。白云乍可来青嶂，明月难教下碧天。城市不能飞锡去，恐妨莺啭翠楼前。"于是，白居易只好经常光顾韬光寺，与韬光大师汲水烹茗，吟诗论文。当年白居易与韬光大师汲水烹茗的水井谓之烹茗井。

【话】

葛根为豆科植物野葛或粉葛（甘葛藤）的块根。野葛在我国大部分地区均有分布（新疆和西藏除外），多生于山坡、路边草丛中及较阴湿之地。粉葛多为栽培。

葛根味甘、辛，性凉，归脾、胃经，具有解肌退热、发表透疹、生津止渴、升阳止泻的功效。现代药理研究表明，葛根含有多种黄酮类如大豆苷、大豆苷元与葛根素，以及三萜类，皂苷类，多糖类，蛋白质，铁、钙、铜、硒等矿物质，具有抗心律失常、抗心肌缺血、降血压、扩张血管、改善微循环、抗血小板聚集、降血糖、降血脂、抗肿瘤、解热、解毒、抗氧化、抗衰老、益智等作用。

葛根既能入药也能食用，是一款药食同源的佳品。葛根的食用价值很高，葛粉被人们称为"长寿粉"，葛根食疗可制作药膳、菜肴、药酒、饮料等，甜、酸、咸、辣四种味道均可相配。

葛根可以治疗高血压病症见头痛、项背不舒者。取葛根30克，洗净，加水适量煮沸后代茶饮；或者将葛根粉直接开水冲服。也可以和其他药物配合使用，如以葛根30克、槐米15克、茺蔚子15克，煎汤500毫升，每日1剂，早晚分服。

葛根具有很好的退热作用。取葛根30~60克，研末，以凉开水适量调匀，再用沸水冲化，使之呈晶莹透明状，加入桂花糖6克搅拌均匀即可食用，有退热生津、解肌发表的功效，适用于发热、口渴、心烦、口舌溃疡等病症。

葛根可以"鼓舞胃气上行，生津液"，可用于治疗口渴之症，无论内伤、外感均可使用。《普济方》治疗小儿热不止，单用葛根煮散频服；《圣惠方》治疗消渴烦躁、皮肤干燥，单用葛根捣汁饮服。也可以和其他药食同源物质合用，如乌梅肉30克、葛根6克、紫苏叶9克、薄荷3克，加水煎两次，每次30分钟，将两次水煎的药汁合并，加冰糖适量，具有清凉解暑、生津止渴的作用，适宜于外感暑热、头目眩晕、口渴咽干等症，也可以作为夏季保健饮料。

葛根可以止泻痢，可单用，也可以和其他药物配合使用，此时宜选用煨葛根，适用于恶心、呕吐、腹泻腹胀、肠鸣、腹痛等症。如取葛根、藿香、紫苏、桑叶各6克，研末，装入茶包或卤包后置于保温杯，加250毫升沸水焖5分钟后即可，可以加红糖适量；饭后饮用，1天喝1~3份。

注意事项：低血糖、低血压、体寒者不宜食用葛根。

（陈凯　张天嵩）

紫苏叶

【本草】

紫苏叶(附：紫苏子)

【诗】

宋仇远《村舍即事》：

　　依①篱叠堑作人家，西日还将苇箔②遮。
　　窗户莫嫌秋色淡，紫苏③红苋④老生花。

[注释]

①依：靠着。宋王之涣《登鹳雀楼》："白日依山尽，黄河入海流。"

②苇箔：以芦苇为原料织就的帘子。元马祖常《都门一百韵用韩文公会合联句诗韵》："巢楛尚羊裘，荜门仍苇箔。"

③紫苏：唇形科紫苏属一年生草本植物，可供药用、食用和香料用。

④红苋：苋科苋属一年生草本植物。苋的幼苗及嫩叶、茎可食。

[背景与赏析]

仇远(1247—1326)，字仁近，一字仁父，钱塘(今浙江杭州)人，自号山村、山村民，人称山村先生，元代文学家、书法家，著有《金渊集》《稗史》等。

仇远出身于书香门第，自幼读书，诗、词、书法等样样精通，抱负远大，但在南宋时期他没有施展才华的舞台；自元灭宋后，以南宋遗民自居，坚守遗民立场，生活贫苦。在此期间，他广泛交友，与其他南宋遗民用诗文彼此慰藉，感叹国家兴亡、人事变迁等。他因生活所迫，不得不向现实低头；又因为声名远播，最终同意元朝的邀请而成为元朝的一位官员。但为官八年期间，其内心处于南宋遗民的坚守与入元为官的现实矛盾之中，后来他选择隐居钱塘，过起结交志士的隐居生活。这首诗实际上描写的是他所隐居村舍的情景：以篱笆和水沟划地为院，秋天的太阳西下，房屋的门帘子遮挡了一下刺眼的阳光。不要嫌弃秋色淡，紫苏和红苋菜已经开花，为秋色添了一抹颜色。

紫苏是唇形科紫苏属一年生草本植物，分布于中国、不丹、印度、印度尼西亚、日本、朝鲜，中国各地广泛栽培。紫苏可供药用和香料用，入药部分以茎叶及籽实为主；紫苏叶还可供食用，和肉类煮熟可增加后者的香味；种子榨出的油，名苏子油，供食用；紫苏有防腐作用，供工业用。

紫苏叶味辛，性温，归肺、脾经，具有解表散寒、行气和胃的功效，用于风寒感冒、咳嗽、呕吐、鱼蟹中毒。现代药理研究表明，紫苏叶含有挥发油、黄酮、花色苷类、酚酸类、三萜类、甾体、类胡萝卜素、有机酸、脂肪酸、维生素、金属元素(如钾、钙、磷、铁、锰和硒等)多种化学成分；具有解热，抗菌，抗炎，止咳、祛痰、平喘，促进肠道蠕动，止血和抗凝血，升高血糖，调节免疫系统，抗氧化等作用。紫苏梗味辛，性温，归肺、脾经，理气宽中，具有止痛、安胎的作用。紫苏子味辛，性温，归肺经，具有止咳平喘、润肠通便的功效。现代药理研究表明，紫苏子含脂肪油(如脂肪酸、油酸、亚油酸等)、多种氨基酸、微量元素等成分，具有止咳平喘、降血脂、益智、抗衰老、抗过敏、抗肿瘤、抗氧化等作用。

紫苏在食疗中应用广泛，在古代就作为食品调料使用。汉张衡在《南都赋》里说"苏檄紫姜，拂彻膻腥"，说的是紫苏、茱萸、紫姜能去掉膻臭味，可作为去腥增香佐料来使用。煮蟹、虾时可以放点紫苏，元倪瓒编写的《云林堂饮食制度集》中介绍了一种煮蟹法："用生姜紫苏橘皮盐同煮，才火沸透便翻，再一大沸透便啖。"宋吴自牧所著的《梦粱录》中记载了杭州茶肆酒家也会卖一些下酒食品，其中有"紫苏虾"。平时我们在做炖鱼、煎蛋、炒螺、焖鸭时，均可以紫苏叶为配料。

在宋元时期，以紫苏为原料的紫苏熟水曾被认为是最佳消暑饮品。宋仁宗曾命翰林院制定消暑的汤饮，"以紫苏熟水为第一"。元吴莱《岭南宜濛子解渴水歌》中有"向来暑殿评汤物，沉木紫苏闻第一"的句子。明宋诩所著《竹屿山房杂部》中记载了紫苏熟水的做法："紫苏摘新叶，阴干。用时隔纸火炙，作沸汤泡，密封。热饮，冷则伤人。"

紫苏叶可以行气和胃消胀，如果感觉到胃脘胀闷不适，可以采摘紫苏嫩叶做汤食用，或与其他食材一起食用。如锅中加水适量煮沸，取鸡蛋2~3个，打入碗中搅散，放进锅里，待水沸后放进鲜紫苏30克，再放入香油、味精、食盐调味就可以食用。自觉胸闷、恶心、呕吐者，取紫苏叶9~12克、橘皮6克，制成散剂，分2次开水冲服，或水煎30分钟后，分2次服。如果食鱼、蟹后出现吐、泻、腹疼，可单用紫苏叶 30~60 克，用水煎服。

明韩懋所著《韩氏医通》有一名方，名三子养亲汤，是专门治疗老年人中虚气喘、咳嗽痰多、上腹胀闷、纳呆便秘之症。取紫苏子、白芥子、莱菔子各 9 克，洗净，微炒，碾碎，用小袋盛之，煮作汤饮，代茶水，也可加 1 勺蜂蜜同饮。疗程为 2~4 周。临床上，本方还可以作为痰湿体质者（代谢综合征、肥胖患者）的辅助治疗或调理方来使用。

注意事项：阴虚、气虚及温病患者慎服。

（陈凯　张天嵩）

黑芝麻

【本草】

黑芝麻

【诗】

宋宋伯仁《村市①》：

> 山暗风屯②雨，溪浑水浴沙。
> 小桥通古寺，疏柳纳③残鸦。
> 苜蓿④重⑤沽酒，芝麻旋⑥点茶⑦。
> 愿人长⑧似旧，岁岁插桃花⑨。

[注释]

①村市：指村镇。唐白居易《望亭驿酬别周判官》云："灯火穿村市，笙歌上驿楼。"

②屯：聚，聚集。唐韩愈《送郑尚书序》云："蜂屯蚁杂，不可爬梳。"

③纳：接纳，接受。《资治通鉴·唐纪》云："遂开门纳众。"

④苜蓿：豆科，一年或多年生草本。

⑤重：再，多。

⑥旋：屡次，常常。宋陆游《夜兴》云："剧谈频剪烛，久坐旋更衣。"

⑦点茶：唐、宋代的一种煮茶或沏茶方法。多在两人以上斗茶时用，也可个人自点。明郑仲夔《玉麈新谭·芝麻通鉴》载"吴俗，好用芝麻点茶"。

⑧长：久，时间久。

⑨插桃花：宋代文人四种技能由琴、棋、书、画转为挂画、点茶、插花、焚香，并成为当时流行的雅事，而且逐渐平民化，称为"生活四艺"。据文献记载，宋代的熟食店、茶肆也会靠插花、挂名人画等招揽生意。南宋时期，插花成为流行的习俗。插花不仅是个人的爱好，更是对自身和未来的期许和盼望。

唐宋诗词中，以桃花为意象的文字作品颇多，涉及折桃枝插瓶、赠友，花节赏花等。如宋张明中所作《瓶里桃花》云"折得蒸红簪小瓶，掇来几案自生春。朱唇绛口都开了，始信桃花解笑人"，就是描写诗人将桃花折枝插瓶，把春带回家的愉悦之情。

宋代还有一种"插花"形式，即簪花，采花簪头之俗，无论男女，非常流行，如宋汪莘《三月十九日过松江五绝》中载"梦见樵青来竹裹，笑将渔父插桃花"，就明确说明平常老百姓都会簪花。人们可以选择不同花卉，在平时、典礼、宴会、节令等不同场合，将花佩戴在头上。宋陆游《小舟游近村舍舟步归》云："儿童共道先生醉，折得黄花插满头。"说明平时簪花习俗在宋代十分普遍。《宋史·舆服志》中载："中兴，郊祀、明堂礼毕回銮，臣僚及扈从并簪花，恭谢日亦如之。"说明重要的典礼、皇家宴会都要簪花，而且按当时礼制，皇帝所赐之花必须戴归私第，不能不戴或让仆从持戴，否则就是违背礼仪。在一些重要的节令，簪花更为常见，如宋宋恭甫《社日不饮》云："不饮恐孤今日社，强随儿女插桃花。"

[背景与赏析]

宋伯仁(生平不详)，字器之，号雪岩，湖州(今浙江湖州)人，一作广平(今河北广平)人。宋理宗嘉熙时为盐运司属官。工诗，善画梅。著有《西塍集》《梅花喜神谱》《烟波渔隐词》等。

这首诗描写了诗人安静平和的村镇生活。山雨欲来，天色阴沉，溪水因夹带沙子而变得浑浊。一座小桥通向古刹，稀疏的柳枝上栖息着几只昏鸦。这些景致都是寻常的乡野之景，但诗人安于这种村野生活：经常，食则以苜蓿这样的野菜作为下酒菜，饮则以芝麻点茶，非常惬意。最后，诗人还有美好的愿望，祝愿自己，也祝愿天下人，都永远安好！

【话】

芝麻是古老的种植作物之一，是最早被人类利用的油料作物。中国芝麻产量居世界第一。根据芝麻颜色分类，可以分为白色、黄白、黑色、杂色等，用途也不同：白色芝麻主要用于糕点等食品，黄白芝麻主要用于榨油、做芝麻酱，杂色芝麻主要用于榨油，黑色芝麻主要用于糕点及制药。黑、白芝麻都可以用来给面点和菜品点缀、提香，如芝麻烧饼；也可研磨成馅料，制作成点心或者熬制成芝麻糊；或直接和食盐一起研末，可以做下饭菜。笔者(张天嵩)小时候在农村因缺少蔬菜，经常会把自产的白芝麻和食盐一起放在石臼中，捣碎，用窝窝头蘸着吃。

黑芝麻又名胡麻、巨胜子、油麻、黑油麻、脂麻、黑脂麻等，为胡麻科胡麻属植物，入药部分为其干燥成熟种子。本品呈扁卵圆形，长约 3 mm，宽约 2 mm。表面黑色，平滑或有网状皱纹，尖端有棕色点状种脐。以籽粒大、饱满、色黑者为佳。一般在秋季果实成熟时采割植株，晒干，打下种子，除去杂质，再晒干。除西藏外，各省区市均有栽培。主产山东、河南、湖北、四川、安徽、江西、河北，其中河南黑芝麻属道地药材。

黑芝麻味甘，性平，归肝、肾、大肠经，具有补肝肾、益精血、润肠燥的功效，可用于治疗头晕眼花、耳鸣耳聋、须发早白、病后脱发、肠燥便秘等。现代药理研究表明，黑芝麻含有脂肪油如油酸、亚油酸、棕榈酸、花生酸等，蛋白质，糖类，膳食纤维，以及维生素 A、维生素 E、钙、铁、钾、镁等营养素；具有抗衰老、降血糖、降血脂、预防贫血、补钙、美容等作用。

黑芝麻可延缓衰老，提高免疫功能。一是可直接食用：如防治记忆力减退，可以取黑芝麻、芋头等量，放米饭上蒸熟，与饭同吃，一日 3 次；防治老年性脑萎缩，可以取黑芝麻 50 克、核桃仁 10 克捣碎，加大米适量煮粥吃。二是泡水喝：如防治白发，取黑芝麻适量炒熟研细，加入等量白糖调匀存瓶中，早晚用温开水调饮 2 汤匙；治须发早白，取黑芝麻 6 克炒黄，加茶叶 3 克，用沸水冲泡，每日 1~2 剂代茶饮；保养黑发，可取黑芝麻、面粉各 150 克，炒熟拌匀，每日早晚 2 次开水冲服，每次 15 克左右。

有一张名方名为桑麻丸，功可滋养肝肾、祛风明目，用于肝肾不足、头晕眼花、视物不清、迎风流泪等。可将药物剂型由丸变为糊：取黑芝麻 500 克，桑叶 500 克，两者相混，用研磨机或食物料理机将其打成细粉，储存备用。每日 3 次，每次 10 克，温开水冲服。

黑芝麻在治疗心血管方面效果也甚好。如防治动脉硬化、降胆固醇，取黑芝麻、桑椹各 60 克，大米 30 克，研末，锅内加水 3 碗，煮沸，加白糖 10 克，再沸，徐徐加入药粉煮成糊状后服用。如需降血压，可取黑芝麻 500 克，炒熟，和核桃仁 500 克一起研成细末，加入白砂糖 100 克，拌匀后装到一个玻璃瓶中备用。每日 2 次，每次 15 克，食用时用温开水调服即可。

黑芝麻有润肠通便的作用，可以治疗老年人血虚便秘。黑芝麻 90 克、杏仁 60 克、大米 90 克，水浸后煮成米粥，再取当归 10 克、白糖适量，煎汁后调入米粥中，制成膏状或糊状。每次服 1 匙，每日 1 次，连服 5~7 日。

注意事项：便溏者慎用。

（王哲睿　张天嵩）

蒲公英

【本草】

蒲公英

【诗】

清方正澍《过华严寺》：

> 溪回径曲绕篱笆，古寺荒凉剧①可嗟。
> 断碣②苔③封④天子笔，废⑤坛⑥春绣地丁花⑦。
> 每闻好⑧鸟常思友，偶见名山即忆家。
> 三月初旬香满院，坐看僧焙⑨雨前茶⑩。

[注释]

①剧：甚，厉害，猛烈。《汉书·赵充国传》云："即疾剧，留屯毋行。"
②碣：圆顶的石碑。《后汉书·窦宪传》云："封禅兮建隆碣。"
③苔：植物名。属于隐花植物类，根、茎、叶区别不明显，有青、绿、紫等色。多生于阴湿的地方，常紧贴于潮湿地面或石头上。
④封：封闭。《战国策·燕策》云："遂收盛樊於期之首，函封之。"
⑤废：荒废的，废弃不用的。宋姜夔《扬州慢》云："废池乔木，犹厌言兵。"
⑥坛：僧道过宗教生活或举行祈祷法事的场所。
⑦地丁花：地丁一般可分为紫花地丁和黄花地丁，黄花地丁即蒲公英的别称，可食用，也可药用，花期在 4 月（农历三月）左右。北宋寇宗奭《本草衍义》中载："蒲公草，今地丁也，四时常有花，花罢飞絮，絮中有子，落处即生，所以庭院间亦有者，盖因风而来也。"因此，诗人在寺庙的庭院中看到蒲公英是比较可信的。

古人将蒲公英视为一种普通的野草，虽然其花似菊，但其性又不似菊花高洁；其种子随风飘动，与另一种常被诗人吟咏的菊科草本植物蓬草相似，所以蒲公英极少被诗人们吟诵。除了本诗有描写外，还可见于宋薛田《成都书事百韵》云："地丁叶嫩和岚采，天蓼芽新入粉煎。"

⑧好：美。明张羽的《首夏闲居》云："倚杖多因闻好鸟，开樽每为爱幽人。"

⑨焙：用微火烘烤。唐白居易《题施山人野居》云："春泥秧稻暖，夜火焙茶香。"

⑩雨前茶：农历是每隔 15 天为一个节气，雨前是在清明节后、谷雨节前。雨前茶是指每年 4 月 5 日至 4 月 20 日采制的细嫩芽尖所制成的茶叶，是茶中的上品。明许次纾《茶疏》认为采茶时间"清明太早，立夏太迟，谷雨前后，其时适中"。

[背景与赏析]

方正澍，清时国子监生，一名正添，字子云，歙县（今属安徽）人，生卒年均不详，约清高宗乾隆中在世，寓居金陵。学诗于何士客，工诗，尝与袁枚争长诗坛。毕沅选《吴会英才集》，以其为第一。著有《子云诗集》等。

因《华严经》（全称《大方广佛华严经》）在佛教中占据重要位置，国内多地如山西大同、广东广州、青岛崂山等均有寺取名为"华严寺"。本诗所指华严寺所在何地，未得确切考证，笔者（张天嵩）根据方正澍寓居金陵（今江苏南京）、其著作《子云诗集》所载《华严寺》《华严庵》等诗推测，本诗中的华严寺所在地可能是南京。南京华严寺始建于南朝梁代，后圮废；南京碧峰禅寺住持佛妙募化重建塔院，并奏请永乐皇帝赐匾额"华严寺"，于明永乐十九年（1421）重建；明正统十一年（1446），寺僧对华严寺加以扩建；明朝末年，华严寺又日渐破败，香火冷落，寂寂无闻；至民国时期，华严寺已经彻底败落；1982 年，南京市开展文物普查时，在华严寺遗址发现了"敕赐华严禅寺"碑等遗物，据今人杨心佛《金陵十记》中所述，经笔者寻访，"发现'敕赐华严禅寺'碑，惜碑已断裂仆地，字迹也已模糊"。这与本诗中"断碣苔封天子笔"描述相似。

本诗首先描写的是一幅古寺荒废的景象：溪水曲折，小路弯转，篱笆环绕，古寺荒凉，石碑断裂，已长满青苔，青苔封住了碑文，废弃法坛里蒲公英铺地而生，其花迎春开放。但作者又在荒凉中看到一股生气：谷雨时节，耳闻鸟鸣，目观名山，与其思念亲朋好友，还不如坐在庭院中饶有趣味地看寺僧炒制茶叶，满院子的香味，不知是花香还是茶香。

【话】

蒲公英，又称为黄花地丁、婆婆丁、蒲公丁、蒲公草、黄花郎、黄花草等，是一种药食两用的药材，我国东北、华北、华东、华中、西南，以及陕西、甘肃、青海、新疆等多地均有栽培和分布，野生者多生于中、低海拔地区的山坡草地、路边、田野、河滩等处。药用原植物为菊科植物蒲公英、碱地蒲公英或同属数种植物（如东北蒲公英、异苞蒲公英、亚洲蒲公英、红梗蒲公英等）的干燥全草。春至秋季花初开时采挖，除去杂质，洗净，晒干。本品味甘、苦，性寒，归肝、胃经，具有清热解毒、消肿散结、利尿通淋等功效。现代药理研究表明，蒲公英全草含蒲公英甾醇、胆碱、菊糖、果胶，叶含叶黄素、蝴蝶梅黄素、叶绿醌、维生素C和维生素D等，根含蒲公英醇等各类醇、胆碱、有机酸、果糖、蔗糖、葡萄糖、葡萄糖苷、树脂等，花中含山金车二醇、叶黄素和毛茛黄素等成分，具有抗病原微生物、抗肿瘤、抗胃溃疡、保肝利胆、健胃和轻微通便等作用。

蒲公英是一种营养丰富的保健野菜，主要食用部分为叶、花、花茎、根等，可凉拌生吃、蘸酱生吃、炸炒、泡酒、泡水代茶饮。蒲公英的叶和花茎可食，明李时珍《本草纲目》中说蒲公英"嫩苗可食"。笔者还记得儿时，春季时经常在放学后和同龄人一起采挖蒲公英、苦菜等野菜，将采挖来的蒲公英去根，洗净或焯水后，加大蒜、盐、陈醋等进行凉拌，真可谓是美味佳肴；也可以与猪肉、鸡蛋等食材一起炒，如将生蒲公英50~100克，洗干净并切碎，加入鸡蛋和匀，放入锅中翻炒，炒熟即可食用；也可做成汤；或者选用一定量的干燥蒲公英，洗净，放入锅中，加水没过，大火煮沸后盖上锅盖，小火熬45分钟左右，滤除茶渣，待凉后即可饮用。蒲公英的花蕾可以腌泡，盛开后的花可以泡酒。

蒲公英能够清热解毒、消痈散结，对金黄色葡萄球菌、大肠杆菌、绿脓杆菌、痢疾杆菌引起的疾病，对一些化脓性感染性疾病如乳痈、肺痈、肠痈、痄腮、皮肤痈肿疔疮等，以及胆囊炎、尿路感染等有一定的治疗效果。常单味应用，可捣碎外敷，也可另外捣汁、合酒服。还可以与其他清热解毒类药物如金银花、紫花地丁等一起合用。

蒲公英内服。取蒲公英60克，香附30克，水煎服，可治乳痈（急性乳腺炎）。取蒲公英30克、忍冬藤60克、生甘草6克，加少量酒佐之，水煎，餐前服，可治乳痈初起、肺结核病等。取新鲜蒲公英（连根、茎、叶）60克，捣碎，加酒250克，同煎煮沸，药渣外敷，热服药酒，睡一时许，再饮连须葱白一茶盅，得微汗，可治乳痈。取蒲公英30~60克，水煎服，可治胆囊炎。

蒲公英外用。取一定量新鲜蒲公英捣碎外敷，每日更换3~4次，用于治疗产妇产后不分泌乳汁、蓄积乳汁，结作乳痈。取一定量新鲜蒲公英，捣碎，加鸡蛋清（少加白糖）调糊，外敷，可治流行性腮腺炎。取一定量新鲜蒲公英，捣碎，外敷，可治多年恶疮及蛇螫肿毒。取一定量新鲜蒲公英根，洗净，捣烂取汁，凝后涂于患处，可治烧烫伤。

近年来发现蒲公英有抗肿瘤作用，可以用于治疗多种癌症。取一定量新鲜蒲公英，捣碎，取汁直接敷于痛处，治肺癌引起的疼痛。拣蒲公英高尺许者，掘下数尺，择根大者，捣汁和酒服，治疗噎膈(一般由食管癌引起)。

　　注意事项：服用蒲公英偶有胃肠道反应，如恶心、呕吐、腹部不适及轻度泄泻等。蒲公英性寒，因此脾胃虚弱、大便溏薄的人、慎用。非实热证及阴疽者、对本品过敏者不宜用。

(张天嵩　孙晓瑞)

❖

本
草
诗
话

槐　花

【本草】

槐花

【诗】

宋苏轼《和董传留别》：

粗缯①大布②裹生涯③，腹有诗书④气⑤自华。
厌伴老儒⑥烹瓠⑦叶，强随举子⑧踏槐花⑨。
囊空⑩不办⑪寻春马⑫，眼乱行看择婿车⑬。
得意犹堪夸世俗，诏黄新湿字如鸦⑭。

[注释]

①缯：古代对丝织品的总称。

②大布：古代指麻制粗布。东晋陶渊明《杂诗》云："御冬足大布，粗缔已应阳。"

③生涯：人生的境遇过程。

④诗书：此处泛指书籍。唐韩愈《符读书城南》云："人之能为人，由腹有诗书。"

⑤气：指精神状态。清全祖望《梅花岭记》云："其气浩然。"

⑥老儒：旧谓年老的学人。唐牟融《寄周韶州》云："十年学道困穷庐，空有长才重老儒。"

⑦瓠：瓠瓜，一年生草本植物，其叶古人用为菜食和享祭。《诗经·小雅·瓠叶》云："幡幡瓠叶，采之亨之。"

⑧举子：旧指参加科举考试的读书人。

⑨踏槐花：唐代有谚云"槐花黄，举子忙"，即槐花落时，就是举子应试之时，后将举子参加科举考试称为"踏槐花"。

⑩囊空：指口袋里空空，比喻无钱。

⑪不办：典出《南史·虞玩之传》。虞玩之，字茂瑶，博览经书史书。齐高帝镇守东府，朝廷致敬。玩之为少府，犹蹑屐造席。……(高帝)问曰："卿此屐已几载？"玩之曰："……着已三十年，贫士竟不办易。"

⑫寻春马：典出唐孟郊《登科后》中的"春风得意马蹄疾，一日看尽长安花"。

⑬择婿车：指官贾家之千金乘坐的马车。据传，唐时进士放榜，按惯例在曲江亭设宴。其日，公卿家倾城纵观，钿车珠鞍，栉比而至，于此择取东床佳婿，中者十有八九。

⑭"诏黄"句：该句暗含科举高中、诏书即将下达之意。诏书因用黄纸书写，故称诏黄。字如鸦，指诏书上写的黑字。典出唐卢仝《示添丁》中的"忽来案上翻墨汁，涂抹诗书如老鸦"。

[背景与赏析]

董传，字至和，洛阳(今属河南)人，穷困潦倒，却有才而好学，苏轼曾称赞说"其文字萧然有出尘之姿，至诗与楚词，则求之于世可与传比者，不过数人"。据传，北宋政治家、词人韩琦因董传诗"古来风义遗才少，近世公卿荐士稀"而非常赏识他，想举荐时，董传却已于熙宁二年(1069)病逝。

苏轼在凤翔府任判官时，与董传私交甚笃。董传当时生活贫困，但他饱读诗书，满腹经纶，依然保持乐观向上的精神风貌。北宋治平元年(1064)，苏轼调离凤翔签判任，返京途中在长安与朋友董传话别。当时，董传正满怀信心准备参加科举考试。苏轼临别时留诗赠老友，以最真挚的祝福，盼望他有朝一日金榜题名，扬眉吐气，并以开玩笑的口吻说："兄弟你虽然没有钱，但高中了之后没准儿被哪个王公大臣、商贾巨富给挑选去当东床快婿呢！"全诗句句用典，且寓意深刻，语意高妙，清代学者纪晓岚赞本诗"句句老健"。

【话】

槐花，为豆科植物槐的干燥花及花蕾。花未开放时采收其花蕾，称为"槐米"；花开放时采收，称为"槐花"。别名金药树、护房树、豆槐等。我国槐花主产于河南、山东、山西、陕西等地。槐花的品种大致可以分为国槐花、红槐花、洋槐花。国槐花主要用于入药及制染料；红槐花为园艺观赏用槐，有一定毒性，不可以采食；洋槐花香味较浓，可以食用。

槐花味苦，性微寒，归肝、大肠经，具有凉血止血、清肝泻火作用，主要用于治疗血热便血、崩漏、吐血、肝热目赤、头痛眩晕等。清肝火可生用，止血宜炒炭用。现代药理研究发现，槐花中主要含有黄酮类、皂苷、甾体类化合物及蛋白质等成分。槐花中的芸香苷及其苷元槲皮素能防止渗透性过高引起的出血，并能抗炎、镇痛。槐花中的芦丁、槲皮素、槲皮苷可改善心肌循环；槐花中的槲皮素还有解痉、降血脂等作用。槐花已被广泛应用于各种消化道出血疾病、高血压、高脂血症等的临床治疗。

"五月槐花香"，到花期来临时，一串串槐花缀满枝头，空气里弥漫着素雅的清香，香气沁人心脾。槐花不仅有很高的观赏价值，也是药食同源的佳品。它是大自然的馈赠，带着浓浓的季节色彩。槐花是养生佳品。道教名著《抱朴子》云："槐子服之补脑，令人发不白而长寿。"明李时珍在《本草纲目》中也记载了用开水浸泡槐叶作为药茶饮用，有养生保健的功效。

清黄宫绣《本草求真》言槐花："治大、小便血，舌衄。"槐花具有凉血止血之功，宜用于各种热证出血。用槐花10~15克、白茅根10~15克，加水煎30分钟，代茶饮，每日1剂，可用于防治便血、尿血、痔疮出血等。用槐花15克、鲜马齿苋30克、粳米100克煮粥食用，具有清热凉血、清肝止血功效，可用于有出血倾向者的日常保健，也可用于便血、血色鲜红者，以及痔疮出血、肛裂者等。明李时珍《本草纲目》言槐花"又疗吐血衄，崩中漏下"。槐花凉血止血，善治身体下部出血，对于血热型崩漏效果尤佳。用槐花15克、地黄30克、地骨皮30克、粳米60克煮粥食用，具有清热固经功效，适用于月经过多、经色深红，伴有心烦口渴者。

清汪绂《医林纂要》言槐花："泄肺逆，泻心火，清肝火，坚肾水。"用槐花10~15克、菊花10~15克，泡茶饮，每日1剂，具有清肝明目、清热泻火功效，可用于高血压引起的头晕头痛等。用槐花10克、金银花9克，泡茶饮，每日1剂，具有清热凉血、疏散风热功效，对皮肤红疹、咽喉肿痛者有缓解作用。

《日华子本草》言槐花："治五痔、心痛、眼赤，杀腹藏虫及热，治皮肤风，并肠风泻血，赤白痢。"槐花味苦，苦能直下，且味厚而沉，善于止肠中之血。取槐花炭12克、侧柏叶12克、荆芥穗6克、枳壳6克，水煎服，每日1剂，可治疗痔疮、结肠炎，肠癌便血也可根据实际情况选用。

槐花与槐角来自同一物，前者为槐树的花蕾及花，后者为槐树成熟的果实。二者性味、功用相似，均能凉血止血、清肝泻火。槐角止血作用略逊于槐花，清热之力则强于槐花，且能润肠，多用于便秘、痔疮肿痛兼有出血者。现代药理研究发现槐角中含有黄酮及异黄酮类、生物碱、三萜皂苷类等有效成分，能抗肿瘤，促进血液凝固，能有效阻止结膜炎、肺水肿的发展，广泛应用于软化血管、降血压、降胆固醇、预防及治疗痔疮等临床治疗。秋后槐角累累，享受槐花花香之余，也可以试试槐角的食疗方。每次取槐角6克，用沸水冲泡

3 分钟左右饮用，配合熏洗坐浴，可提高治疗痔疮的效果。由于槐角清热作用更强，用槐角 15 克、何首乌 30 克、冬瓜皮 18 克、山楂 15 克，水煎，取汁冲泡乌龙茶，每日 1 剂，可消脂减肥。适用于肥胖症、高脂血症等人群。

注意事项：槐花禁用于阳虚失于统摄导致的便血、尿血等出血情况。槐角，脾胃虚寒、食少便溏者及孕妇慎服。

（王安安　张天嵩）

酸枣仁

【本草】

酸枣仁

【诗】

宋范成大《汴河》：

指顾①枯河五十年，龙舟②早晚③定④疏⑤川⑥。

还京却⑦要东南运，酸枣棠梨⑧莫蓊⑨然。

[注释]

①指顾：一指一瞥之间，犹言转瞬，形容时间短暂。东汉班固《东都赋》云："指顾倏忽，获车已实，乐不极盘，杀不尽物。"

②龙舟：古指皇帝乘坐的舟船。《穆天子传》云："天子乘鸟舟、龙舟浮于大沼。"此喻指赵宋皇帝。

③早晚：迟早，总有一天。

④定：一定，确凿，必然。

⑤疏：通。《孟子·滕文公上》云："禹疏九河。"

⑥川：贯川通流水也。唐崔颢《黄鹤楼》云："晴川历历汉阳树，芳草萋萋鹦鹉洲。"

⑦却：再。唐杜甫《闻官军收河南河北》云："却看妻子愁何在，漫卷诗书喜欲狂。"

⑧酸枣棠梨：指野树丛生。暗喻金的统治势力。酸枣，木名，主产于我国北部，常野生成丛莽，其果实味酸可食，种子可为养心安神药。棠梨，一名甘棠，俗称野梨，处处山林都有，春初开小白花，子有酸味。

⑨蓊：蓊郁，草木茂盛。

[背景与赏析]

汴河，古称汳水、丹水，又称古汴渠、汴水、北汴河，属于沂沭泗水系。它是一条古老的河流，早在春秋时期就作为一条天然河流而存在，史称"丹水"；两汉时，汴河是重要的运输航道；隋炀帝杨广修建了大运河，大运河北段称为永济渠，南段称为通济渠，唐、宋时通济渠又被人们称作"汴河"；北宋神宗时，濬汴河，导洛通汴，使汴京与东南水路相通，从而使汴京成为北宋的政治、经济、文化中心；南宋以后，宋金以秦岭—淮河线为分界，汴河自汴京东至商丘复东南经宿县、灵璧、泗县流入淮河的河段，不再通行，后逐渐湮废，诗中就是描写的这种情况。

南宋孝宗乾道六年（1170），范成大慨然受命，"为祈请使，赴金邦求归陵寝地，并请重定受书礼"。他出使金朝，沿途所见都是故国沦丧之景，昔日繁华对比今日萧索，不由得感慨万千，写了七十二篇七言绝句等使金记行诗，记述了悲故国沦丧、盼望故国光复、凭吊古代爱国志士遗迹、明誓死报国的决心等情形，情真意切，在爱国主义诗歌中独树一帜，本诗是其中第二首。范成大一行经过淮河北岸的泗州城，发现汴河自泗州以北都已干涸，一片荒芜，满目荒滩乱石，草木丛生，汴河沿途的百姓都在期待宋国皇帝回驾，重新疏浚水道，复通航运。目前学者解此诗，大多将"龙舟早晚定疏川"释为设问句，将"早晚"释为"何时"、将"定"释为"究竟"，认为作者对复国之事能否成功尚存怀疑。笔者对此解存疑："早"可以释为"何时"，而将"早晚"释为"何时"则未见诸文献。通过仔细阅读诗序和全诗后推测，因为范成大了解到了沿途所接触到的北宋遗民希望南宋收复疆土、实现国家统一的诉求，激起了他的爱国热情，坚定了胜利的信心，所以第二句应该是肯定句，即坚信国家终会统一、汴河必然重开，时间就在南宋皇帝"还京"时，同时也会把"酸枣棠梨"们一并铲除——这是对金国统治势力的委婉警告。

【话】

鼠李科植物酸枣，又名棘、山枣、野枣等，是我国古老的植物之一，《诗经》中即有"凯风自南，吹彼棘薪"的记载。酸枣，落叶灌木，稀为小乔木，生于向阳或干燥的山坡、山谷、丘陵、平原、路旁及荒地等，分布于华北、西北，以及辽宁、山东、河北、河南、陕西、安徽、湖北、四川等地。宋苏颂《本草图经》中云："今近京及西北州郡皆有之，野生多在坡坂及城垒间。似枣木而皮细，其木心赤色，茎叶俱青，花似枣花，八月结实，紫红色，似枣而圆小味酸。"酸枣仁

本草诗话

为酸枣的干燥成熟种子，一般在秋末冬初采收成熟果实，除去果肉和核壳，收集种子，晒干，用时捣碎。以粒大、饱满、有光泽、外皮红棕色，种仁色黄白者为佳。

酸枣仁味甘、酸，性平，归肝、胆、心经，具有养心补肝、宁心安神、敛汗生津的功效。现代药理研究表明，酸枣仁含有生物碱如多种酸枣仁碱、酸枣碱、酸枣仁环肽等，三萜类如白桦脂酸、白桦脂醇，酸枣仁皂苷等，黄酮类如斯皮诺素、酸枣黄素等，多种氨基酸及金属元素等。研究证实酸枣仁具有镇静、催眠、镇痛、抗惊、抗心律失常、抗心肌缺血、降压、降血脂、防治动脉粥样硬化、增强免疫、益智、降体温等作用。

酸枣仁是中医治疗虚烦不眠的要药。但从五代开始，中药学专著就有"睡多生使，不得睡炒熟"的记载，以后历代文献多遵循这一说法，一直沿用至近代。现代药理研究证实，生、熟酸枣仁作用一致，并不是生用醒睡、炒用安眠，只不过是酸枣仁炒用，便于煎出有效成分，可增加治疗虚烦不得眠的作用，但炒制太过会降低疗效，历代医学方剂学专著如《太平惠民和剂局方》《普济方》等所载方剂用到酸枣仁时一般会注明"微炒"。临床实践中，根据中医辨证来合理选择：如果是肝胆虚热所导致的失眠、惊悸、不安、虚热、精神恍惚等症，宜选用生酸枣仁；如果是肝胆不足、心虚胆怯，或心脾两虚导致的失眠、惊悸、疲劳乏力、出汗、纳差等症，宜选用熟酸枣仁。

选取一定量的熟酸枣仁，打粉或研末，备用，临近睡前开水调服，每次3~6克；或煮粥，以粳米100克，加水煮粥至将熟，加入酸枣仁末6~9克，再煮片刻即可食，可调节情绪，有助于改善神经衰弱所导致的胆虚睡卧不安、失眠多梦、心悸怔忡。也可以和百合、麦冬等其他药物配伍使用，有增强滋阴之效，如准备鲜百合30~60克、熟酸枣仁9~15克，先加入适量清水煮熟酸枣仁，大火煮滚后转小火煮，再放入百合，直到煮熟即可去渣饮用。再如《普济方》所载酸枣仁丸，治疗虚劳、烦热不得睡卧："酸枣仁（微炒）、榆叶、麦门冬（去心焙）各二两。上为末，炼蜜和捣百余杵，丸如梧桐子大。每服不计时候，以糯米粥饮下三十丸。"

《圣惠方》有一酸枣仁粥用于"治骨蒸，心烦不得眠卧"的食疗方："酸枣仁二两，以水二大盏半，研滤取汁，以米二合煮作粥，候临熟，入地黄汁一合，更微煮过，不计时候食之。"骨蒸，中医疾病名，类似于现代的结核病，主要症状有骨蒸潮热，其特点是患者感觉热气自里透发而出，主要治法是滋阴清热，因此这一食疗方选用性微寒的生酸枣仁，配合生地黄，则可滋阴助眠，用药十分精当。我们可以将这个方子的用量和制作过程简化一下，用于心肾阴虚不足导致的心烦发热、心悸失眠、体虚多汗等（不一定是结核病）：生酸枣仁9~15克、生地黄 15~30 克、粳米 100 克，酸枣仁、地黄水煎取汁，入粳米煮粥食，每日 1 剂。

　　酸枣仁也可以分别或同时与柏子仁、龙眼肉、莲子等养血安神之品一起和粳米、大米等煮粥，适合具有心脾血虚所致的头昏困倦、虚烦不眠、惊悸多梦、食欲不佳等症者食用。

　　注意事项：炎热实邪、遗精滑精、大便溏泄、低血压者及孕妇慎用。

（张天嵩　王裕欣）

鲤　鱼

【本草】

鲤鱼

【诗】

唐戴叔伦《兰溪棹歌^①》：
> 凉月^②如眉挂柳湾，越^③中山色镜中看。
> 兰溪三日桃花雨^④，半夜鲤鱼来上滩^⑤。

[注释]

①棹歌：船家摇橹时唱的歌。

②凉月：新月。

③越：古代东南沿海一带称为越，今浙江省中部。

④桃花雨：江南春天桃花盛开时下的雨。桃花的花期一般在3—4月，谚曰"（农历）三月三，鲤鱼上滩"。

⑤上滩：鲤鲫之类的淡水鱼极爱新水（如雨水）、逆流，会涌上溪头浅滩。

[背景与赏析]

戴叔伦（732—789），字幼公，一作次公，又名融，字叔伦，润州金坛（今江苏常州市金坛区）人。唐代诗人。曾任涪州督赋、抚州刺史、容州刺史，加御史中丞，官至容管经略使。在任期间政绩卓著。其作品题材内容丰富，体裁形式多样，多写隐逸生活，表现出一种闲适情调。今存诗近三百首，《全唐诗》录其诗二卷。

戴叔伦于唐德宗建中元年（780）五月至次年春曾任东阳（今属浙江）令。兰溪，又称兰江，是富春江的上游支流，在东阳附近。这首诗大约是他在这段时间创作的。这是一首富于民歌风味的棹歌。全诗以清新灵妙的笔触写出了兰溪的山水之美及渔家的欢乐之情。一般而言，歌唱当地风光的民歌，取景多在日

间。因为在丽日艳阳的照耀之下，一切景物都显得生机蓬勃、鲜艳明媚，充分展示着它们的美。此篇却构思巧妙，别出心裁，以夜间做背景，歌咏了江南山水胜地另一种人们没有注意到的美。

诗中描绘了这样一幅图画：春三月夜晚雨后，一弯如眉的新月，无声地低挂在水湾的柳梢上，越中山色倒映在水平如镜的溪面上，很是好看。春雨下了三天，兰溪的水猛涨，鲤鱼群争抢新水，拨鳍摆尾，蹦跳嬉戏，夜半人静之时鲤鱼纷纷逆行涌上溪头浅滩的泼剌声，打破了夜晚的宁静。全诗中，眉月新柳、溪光山色之幽静与鲤鱼上滩之灵动巧妙地结合在一起，既显出了兰溪夜景的清新澄澈、生趣盎然，又显出了渔家的欢乐之情。

【话】

鲤是鲤科鲤属鱼类。体延长而侧扁，肥厚而略呈纺锤形，背部略隆起，腹缘呈浅弧形，因鳞有"十"字纹理，故名鲤，又名赤鲤、玄驹、黄骥、黄雉、鲤拐子、赤鲜公，以产于黄河干流及其重要支流河段为佳。全世界最早的养鱼文献——陶朱公范蠡（前536—前448）著的《养鱼经》，就是在黄河流域山东定陶写的，而且主要以鲤为养殖对象。黄河鲤鱼与松江鲈鱼、长江鲥鱼、太湖银鱼被共誉为我国四大名鱼。

中华传统文化认为，龙是最高贵的，而鲤只要越过龙门就能化身为龙，"鲤为诸鱼之长，形既可爱，又能神变，乃至飞越江湖，所以仙人琴高乘之也"。鲤

本草诗话

代表着顽强的生命力、旺盛的生殖力，还代表着家族的富裕和兴旺。另外，鲤与"礼、利"谐音，因此中国自东周时代起2000多年来，形成了很多与鲤有关的文化习俗，比如年画上儿童骑着鲤，过年的年夜饭一定要有鱼——大部分地区年夜饭上的鱼都是鲤，很多地区长期保留过年把鲤作为礼物送人的习俗，有些地方有特定时节吃鲤的风俗。唐诗中的鲤文化相当丰富，以鲤为题的诗歌很多。唐李白《赠崔侍郎》诗云："黄河三尺鲤，本在孟津居。点额不成龙，归来伴凡鱼。"唐岑参《热海行送崔侍御还京》诗云："海上众鸟不敢飞，中有鲤鱼长且肥。"唐独孤及《送何员外使湖南》诗云："王程悦未复，莫遣鲤鱼稀。"唐李商隐《板桥晓别》诗云："水仙欲上鲤鱼去，一夜芙蓉红泪多。"唐刘禹锡《洛中送崔司业使君扶侍赴唐州》诗云："相思望淮水，双鲤不应稀。"

鲤鱼味甘，性平，归脾、肾经，具有利水、消肿、下气、通乳之功。鲤鱼含有丰富的优质高蛋白、脂肪、钙、磷、铁、烟酸、氨基酸、维生素 A、维生素 D等营养物质，营养价值十分高，且具有降血脂、抗血栓、降低血液黏度、抗血小板聚集等作用。

鲤自古以来被视为食中珍品。如《诗经·小雅》记周宣王伐狁犬胜利后大宴诸侯："吉甫燕喜，既多受祉。来归自镐，我行永久。饮御诸友，炰鳖脍鲤。"《诗经·陈风·衡门》："岂其食鱼，必河之鲤。"在中国八大菜系里面，有很多以鲤鱼为主料的名菜，如鲁菜中的糖醋鲤鱼、川菜中的干烧鲤鱼、豫菜中的鲤鱼焙面等。据说鲤鱼焙面在北宋时期就很有名，是由糖醋鲤鱼和焙面两道名菜配制而成，其色泽鲜红，酸甜可口，软嫩鲜香。

鲤鱼具有一定的药用功能，全身均可入药。适宜于纳食不佳、工作太累和情绪低落者食用，可以作为各种水肿、黄疸肝炎、肝硬化腹水、胎动不安、产后乳汁缺少、咳喘等病症者的辅助治疗手段。

取鲤鱼 1 条(500 克左右)，除去鳞、鳃及内脏，洗净切块，加适量水煮汤，酌加盐、料酒、葱白、生姜末。先用旺火煮沸，再转用小火煮烂，去刺留汤。粳米 100 克，或再加大枣 30 克，加水适量，倒入鲤鱼汤及鲤鱼肉，煮成粥。该方具有开胃健脾的功效，适用于纳差、疲劳乏力者。

取鲤鱼 1 条，除去鳞、鳃及内脏，洗净备用。薏苡仁 100 克，浸泡后加水煮1 小时，再加入鲤鱼用砂锅文火清炖成粥，不另加油、盐、醋及其他调味料。该方具有利水消肿之功，可用于轻度水肿。

取鲤鱼 1 条，除去鳞、鳃及内脏，洗净切块。猪蹄 1 个，去毛，洗净剖开。可酌加通草 9 克。调料适量。将鲤鱼、猪蹄、通草、葱白、盐一起放入锅内，加适量水，上火煮至肉熟汤浓即可。每日 2 次，每次喝汤 1 碗，连吃 3 天。该方具有通乳的作用，适于产后乳汁不下或过少的妇女。

（陈凯　张天嵩）

鲫　鱼

【本草】

鲫鱼

【诗】

明韩雍《桂江①鲫鱼②甚巨且美食之有作》：

桂江霜③鲫长如许，绝似松江④一尺鲈。

鲫美终非故乡物，临风长啸⑤忆三吴⑥。

[注释]

①桂江：今指珠江流域干流西江水系一级大支流之一，其上游大溶江发源于广西第一高峰——猫儿山(兴安县华江乡)，向南流至溶江镇与灵渠汇合，称为漓江。《元和郡县志》："桂江，一名漓水，经县东，去县十步。杨仆平南越，出零陵，下漓水，即谓此也。"

②鲫鱼：鲤科动物，又称鲋鱼、鲫瓜子、鲫皮子、肚米鱼，是我国重要食用鱼类之一。

③霜：霜降，二十四节气之一，在公历 10 月 23 日或 24 日。这时中国黄河流域一般出现初霜，大部分地区多忙于播种三麦等作物。秋末冬初，水温降低，鲫鱼开始成群觅食，正是钓鲫鱼的好时机。

④松江：吴淞江的古称，长江支流黄浦江的支流，发源于苏州市吴江区松陵镇以南太湖瓜泾口。松江盛产鲈鱼，以四鳃鲈最为有名，肉嫩味美。《太平御览》卷九三七引唐杜宝《大业拾遗录》："(大业)六年，吴郡献松江鲈鱼干脍，鲈鱼肉白如雪，不腥，所谓金齑玉鲙，东南之佳味也。"亦常称"松江鲈""松鲈"。

⑤长啸：撮口发出悠长清越的声音，古人常以此表达某种情感。宋苏轼《和林子中待制》："早晚渊明赋归去，浩歌长啸老斜川。"

⑥三吴：地名。宋以后指苏州、常州、湖州，亦泛指长江下游一带。

本草诗话

[背景与赏析]

　　韩雍（1422—1478），字永熙，苏州府长洲县（今江苏省苏州市）人，明代名臣、诗人。韩雍于明英宗正统七年（1442）登进士第，历任右金都御史、巡抚江西、大理少卿、兵部右侍郎、左副都御史等职，主要功绩有里甲改革、讨平盗乱、抚定两广，后为人所诬，乃致仕去。明武宗时追谥其为"襄毅"，故后世称其为"韩襄毅"，有《襄毅文集》传世。

　　韩雍提督两广军务期间，屡定寇乱，为两广地区的稳定作出了巨大贡献。

　　有一次在桂江之畔，他品尝到鲜美的桂江鲫鱼，思乡之情油然而生，于是提笔挥毫写下一首抒情小诗。桂江流经广西北部，河流湍急，暗礁密布，但水质洁净，鱼虾品质高，因此桂江的鱼、虾、蟹成为当地的美食和特产。桂江秋冬之际的鲫鱼能长到一尺多长，体态修长俊美，味道鲜美，与韩雍家乡松江的鲈鱼非常相似。诗人通过鱼的对比穿透时空的距离和情感的维度，平视中透出淡淡的思想情怀。站在桂江之畔的诗人，长身而立，遥望东方，看桂江一江冬水向东流，心绪和意念仿佛也随着这一江之水回到家乡的松江。但此江非彼江，此鱼非彼鱼，他乡非故乡，淡淡的失落和惆怅在笔尖流淌，诗人在江风的吹拂下，站在桂江边，而思绪却已经飘向千里之外的吴地故乡，回忆起故乡的山山水水、人物事情，离家很久了，思乡之情只能靠长啸一声聊以自慰。

【话】

　　鲫鱼为鲤科动物，因生长水域不同，又有河鲫、湖鲫、塘鲫之分。鲫鱼生长水温较低，生长速度缓慢，营养价值丰富。

　　鲫鱼味甘，性平，归脾、胃、大肠经，具有补阴血、通血脉、补体虚、益气健脾、和中开胃、利水消肿、通络下乳、清热解毒、止消渴、理疝气、祛风湿病痛之功效，对脾胃虚弱、水肿、溃疡、气管炎、哮喘、糖尿病有很好的滋补食疗作用。鲫鱼肉中蛋白质含量极高，而且易于被人体吸收，氨基酸含量也很高，所以对促进智力发育、降低胆固醇和血液黏稠度、预防心脑血管疾病具有显著的作用。

　　在我国的传统文化中，历来就有"药食同源"的观点，通过饮食达到防治疾病的作用，即中医食疗，而中医食疗主要体现在中医药膳上。中医药膳是在中医理论指导下，将不同药物与食物进行合理组方配伍，采用传统或现代科学技术加工制作，具有保健、防病、治病等作用的特殊膳食。鲫鱼既作为食材又作为药材，在治病防病中发挥了重要作用。经常食用鲫鱼，既可补充营养，又能增强抗病能力。民间常给产后妇女炖食鲫鱼汤，既可以补虚，又有通乳催奶的

本草诗话

作用。清汪绂《医林纂要》："鲫鱼性和缓，能行水而不燥，能补脾而不濡。"长期慢性腹泻多与脾虚、湿邪有关，故坚持饮鲫鱼汤可获良效。

唐陈藏器《本草拾遗》言鲫鱼头"主咳嗽，烧为末服之"。取鲜活鲫鱼1条，加水炖熟，再加葱白1根、生姜1片、鲜薄荷15克，水沸后，喝汤、吃肉，每天服1次，连服5日，可治疗体虚外感咳嗽。

鲫鱼乃血肉有情之品，既能填精补髓，升高血清蛋白，又能健脾利水而消肿，临床上常用于肾病综合征、肝硬化腹水的治疗。赤小豆利小便、消水肿，李时珍谓赤小豆"和鲤鱼、蠡鱼、鲫鱼、黄雌鸡煮食，并能利水消肿"。《食疗本草》中记载，赤小豆和鲫鱼"烂煮食之，甚治疗脚气及大腹水肿"。因此治疗水肿时，鲫鱼常与赤小豆合用。用鲫鱼1条(约250克)、赤小豆50克，一同放入锅中加水炖烂，不放盐，吃鱼肉及喝药汤。此外，还可加入健脾益胃燥湿的白术9~15克，行气化湿、利水消肿的桑白皮10克，和生姜皮3克一同炖煮。

肿瘤患者放化疗后常会出现肝肾脾胃受损、骨髓抑制的情况，取鲫鱼3条、黄芪30克、当归10克、党参10克、枸杞子10克、女贞子10克、陈皮10克、砂仁6克，用水煮沸后小火慢炖1小时，食肉喝汤，一日一次，连续食用两周，能够补气血、益肝肾，减轻放化疗后的不良反应。

注意事项：阳虚体质和素有内热者不能食用鲫鱼，易生热而生疮者忌用鲫鱼。服用中药厚朴时不宜食用鲫鱼。鲫鱼也不宜与天冬、麦冬同时食用，不宜与芥菜、猪肝、鹿肉同食。

（张苏贤）

薤　白

薤白

【诗】

唐李商隐《访隐》：

> 路到层峰断，门依老树开。
> 月从平楚①转，泉自上方②来。
> 薤白③罗④朝馔⑤，松黄⑥暖夜杯。
> 相留笑孙绰⑦，空解赋天台⑧。

[注释]

①平楚：谓从高处远望，丛林树梢齐平。明杨慎《升庵诗话·平林》云："楚，丛木也。登高望远，见木杪如平地，故云平楚。"

②上方：住持居住的内室。此借指佛寺。

③薤白：百合科植物小根蒜或薤的干燥鳞茎，又称薤根、野蒜，可入药。

④罗：排列，广布。晋陶渊明《归园田居》（其一）云："榆柳荫后檐，桃李罗堂前。"

⑤朝馔：早饭。

⑥松黄：即松花，可酿酒。明李时珍《本草纲目》云："二三月抽蕤生花，长四五寸，采其花蕊为松黄。"

⑦孙绰：东晋太原中都（今晋中市榆次区）人，字兴公，孙楚孙，少以文称。初居会稽，游放山水。与许询并为玄言诗人，亦能赋，尝作《游天台山赋》，辞致甚工，自谓掷地有金石声，为当时文士之冠。名公之碑，必请绰为文。除著作佐郎，累迁廷尉卿，领著作。

⑧赋天台：《文选·游天台山赋》李善注云："孙绰为永嘉太守，意将解印

以向幽寂，闻此山神秀，可以长往，因使图其状，遥为其赋。"向往其地而不亲往，故为可笑。

[背景与赏析]

这首诗描写了诗人到山中访问隐者的过程，前四句是对山中环境的描写，第五、六两句叙述隐士的生活，结尾两句，诗人以孙绰喻己，以为自嘲。大意为通往隐士家的道路在层峦叠嶂间到了尽头，隐者庐舍的门口，有着苍郁的老树。月亮从平林间出现，山泉的上游有着寺庙。隐者和诗人早食薤白饭，夜饮松花杯，诗人很是感谢隐者的相留和盛情招待，并一起嘲笑遥为天台山作赋的孙绰未能亲往天台山见其神秀也。

【话】

薤白为百合科植物小根蒜或薤的干燥鳞茎，主产于河北、江苏、浙江以及东北等地，北方多在春季，南方多在夏秋间采收。连根挖起，除去其茎叶及须根，洗净，用沸水煮透，晒干或烘干。

薤白味辛、苦，性温，归心、肺、胃、大肠经，具有通阳散结、行气导滞的功效，临床常用于胸痹心痛、脘腹痞满胀痛、泻痢后重等症。现代药理研究表明，其含有大量粗蛋白、粗脂肪、膳食纤维、维生素、氨基酸、胡萝卜素、微量元素、皂苷、挥发油、黄酮、苯丙素、多糖、生物碱等多类活性成分，具有显著的防衰老、降血脂、防止动脉粥样硬化、抗肿瘤、抗氧化、抗血小板聚集、预防贫血等作用。

薤白在《神农本草经》中被列为中品，"薤，味辛、苦，温，无毒。主治金疮疮败。轻身，不饥，耐老"。自古以来薤白就是人们生活中常见的野生蔬菜，是药食兼用之品，元代农学家王祯曾说："薤生则气辛，熟则甘美。种之不蠹，食之有益。故学道人资之，老人宜之。"薤白味道独特，营养丰富，常作为调味品添加到各种菜肴中，2002年卫生部将薤白列入药食同源目录。薤白具有独特的葱蒜味，营养成分非常丰富，用薤白做成的汤、菜、糕点等药膳，既是清爽可口的美味佳肴，又是不可多得的保健珍品。经常食用薤白，对体弱的人，可润中补虚，使人耐寒，有利于强健筋骨；对于成长期的儿童和缺钙的老人，薤白具有良好的营养价值。

薤白在临床上广泛应用于治疗心脑血管系统、呼吸系统和消化系统等疾病。东晋葛洪《肘后备急方》用薤白治疗奔豚气痛。明胡濙《卫生易简方》用薤白治疗肺气喘急，即单用薤白研汁饮用，一般可选鲜薤白30~60克。医圣张仲景就擅长用薤白和瓜蒌等治疗胸痹心痛等，后世医家在此基础上衍生出不少良方，如用薤白 9 克、瓜蒌 15 克、丹参 15 克，水煎 30 分钟代茶饮，每日 1 剂，用于冠心病的辅助治疗；取薤白 15 克、瓜蒌 15 克、天麻 10 克、粳米 100 克，冰糖适量，薤白、瓜蒌、天麻共同煎煮取汁，将药汁与粳米共煮成粥，再加入冰糖调味，可治疗痰浊中阻型高血压病，症见眩晕、头痛、倦怠、心烦欲呕。女性气滞血瘀型痛经，可以用薤白 12 克、丹参 15~30 克、桃仁 10 克、香附 10 克、粳米 100 克，红糖适量，先将前四味药煮沸半个小时，去渣留取药汁，倒入粳米同熬，快煮熟时放入少许红糖，煮成粥后食用。唐昝殷约《食医心鉴》中有薤白粥的记载，"赤白痢下，薤白一握，同米煮粥，日食之"，说的是将一把薤白放水中同米煮成粥喝，能治疗赤白痢疾。

薤白亦可外敷，治疗某些痛症。如《福建药物志》中就记载了用鲜薤白、红糖各 15 克，捣烂后敷于足掌心，可治头痛、牙痛；取鲜薤白、红酒糟适量，捣烂后敷于患处，可治扭伤肿痛。

注意事项：气虚体质、阴虚体质、胃气虚寒及正在发热者均应慎服薤白。非肠胃食滞者、素体胃肠纳呆者、对蒜味过敏者应禁服薤白。

（张苏贤）

薏苡仁

【本草】

薏苡仁

【诗】

唐白居易《得微之到官后书备知通州之事怅然有感因成四章》：

人稀地僻医巫少，夏旱秋霖瘴疟①多。

老去一身须爱惜，别来四体得如何。

侏儒饱笑东方朔②，薏苡谗③忧④马伏波⑤。

莫遣⑥沉⑦愁结成病，时时一唱濯缨⑧歌。

[**注释**]

①瘴疟：指因感受山岚疠毒之气而发的一种疟疾，类似现代医学的恶性疟疾。

②"侏儒"句：比喻小人得志，贤才莫展，表达了白居易对元稹遭贬通州的愤愤不平。侏儒是指身材异常矮小的人。"侏儒饱"典出《汉书·东方朔传》。汉武帝时，东方朔来到长安，在公车署待诏，俸禄微薄，感到心中不平，借恐吓为汉武帝赶马驾车的侏儒，促使汉武帝召见，汉武帝问东方朔为什么恐吓他的车夫，东方朔回答说："侏儒长三尺余，奉一囊粟，钱二百四十。臣朔长九尺余，亦奉一囊粟，钱二百四十。侏儒饱欲死，臣朔饥欲死。""侏儒饱"典故常被用来抨击世道不公。

③谗：谗言，陷害别人的坏话。宋范仲淹《岳阳楼记》云："去国怀乡，忧谗畏讥。"

④忧：忧患，祸患。晋陶渊明《归去来兮辞·并序》云："乐琴书以消忧。"

⑤马伏波：指东汉伏波将军马援。《后汉书·马援传》云："初，援在交趾，常饵薏苡实，用能轻身省欲，以胜瘴气。南方薏苡实大，援欲以为种，军还，载

之一车。时人以为南土珍怪，权贵皆望之。援时方有宠，故莫敢以闻。及卒后，有人上书谮之者，以为前所载还，皆明珠文犀。"马援从交趾(汉郡名，今广西大部和越南北部、中部)引进了薏苡仁优良品种，但是他在死后被人诬告当初运回的是珠宝，这就是"薏苡明珠"典故的由来，用来表示蒙冤受谤。

⑥遣：使，让。

⑦沉：极，十分。

⑧濯缨：原指洗涤冠缨，比喻超凡脱俗，操守高洁。唐白居易《题喷玉泉》云："何时此岩下，来作濯缨翁。"

[背景与赏析]

白居易(772—846)，字乐天，号香山居士，唐代伟大的现实主义诗人，有"诗魔"和"诗王"之称。其诗题材广泛，形式多样，语言平易通俗。白居易与元稹共同倡导新乐府运动，世称"元白"；与刘禹锡并称"刘白"。

白居易与元稹(字微之)同科及第，同倡新乐府运动，共创"元和体"。两人友谊甚笃，结为终生诗友，常以诗相互慰问、勉励。元稹因才华出众、性格豪爽而屡次被贬。唐朝元和十年(815)元稹被贬至通州(今四川达州市附近)，通州属于"哭鸟昼飞人少见，怅魂夜啸虎行多"之地，夏旱秋雨人易患疟疾。元稹在通州期间潦倒困苦，只能以诗述怀，以友情慰藉，与白居易酬唱之作颇多。该诗即是白居易(时谪居在江州)为关心、劝慰元稹而作，白居易不仅关注元稹的身体健康，更关心他的心理健康，劝慰道：通州地处偏僻，人口稀少，夏旱秋雨人易患疟疾。你在那个地方要爱惜身体啊。你虽然穷困潦倒，还有被小人嘲笑、有被进谗言的忧患，但还是要经常唱一唱操守高洁之歌，不要因极度愁绪而生病。

【话】

薏苡为禾本科植物，一年生草本，生于屋旁、荒野、河边、溪涧或潮湿山谷中，全国大部分地区均有分布；一般为栽培品，主产于福建、江苏、河北、辽宁等地。薏苡仁是薏苡的干燥成熟种仁，又称为薏仁、苡米、薏米、米仁等，既是一味常用的中药，又是很普遍的食物，以粒大、饱满、色白、完整、新鲜者为佳。因营养价值很高，薏苡被誉为"世界禾本科植物之王"，民谣云"薏米胜过灵芝草，药用营养价值高，常吃可以延年寿，返老还童立功劳"。从《后汉书·马援传》可知，至少在东汉时期，人们就用有健脾祛湿清热功效的薏苡仁来强身健体，预防和治疗瘴气。

薏苡仁作为一种中药，有悠久的历史，早在《神农本草经》中即有记载，其味甘、淡，性凉，归脾、肺、肾经，炒用能健脾，生用能除痹、清热、利湿、排脓等，可以治疗水肿、泄泻、关节肿痛、肺痈、肠痈等。现代医药学研究表明，薏苡仁含有多种活性物质，主要有脂肪酸及其脂类、糖类、甾醇类、生物碱类及三萜类等成分，还含有丰富的蛋白质、矿物质及维生素，其营养价值在禾本科植物中居第一位，可以作为保健食品；并具有抗肿瘤（在宫颈癌、肺癌和消化道肿瘤治疗中应用广泛）、抗炎镇痛、抗菌、提高机体免疫力、降血压、降血糖和调血脂等功效。食疗方如下：

薏苡仁 50~100 克，煮粥，常服，可预防高脂血症、高血压、心血管疾病及心脏病等。

薏苡仁与粳米等量，加水煮成稀粥，每日 1~2 次，可以长期服用，用于治疗脾虚水肿或风湿痹痛、四肢拘挛等，或作为夏天保健之法。

如为养颜祛斑，可取薏苡仁 30~50 克，洗净后加入两杯半水，煮熬到水减至一半时即可服用，久服不但可以健脾益气，还可以美白祛斑、滋润肌肤。

注意事项：因薏苡仁性偏寒，平素怕冷的虚寒体质者不适宜长期服用；因其性"滑"，易动胎气，孕妇、肾虚遗精男子应避免食用。

（张天嵩）

薄 荷

【本草】

薄荷

【诗】

宋陆游《题画薄荷扇》：

> 薄荷①花开蝶翅翻，风枝露叶弄秋妍。
> 自怜不及狸奴②黠③，烂醉篱边不用钱。

[注释]

①薄荷：多年生草本植物，茎有四棱，叶子对生，花呈红色、白色或淡紫色，茎和叶子有清凉的香味，可以入药，或用于食品。

②狸奴：猫的别称。

③黠：聪明而狡猾。

[背景与赏析]

陆游一生立志报国，但却屡遭罢免，去世前二十年基本上闲居在老家山阴（今浙江绍兴）。陆游虽然归隐山林，并自称不再踏入仕途，但仍想着收复失地，其有诗云"夜阑卧听风吹雨，铁马冰河入梦来""王师北定中原日，家祭无忘告乃翁"无不催人泪下。周恩来总理曾高度评价说："宋诗陆游第一，不是苏东坡第一。陆游的爱国性很突出，陆游不是为个人而忧伤，他忧的是国家、民族，他是个有骨气的爱国诗人。"

这是一首题画诗，作于宋嘉定二年（1209）秋。当时陆游已忧愤成疾，至冬病情日重，于嘉定二年十二月与世长辞，临终绝笔《示儿》诗成千古绝唱。这首《题画薄荷扇》诗描写了薄荷的花引来一群蝴蝶翻飞，微风拂弄着枝条，叶子上晶莹的露水随风滑落，这是一派秋天的景象。诗人怜惜自己还不如一只狸猫聪明狡黠，狸猫只因食用了免费的薄荷，就能酩酊大醉躺在篱笆边。作为南宋主战派，陆游屡受主和派的污蔑和攻击，多次被免职，复国大计难以实施，其忧愁、苦闷之情可想而知，难免也会有一时之灰心，还不如以醉解忧吧。

这首诗里提到一个非常有意思的薄荷醉猫现象。古人认为，猫以薄荷为酒，食之即醉，所以古人多有以薄荷醉猫为主题的诗和画。陆游闲居家中，以猫为伴，曾在《北窗》诗中自嘲道："陇客询安否，狸奴伴寂寥。"陆游为他养的猫写了十余首诗，从这些诗里可以发现，有名字的猫至少有三只：小于菟、粉鼻、雪儿。写小于菟的《赠猫》诗云"时时醉薄荷，夜夜占氍毹"，写雪儿的《得猫于近村以雪儿名之戏为作诗》诗云"薄荷时时醉，氍毹夜夜温"，都写到了薄荷醉猫的情形。但今人认为，能醉猫的薄荷，名为"猫薄荷"，学名荆芥，其所含的荆芥内酯对大部分的猫可产生特殊作用，但荆芥内酯对于猫而言是兴奋剂不是麻醉剂，猫食用"猫薄荷"后会有摩擦头部、翻滚、舔舐等表现，不似古人观察到的醉卧情形。另据考证，《植物名实图考》（曾记载薄荷醉猫）和《本草纲目》所附的薄荷图一致，均为当今的唇形科植物薄荷。孰是孰非，有待进一步研究。

【话】

中药薄荷为唇形科植物薄荷的干燥地上部分。薄荷在我国大部分地区均有生产，主产于江苏的太仓，以及浙江、湖南等省。

薄荷味辛，性凉，归肺、肝经，具有疏散风热、清利头目、利咽透疹、疏肝行气的功效，可用于风热感冒、风温初起、头痛、目赤、口疮、咽喉肿痛、麻疹不透、风疹瘙痒、胸胁胀闷的治疗。薄荷化学成分丰富，主要含有挥发油、黄酮类、蒽醌类、有机酸类、氨基酸等。现代药理研究表明，薄荷具有保肝利胆、抗炎镇痛、抗病毒、杀菌、解痉、祛痰、兴奋中枢神经、抗着床、抗早孕、促进透皮吸收等作用。其中，主要抗病毒成分为挥发油、黄酮类、有机酸类及薄荷糖苷；薄荷精油具有良好的抑菌、抗氧化和抗辐射作用；黄酮类、薄荷糖苷还有较好的抗氧化作用；酚类具有抗炎作用。薄荷中的挥发油是其重要的药效组成部分，挥发油中含有薄荷醇、薄荷酯、柠檬烯、薄荷酮、薄荷脑等抑菌抗病毒的成分，薄荷脑可用于治疗萎缩性鼻炎，薄荷醇局部应用可治头痛、神经痛、瘙痒等，薄荷醇及少量薄荷酮还可用于阴道炎的治疗。因薄荷中的挥发油是其重要的药效组成部分，所以在使用时不宜长时间煎煮。

薄荷最早收载于《新修本草》，"主贼风伤寒，发汗"，治"恶气心腹胀满，霍乱，宿食不消，下气"。鲜薄荷叶3克、太子参6克、绿茶3克、生姜1片，放入茶壶，沸水冲泡后饮用，具有清暑解热、调理脾胃作用，常于夏季饮用，可防治感冒。若出现风热咳嗽，可取薄荷15克、杏仁10克、桔梗6克，水煎服，每日服 2 次。用薄荷 6 克、菊花 15 克，水煎服，每日服 2 次，可治疗偏头痛。取薄荷 6 克、陈皮 10 克、荸荠 10 克，水煎服取汁，代茶饮，具有清热、理气、止咳化痰的功效，适用于痰气壅结型耳鸣、耳聋等症状。

明李时珍《本草纲目》记载："薄荷……辛能发散，凉能清利，专于消风散热，故头痛、头风、眼目、咽喉、口齿诸病，小儿惊热及瘰疬疮疥，为要药。"薄荷内服及外用均可用于皮肤瘙痒的治疗。用薄荷 12 克、蝉蜕 6 克、冰糖 10 克，先将薄荷、蝉蜕放入砂锅，加适量水煮沸，5 分钟后去除药渣，留取药液，加入冰糖融化后服用，可治疗因风热引起的皮肤瘙痒症。此外，还可取薄荷 15 克、茵陈 15 克，加适量水大火烧开 5 分钟，关火晾凉后去渣留液，湿敷于皮肤瘙痒处 20 分钟，每日 3 次。利用薄荷的消风散热作用，可用其辅助治疗血小板减少性紫癜的血分实热证，症见皮肤青紫或伴有流鼻血、尿血、吐血等。具体方法为取薄荷 5 克、生藕汁 100 毫升，将薄荷放入茶包，加水煮沸后取薄荷汁 100 毫升，与藕汁相兑后饮用。

注意事项：阴虚阳亢、血燥及体虚多汗者忌用。

（张苏贤　张天嵩）

覆盆子

【本草】

覆盆子

【诗】

宋王右丞《覆盆子①》：

灵根②茂永夏③，幽蹬④罗⑤深丛⑥。

晶华发鲜泽，叶实分青红。

搜寻犯⑦晨露，采摘勤村童。

藉⑧以烟笋箨⑨，贮之霜筠笼⑩。

[注释]

①覆盆子：有刺落叶灌木，叶互生，花白色，果实为聚合的小核果，卵球形，熟时红色。中医以果实入药，亦称覆盆。

②灵根：植物根苗的美称。唐柳宗元《种术》云：“戒徒斸灵根，封植闷天和。”

③永夏：长长的夏天。宋吴则礼《同王子和过张氏小园》云：“永夏追凉得午阴，扶藜仍有小丛林。”宋黄庭坚《新凉示同学》云：“春深花落病在床，永夏过眼等虚掷。”永，深长的、久远的。《诗经·唐风·山有枢》云：“且以永日。”

④幽蹬：僻静的石阶道路。幽，幽静，僻静。蹬，石阶，石级。

⑤罗：排列，散布，广布。晋陶渊明《归园田居》(其一)云：“桃李罗堂前。”

⑥深丛：树木丛聚的地方。唐杜甫《杜鹃行(一作司空曙诗)》云：“躯形不敢栖华屋，短翮唯愿巢深丛。”

⑦犯：冒着。宋苏轼《岐亭五首》(其一)云：“知我犯寒来，呼酒意颇急。”

⑧藉：铺垫。宋苏轼《卜算子·感旧》云：“还与去年人，共藉西湖草。”

⑨烟笋箨：指用烟熏过的竹笋皮。箨，竹笋上一片一片的皮。笋箨，笋皮，笋壳。宋杨万里《风雨》云："自拾荷花揩面汗，新将笋箨制头巾。"

⑩霜筠笼：竹篮。霜筠，竹也。宋苏轼《溇陂鱼》云："霜筠细破为双掩，中有长鱼如卧剑。"筠笼，竹篮之类盛器。唐杜甫《野人送朱樱》云："西蜀樱桃也自红，野人相赠满筠笼。"

[背景与赏析]

关于本诗作者。说法不一，有唐王维、宋王右丞和王安石等不同署名。据笔者查阅《全唐诗》和《全宋诗》，三位作者名下均未见收录本诗。《钦定古今图书集成·博物汇编·草木典·覆盆子部艺文二》有该《覆盆子》诗，署名为宋王右丞。《古今图书集成》原名《古今图书汇编》，原系康熙皇三子胤祉奉康熙之命与侍读陈梦雷等编纂的一部大型类书，康熙钦赐书名，雍正写序，《古今图书集成》为此冠名"钦定"，编辑历时28年，共分6汇编、32典、6117部，采集广博，内容丰富，包罗万象，图文并茂，是现存规模最大、资料最丰富的类书，是查找古代资料文献的十分重要的百科全书。

王右丞生平不详。这首诗描写了村童寻找和采摘覆盆子的过程：春天，覆盆子的根苗会进入旺盛的生长期，在整个夏天都很茂盛，它或长在偏僻的山上石阶道路旁，或长在丛林中。整棵灌木鲜艳明亮，叶子和果实青、红分明。勤劳的乡村儿童一大早就去搜索、寻找和采摘，清晨的露水打湿了他们的衣服。村童把采摘后的覆盆子先放在烟熏过的笋壳里，然后再移放到竹篮里。

【话】

覆盆子是蔷薇科悬钩子属植物，喜欢温暖湿润的环境，不耐强光的直射，适合在明亮的散光中生长，通常生于山区、半山区的溪边、山坡灌丛、林边及乱石堆中，常见于山坡、路边阳处或阴处灌木丛中，这与诗中"幽蹊罗深丛"所描述的生长地方相近。覆盆子有多种，入药者为华东覆盆子（掌叶覆盆子）的干燥果实，主产于江苏、浙江、安徽、福建、江西、广西等地。

覆盆子味甘、酸，性温，归肝、肾、膀胱经，具有益肾固精缩尿、养肝明目的功效。因其性温而不热，补肾助阳而不伤阴，收敛固精而不留邪，临床上常将其用于治疗遗精滑精、遗尿尿频、阳痿早泄、目暗昏花等病症。现代研究表明，覆盆子果实主要含有三萜、黄酮、生物碱、氨基酸、挥发油、苯丙素、酚酸等多种成分，具有抗诱变、抑菌抗炎、提高记忆能力、抗氧化、延缓衰老、增强免疫力的作用。

覆盆子药用始载于《名医别录》，被列为上品，言："覆盆子，味甘，平，无毒，主益气轻身，令发不白。五月采实。"覆盆子既是中药材，可以将其以辅料形式添加到汤、粥中做成药膳，鲜品还可作为水果食用。取覆盆子 10 克洗净，用干净纱布包好，加适量水煎，沸后煮 15~30 分钟，拣去覆盆子渣，留汁备用；粳米 100 克淘洗干净，用适量冷水浸泡半小时，捞出，置于锅中和覆盆子汁同煮；用旺火煮开后改小火煮至粥成，下入蜂蜜调匀即可。覆盆子具有补肾益精、固肾缩尿、健脾养胃的功效，可以作为食疗保健用品，也可以辅助治疗老年男性前列腺增生夜尿次数多等症。

清汪昂《本草备要》云："益肾脏而固精，补肝虚而明目，起阳痿，缩小便。"宋寇宗奭谓覆盆子"益肾，缩小便，服之当覆其溺器"，据说这是覆盆子药名的由来，其说虽为附会，但说明覆盆子有很强的补肾缩小便作用。取覆盆子 10 克洗净，白果仁 5 枚洗净，猪肚 150 克洗净、切成小块，将三者置于锅中，加 1000 毫升水，下适量料酒、姜片、葱段及各调味品，煮沸后改文火炖 1~1.5 小时，再加适量盐即可。此方有补肝肾、缩小便的功效，适用于夜间多尿、遗尿者。《濒湖集简方》单用本品治疗阳痿遗精，如治阳事不起，以覆盆子适量酒浸，焙研为末，每天早晨服药酒 9 克。

《图经衍义本草》中记载覆盆子有"补虚续，强阴阳，悦泽肌肤，安和脏腑，温中益力，疗劳损风虚，补肝明目"的功效。取覆盆子 10 克、党参 10 克、大枣 15 枚、粳米 100 克，白糖适量，将覆盆子、党参放入锅内，加适量清水煎煮，去渣取汁，将药汁与大枣、粳米一同煮粥，粥熟后加入白糖调味。此膳食具有补气养血、固摄乳汁的作用，可用于防治产后气血虚弱所致的乳汁自出。

注意事项：肾虚有火、小便短赤者慎服。

（张苏贤　张天嵩）

藿 香

藿香

【诗】

唐包佶《岭下卧疾，寄刘长卿员外》：

唯有贫兼病，能令亲爱疏^①。

岁时^②供放逐^③，身世^④付空虚^⑤。

胫^⑥弱秋添絮，头风^⑦晓废^⑧梳。

波澜^⑨喧^⑩众口，藜藿^⑪静吾庐。

丧^⑫马思开卦，占^⑬鸦^⑭懒发书^⑮。

十年江海隔，离恨子知予。

[注释]

①疏：不亲密，关系远。《韩非子·五蠹》云："非疏骨肉，爱过客也，多少之实异也。"

②岁时：一年四季。

③放逐：古代把被判罪的人流放到边远地方。

④身世：人生的境遇。

⑤空虚：不充实，指百无聊赖、闲散寂寞。

⑥胫：小腿，从膝盖到踝骨的部分。《论语·宪问》云："以杖叩其胫。"

⑦头风：中医病症名，指经久难愈之头痛。

⑧废：不再使用。

⑨波澜：原指波涛，波浪翻腾。宋范仲淹《岳阳楼记》云："至若春和景明，波澜不惊。"

⑩喧：声音大而杂乱。晋陶渊明《饮酒》(其五)云："结庐在人境，而无车

马喧。"

⑪藜藿：藜芦和藿香，泛指野草、野菜。引申为粗劣食物、贫贱的人等。

⑫丧：失去，丢掉。《易经》睽卦初九爻辞："悔亡；丧马勿逐，自复；见恶人，无咎。"

⑬占：根据征兆以推知吉凶。

⑭鸮：亦称鸺鹠，即猫头鹰一类的鸟。

⑮发书：翻书，特指打开卦书。汉贾谊《鹏鸟赋》云："异物来萃兮，私怪其故。发书占之兮，谶言其度。"

[背景与赏析]

包佶（？—792），字幼正，唐代润州延陵县（今江苏省丹阳市）人，诗人。包佶出自书香门第，其父包融，兄长包何，包何与包佶俱以诗扬名，时称"二包"。包佶于天宝六载（747）中进士，历任谏议大夫、度支郎中、江州刺史、江淮汴东盐铁使等职。

包佶为人为官谨慎笃实，曾因受到陷害被贬官到了岭南，他的好友刘长卿也有因"直道为官"遭同僚诬陷贪污而两度迁谪的经历。这首诗正是包佶被贬至岭南后写给刘长卿的，当时诗人正在抱病，全诗虽然有孤立失落、自病自怜、对前途有些迷茫的情绪，但从"藜藿静吾庐"和"丧马思开卦"来看，诗人还是有适应现状的淡然心态。

包佶在诗中对好友刘长卿首先表达了歉意，当下的自己不但境况落魄，还身患疾病，和好友的联络也就淡薄了。由于遭到了贬官流放，身心都空无着落。小腿无力怕冷，秋天就要加棉衣防寒，长期头痛也懒得梳头了。外面人声鼎沸，我在自己的世界里过得朴实无华。虽然人生际遇无常，但也不是什么坏事情，"塞翁失马，焉知非福"，多年不见，远处的友人你是懂我此时此刻心情的啊。

【话】

藿香为唇形科多年生草本植物，入药的藿香一般指广藿香或藿香。广藿香，又名枝香，主产于广东省；藿香又名土藿香、排香草、野藿香，全国大部分地区均产。藿香可用于园林绿化、食用和药用。藿香的食用部位一般为嫩茎叶，为野味之佳品，可凉拌、炒食、炸食、做粥，亦可作为烹饪佐料或材料。入药用的是藿香地上部分，或单用其梗或叶，可生用或鲜用。

藿香味辛，性微温，归脾、胃、肺经，具有祛暑解表、化湿和胃的功效。现代药理研究表明，藿香含挥发油（如广藿香酮、广藿香醇等）以及黄酮类、萜类、酚酸类、苯丙素类、醌类、甾体等成分，具有调节胃肠道功能和抗菌、抗病毒、抗氧化、抗动脉粥样硬化，解热、镇静等作用。

藿香辛散发表而不峻烈，微温化湿而不燥热，既能解表邪，又可化内湿。因暑常挟湿，故暑月外感风寒、内伤生冷而致恶寒发热、头痛脘痞、呕恶泄泻者，藿香是常用之药。藿香也可与紫苏、半夏、厚朴等同用，以发表解暑、和中化湿。方如古方藿香正气散，现在改良成藿香正气液、胶囊等更灵活的剂型。一般而言，藿香叶偏于发表，藿香梗偏于和中，鲜藿香解暑之力效强，夏季以藿香 6~9 克或鲜藿香 9~15 克以沸水冲浸代茶，可作为清暑饮料；或以藿香 6~9 克、荷叶 6 克，开水冲泡 10 分钟左右，代茶饮，可加冰糖适量调服，有解暑祛湿、开胃止呕之效。

藿香气芳香，可芳香化湿、和中止呕，宋苏颂《本草图经》云："治脾胃吐逆，为最要之药。"对于寒湿、湿热、脾胃虚弱等原因所致的呕吐，藿香均有和中止呕之效，尤其是对于湿浊中阻、苔垢浊腻的呕吐，更为必选之品。《本草正义》赞其为"善理中州湿浊痰涎，为醒脾快胃，振动清阳妙品"。藿香叶 9~12 克、陈皮 9~12 克，水煎服，可用于治疗呕吐腹泻等症。

藿香气芳香，是一味去口臭的良药。取藿香 6~9 克洗净，水煎，时时噙漱，可香口去臭。

藿香与猪胆汁为丸服，还可治鼻流浊涕，如藿胆丸。取藿香 15~30 克，水煎服，每日 1 剂，早晚各服 1 次，可用于急性卡他性结膜炎的辅助治疗。

注意事项：胃热呕吐、脾胃虚弱呕吐者忌服。

（孙靖　张天嵩）

附 录

附录一　药名索引

（药名拼音索引）

（药名功能分类索引）

本草诗话

（张天嵩）

附录二　功效食品简表

功效食品	性味归经	功效
粳米	甘，平。归脾、胃经	益气和胃
大豆	甘，平。归脾、肾经	健脾消肿
芝麻	甘，平。归肝、肾经	补益肝肾，润肠通便
花生仁	甘，平。归脾、肺经	健脾消肿，通下乳汁
糯米	甘，温。归脾、胃经	益气和胃
莱菔	辛、甘，凉。归肺、胃经	清热利咽，润肺止咳
荠菜	甘，平。归肝、脾、大肠经	凉血止血，分清泌浊
芋芳	甘、辛，平。归胃、大肠经	消瘰散结
马兰头	辛，凉。归肺、肝经	解毒利咽，凉血止血，清热退黄
芹菜	甘，寒。归肝经	清肝降压
藕	甘，寒。归心、脾、胃经	止血散瘀，清热生津
荸荠	甘，寒。归肺、胃经	消积散结，降血压
韭菜	辛，温。归肝、胃、肾经	温肾助阳，和中降逆
大蒜	辛，温。归胃、大肠经	解毒灭菌，镇咳止痢
无花果	甘，平。归肺、脾、大肠经	健脾止泻，清热消肿
橄榄	甘、涩、酸，平。归肺、胃经	清利咽喉，生津止渴，解毒
西瓜	甘，寒。归心、胃、膀胱经	清暑热，除烦渴，利小便
香蕉	甘，寒。归肺、大肠经	清热润肺，润肠通便
柿饼	甘、涩，寒。归肺、脾经	润肺止咳，止血，解毒
梨	甘、微酸，凉。归肺、胃经	润肺化痰，生津止渴
金橘饼	酸、甘，温。归脾、胃、肺经	醒脾和胃，行气止痛，化痰止咳
银耳	甘，平。归肺、胃经	润肺养胃
黑木耳	甘，平。归胃、大肠经	补血，凉血止血
金针菜	甘，凉。归肝、胃经	解郁安神，止血
鸡蛋	甘，平。归心、肾经	补虚扶羸，润养咽喉
猪肉	甘、咸，平。归脾、胃、肾经	补虚扶羸，滋阴润燥
猪蹄	甘、咸，平。归胃经	通乳
牛乳	甘，平。归肺、胃经	补虚和胃，解毒

续表

功效食品	性味归经	功效
甲鱼	甘，平。归肝、肾经	滋阴退热
燕窝	甘，平。归肺、胃、肾经	补益肺肾
海蜇	咸，平。归肝、肾经	清热化痰散结
乌鱼	甘，寒。归肺、脾经	消退水肿
蚌肉	甘、咸，寒。归肝、肾经	滋阴清热
鸡	甘，温。归脾、胃经	补虚扶羸，补中益胃
猪肝	甘、苦，温。归肝经	补血，养肝明目
虾	甘，温。归肝、肾经	通乳，益肾壮阳
淡菜	咸，温。归肝、肾经	补肝肾，益精血
海参	咸，温。归心、肾经	补肾益精，益血润燥
醋	酸、苦，温。归肝、胃经	缓解蛔痛，消骨鲠
麻油	甘，凉。归大肠经	润肠通便

（张苏贤）

附录三 八纲辨证简表

辨证	目的和作用	证型	亚型	主要临床表现	鉴别要点
辨表里	判断病情的轻重浅深、病理变化趋势	表证	表寒	恶寒重，发热轻，头身疼痛，无汗，舌淡苔薄白润，脉浮紧	主要审查其寒热、舌象和脉象的变化。外感病中、发热恶寒同时并见的属表证，但寒不热或但热不寒或无寒热的属里证。表证的舌象少变化，里证的舌象多有变化。表证脉浮，里证脉不浮
			表热	发热，微恶风寒，头痛，或有汗，口干微渴，舌边尖红，脉浮数	
			表虚	发热，恶风，头项强痛，汗出，脉浮无力	
			表实	恶寒，发热，无汗，头身疼痛，脉浮有力	
		里证	—	发热（高热、恶热、微热、潮热），烦躁神昏，口渴引饮；或畏寒肢冷蜷卧，身倦乏力，口淡乏涎，腹痛，便秘；或泄泻，呕吐。苔厚，脉沉	
		半表半里证	—	常见寒热往来，胸胁苦满，心烦，喜呕，默默不欲饮食，口苦，咽干，目眩，脉弦	
		表里同病	—	指表证与里证在同一时期出现。可见于初病既有表证又有里证，或表证未解又及于里，或旧病未愈又加新病，或本有内伤又加外感，或先有外感又内伤饮食劳倦等。表里同病往往与寒热、虚实并见，常见于表里寒热、表寒里热、表实里虚以及表里俱寒、表里俱热、表里俱实等	

续表

辨证	目的和作用	证型	亚型	主要临床表现	鉴别要点
辨寒热	判断机体阴阳的偏盛偏衰和疾病性质	寒证	实寒证	恶寒喜暖,面色苍白,四肢欠温,腹冷痛拒按,大便溏泄或冷秘型便秘;或咳喘时有痰鸣音,口淡多涎,小便清长。脉迟有力或沉紧	辨别寒热应系统地考察疾病的全部表现。若病人恶寒喜暖、口不渴、面色㿠白、四肢逆冷、大便稀溏、小便清长、舌淡苔白滑、脉迟或紧,则属寒证。若病人恶热喜凉、渴喜冷饮、面色红赤、四肢灼热、大便干结、尿少色黄、舌红苔黄、脉数,则属热证
			虚寒证	精神不振,少气懒言,面色㿠白,畏寒肢冷,腹痛喜按,大便溏薄,小便清长,舌淡白,脉沉迟无力	
		热证	实热证	恶热喜凉,面红目赤,口渴喜冷饮,烦躁不安;或神昏谵语,腹胀满痛拒按,大便秘结,尿少色黄。舌红苔黄燥,脉洪、滑、数、实等	
			虚热证	形体消瘦,口燥咽干,颧红,午后潮热,五心烦热;或骨蒸;或劳热,盗汗。舌红绛、少苔或无苔,脉细数	
辨虚实	判断病变过程中人体正气强弱和致病邪气盛衰	虚证	气虚证	少气懒言,身倦乏力,自汗,活动劳累后诸症加重;或见头晕目眩,面色淡白。舌淡苔白,脉虚无力	辨别虚实之证须通过望形体舌象、闻息声、问病史、按胸腹、探脉象等诊查手段进行全面分析。若病人形体虚弱、精神萎靡不振、声低息微、痛处喜按、舌淡嫩少苔或无苔、脉象虚弱无力,则属虚证。若病人形体壮实、精神亢奋、声高息粗、痛处拒按、舌质苍老、舌苔厚腻、脉实有力,则属实证
			阳虚证	面色㿠白,少气懒言,畏寒肢冷,精神萎靡,口淡不渴;或喜热饮,小便清长,大便溏泻;或浮肿,小便不利。舌淡胖苔白滑,脉沉弱	
			血虚证	面色淡白无华或萎黄,口唇、爪甲色淡,头晕目眩,或心悸、失眠、多梦;或手足拘挛麻木,或妇人月经量少色淡;或月经后期,或闭经。舌淡苔白,脉细	
			阴虚证	形体消瘦,午后潮热,五心烦热;或骨蒸劳热,颧红盗汗,大便干燥,尿少色黄。舌红绛少苔或无苔,脉细数	
		实证	—	高热,胸闷烦躁,甚至神昏谵语,呼吸气粗,痰涎壅盛,腹胀痛拒按,大便秘结或下痢里急后重,小便不利或涩痛、色黄量少,舌质苍老,舌苔厚腻,脉实有力	

辨证	目的和作用	证型	亚型	主要临床表现	鉴别要点
辨阴阳	判断疾病性质	阴证	—	面色㿠白或晦暗，少气懒言，倦怠无力，精神萎靡，身重，蜷卧，畏寒肢冷，语音低怯，呼吸微而缓，口淡不渴，大便溏而腥臭，痰、涕、涎清稀，小便清长，舌淡胖嫩、苔白滑，脉沉迟或细涩或微弱	一般来说，凡急性的、兴奋、功能亢进、明亮的均属阳证；凡慢性的、抑郁、静而不躁、清冷、功能衰退、晦暗的均属阴证
		阳证	—	恶寒发热；或壮热，面红耳赤，心烦、躁动不安；或神昏谵语，呼吸气粗而快，语声高亢，喘促痰鸣，痰、涕黄稠，口渴喜冷饮，大便秘结或热结旁流，尿少色黄而涩痛。舌绛红起芒刺，苔黄、灰黑而干，脉实、洪、数、浮、滑	

（周先强）

附录四　体质辨识简表

体质	形体特征	主要临床表现	心理特质	发病倾向
平和质	形体匀称健壮	面色、肤色润泽，头发稠密且有光泽，目光有神，鼻色明润，嗅觉通利，味觉正常，唇色红润，精力充沛，不易疲劳，耐受寒热，睡眠安详，胃纳良好，大小便正常，舌色淡红，苔薄白，脉和有神	性格随和开朗	平素患病较少
气虚质	肌肉松软	主项：平素气短懒言，语音低怯，精神不振，肢体容易疲乏，易出汗，舌淡红、胖嫩，边有齿痕，脉象虚缓。副项：面色萎黄或淡白，目光少神，口淡，唇色少华，毛发不泽，头晕健忘，大便正常，或虽便秘但不结硬，或大便不成形、便后仍觉未尽，小便正常或偏多	性格内向、情绪不稳定、胆小不喜欢冒险	平素体质虚弱，卫表不固易患感冒；或病后抗病能力弱，易迁延不愈；易患内脏下垂、虚劳等病
阳虚质	多形体白胖，肌肉松软不实	主项：平素畏冷，手足不温，喜热饮食，精神不振，睡眠偏多，舌淡胖嫩边有齿痕、苔润，脉象沉迟而弱。副项：面色柔白，目光晦暗，口唇色淡，毛发易落，易出汗，大便溏薄，小便清长	性格多沉静、内向	发病多为寒证，或易从寒化，易生痰饮、肿胀、泄泻、阳痿
阴虚质	形体瘦长	主项：手足心热，平素易口燥咽干，鼻微干，口渴喜冷饮，大便干燥，舌红少津少苔。副项：面色潮红，有烘热感，两目干涩，视物模糊，唇红微干，皮肤易干，易生皱纹，眩晕耳鸣，睡眠差，小便短，脉象细弦或数	性情急躁，外向好动，活泼	平素易患阴亏燥热的病变，或病后易表现为阴亏症状
痰湿质	形体肥胖，腹部肥满松软	主项：面部皮肤油脂较多，多汗且黏，胸闷，痰多。副项：面色黄胖而黯，眼胞微浮，容易困倦，平素舌体胖大，舌苔白腻，口黏腻或甜，身重不爽，脉滑，喜食肥甘，大便正常或不实，小便不多或微混	性格偏温和，稳重恭谦，豁达，多善于忍耐	易患消渴、中风、胸痹等疾病

体质	形体特征	主要临床表现	心理特质	发病倾向
湿热质	形体偏胖	主项：平素面垢油光，易生痤疮粉刺，舌质偏红苔黄腻，容易口干口苦，身重困倦。副项：心烦懈怠，眼筋红赤，大便燥结或黏滞，小便短赤，男易阴囊潮湿，女易带下量多，脉象多见滑、数	性格多急躁，易怒	易患疮疖、黄疸、火热等病证
气郁质	形体偏瘦	主项：平素忧郁面貌，神情多烦闷不乐。副项：胸胁胀满或走窜疼痛，善太息、嗳气呃逆、咽间有异物感、乳房胀痛，睡眠较差，食欲减退，惊悸怔忡，健忘，痰多，大便偏干，小便正常，舌淡红，苔薄白，脉象弦细	性格内向不稳定，忧郁脆弱，敏感多疑	易患郁症、脏躁、百合病、不寐、梅核气、惊恐等病证
血瘀质	瘦人居多	主项：平素面色晦暗，皮肤偏黯或色素沉着，容易出现瘀斑，易患疼痛，口唇黯淡或紫，舌质黯有瘀点或片状瘀斑，舌下静脉曲张，脉象细涩或结代。副项：眼眶黯黑，鼻部黯滞，发易脱落，肌肤干或甲错，女性多见痛经、闭经或经色紫黑有块、崩漏	性格内郁，心情不快易烦，急躁健忘	易患出血、症瘕、中风、胸痹等病
特禀质	无特殊，或有畸形，或有先天生理缺陷	遗传性疾病有垂直遗传，先天性、家族性特征；胎传性疾病为母体影响胎儿个体生长发育及相关疾病特征	因禀质特异情况而不同	过敏体质者易药物过敏，易患花粉症；遗传疾病如血友病，先天愚型及中医所称"五迟""五软""解颅"等；胎传疾病如胎寒、胎热、胎惊、胎肥、胎弱等

（周先强）

参考文献

[1]王力.王力古汉语字典[M].北京：中华书局，2000.

[2]王力.中国古代文化常识[M].北京：世界图书出版公司，2009.

[3]王安石.王荆文公诗笺注[M].李壁，笺注.高克勤，点校.上海：上海古籍出版社，2010.

[4]王国强.全国中草药汇编[M].3版.北京：人民卫生出版社，2014.

[5]王琦.中医体质学[M].北京：人民卫生出版社，2005.

[6]中华书局编辑部.全唐诗[M].北京：中华书局，1999.

[7]中华中医药学会.中医体质分类与判定：ZYYXH/T 157—2009[S].北京：中国中医药出版社，2009.

[8]北京大学古文献研究所.全宋诗[M].北京：北京大学出版社，1998.

[9]叶显纯.中药学[M].上海：上海中医学院出版社，1988.

[10]朱文锋.中医诊断与鉴别诊断学[M].北京：人民卫生出版社，1999.

[11]全明诗编纂委员会.全明诗[M].上海：上海古籍出版社，1990.

[12]李经纬，余瀛鳌，蔡景峰，等.中医大辞典[M].2版.北京：人民卫生出版社，2005.

[13]张志烈，马德富，周裕锴.苏轼全集校注[M].石家庄：河北人民出版社，2010.

[14]陆游.剑南诗稿校注[M].钱仲联校注.上海：上海古籍出版社，2005.

[15]国家中医药管理局《中华本草》编委会.中华本草[M].上海：上海科学技术出版社，1999.

[16]国家药典编委会.中华人民共和国药典[M].北京：中国医药科技出版社，2020.

[17]贺新辉.宋词鉴赏辞典[M].北京：北京燕山出版社，1987.

[18]贺新辉.古诗鉴赏辞典[M].北京：中国妇女出版社，1988.

[19]夏承焘.宋词鉴赏辞典[M].上海：上海辞书出版社，2003.

[20]钱信忠.中国本草彩色图鉴：常用中药篇[M].北京：人民卫生出版社，1996.

[21]萧涤非，程千帆，马茂元，等.唐诗鉴赏辞典[M].上海：上海辞书出版社，1983.

图书在版编目(CIP)数据

本草诗话 / 张天嵩, 王安安主编. —长沙: 中南
大学出版社, 2023.8

ISBN 978-7-5487-5361-2

Ⅰ. ①本… Ⅱ. ①张… ②王… Ⅲ. ①古典诗歌—诗
集—中国 Ⅳ. ①I222

中国国家版本馆 CIP 数据核字(2023)第 078379 号

本草诗话

张天嵩　王安安　主编

□出 版 人	吴湘华	
□责任编辑	王雁芳	
□责任印制	唐　曦	
□出版发行	中南大学出版社	
	社址: 长沙市麓山南路	邮编: 410083
	发行科电话: 0731-88876770	传真: 0731-88710482
□印　　装	广东虎彩云印刷有限公司	

□开　　本	710 mm×1000 mm 1/16	□印张 17.5	□字数 340 千字
□版　　次	2023 年 8 月第 1 版	□印次 2023 年 8 月第 1 次印刷	
□书　　号	ISBN 978-7-5487-5361-2		
□定　　价	68.00 元		

图书出现印装问题,请与经销商调换